높은 곳에 오르다

登高

바람 세고 하늘 높은데 원숭이 울음소리 애달프고

강가 물 맑고 모래 흰데 새 맴돌며 난다

끝없이 나무들에선 낙엽이 우수수 떨어지고

그치지 않는 저 강은 출렁출렁 밀려온다

風急天高猿嘯哀

渚淸沙白鳥飛廻

無邊落木蕭蕭下

不盡長江滾滾來

쾌검왕

쾌검왕 2

임영기 新무협 소설

초판 1쇄 찍은 날 § 2005년 5월 20일
초판 1쇄 펴낸 날 § 2005년 5월 30일

지은이 § 임영기
펴낸이 § 서경석

편집장 § 문혜영
편집 § 장상수 · 서지현 · 최하나

펴낸곳 § 도서출판 청어람
등록번호 § 제1081-1-89호
등록일자 § 1999. 5. 31
어람번호 § 제2-0604호

주소 § 경기도 부천시 원미구 심곡1동 350-1 남성B/D 3F (우) 420-011
전화 § 032-656-4452 팩스 § 032-656-4453
http://www.chungeoram.com
E-mail § eoram99@chollian.net

ⓒ 임영기, 2005

ISBN 89-5831-555-5 04810
ISBN 89-5831-553-9 (세트)

Fantastic Oriental Heroes

임영기 新무협 판타지 소설

쾌검왕

2

질풍노도(疾風怒濤)

도서출판

청어람

목차

제14장 단우옥   7

제15장 성동격서(聲東擊西)   31

제16장 유성추혼(流星追魂)의 순애(純愛)   55

제17장 부활(復活)   79

제18장 같은 길을 가는 자, 동지(同志)   103

제19장 일검필살(一劍必殺)   123

제20장 대장부(大丈夫)   145

제21장 자령신공(紫靈神功)   171

제22장 정인(情人)   189

제23장 전사(戰士)   217

제24장 섬쾌 대 백보신권   237

제25장 두 영웅(英雄), 그리고 연적(戀敵)   261

제26장 죽일 놈! 죽일 년!   279

제27장 중원(中原)으로……   301

◈제14장◈

단우옥

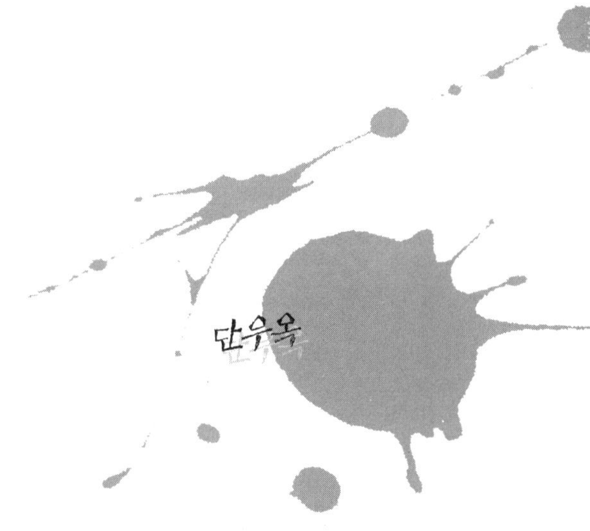

지난 밤에 현악이 유성보 고수들에게 쫓기다가 추락해서 떠내려갔던 급류의 최하류는 운몽산의 산역(山域)이 거의 끝나가는 지역에 위치해 있었다.

급류는 중류에 이르러 거의 강의 형태로 변해 있었다.

강의 양쪽은 병풍처럼 둘러쳐진 높은 절벽이 수백 장이나 길게 이어졌다.

그리고 강은 십여 리쯤 더 흐르다가 산서 땅 최대 강인 분수와 합류한다.

천천히 흐르는 강에서 일 장 정도 높이의 절벽 아래쪽에 덤불에 가려져서 거의 눈에 띄지 않는 조그만 동굴 입구가 있었다.

동굴의 입구는 좁아서 한 사람이 허리를 굽히고 거의 기다시피 해야 들어갈 수 있었다.

그러나 안으로 들어갈수록 동굴이 조금씩 넓어졌고, 입구에서 이 장가량 이어지다가 막다른 곳에 도달하는데, 그곳은 지름이 일 장 정도 되는 제법 아담한 공간이었다.

그곳에 현악이 죽은 듯이 혼자 누워 있었다.

사타구니를 가린 속곳만 남긴 채 옷이 벗겨진 상태였고, 얼굴과 온몸의 피는 말끔히 닦여 있었다.

그때 동굴 입구에서 작은 소리가 들리더니 곧 단우옥이 허리를 잔뜩 굽힌 자세로 빠르게 동굴 안으로 들어왔다.

그녀는 쥐고 있던 약초 더미를 내려놓은 후 즉시 현악의 맥을 짚어 보고는 안도의 표정을 지었다.

현악은 아직 죽지 않았다.

그러나 죽지 않았을 뿐이지 살았다고도 할 수 없는 상태였다. 그저 산송장이나 다름이 없었다.

단우옥은 능숙한 솜씨로 몇 종류의 약초를 분류한 후 하나의 약초를 적당히 손에 쥐고 현악의 가슴께로 가져갔다.

주루루―

그녀가 약초를 쥔 손에 가볍게 힘을 주자 약초가 으깨어져서 주먹 아래로 약초물이 현악 가슴의 상처로 흘러내렸다.

현악은 가슴과 복부, 옆구리에 가장 큰 상처를 입었다. 그 상처들 중 두 군데는 단우옥이 펼친 봉황단천이 만들었다.

그게 아니었으면 현악은 지금처럼 시체나 다름없는 모습으로 누워 있지는 않았을 것이다.

단우옥은 간절한 심정으로 약초물을 현악의 가슴과 복부의 상처에 흘린 후 섬섬옥수로 고루 발랐다.

살이 깊숙이, 그리고 갈기갈기 찢어졌고 뼈가 으스러졌으며 복부에서는 내장이 흘러나오려고 해서 약초물을 바르는 데 여간 조심하지 않으면 안 됐다.

그것을 보는 단우옥의 가슴은 새파랗게 멍이 들었고, 알 수 없는 슬픔이 치밀었다.

그녀는 처음에 현악을 이곳으로 데려온 후 옷을 벗기고 그의 몸을 깨끗이 닦아주면서 온몸에 새겨진 수십 군데의 상처들을 똑똑히 봤었다.

그 상처들 하나하나가 단우옥의 가슴을 도려냈지만 그녀는 그때까지도 현악이 죽지 않은 이유를 비로소 깨달을 수 있었다.

수십 군데의 깊고 얕은 상처들이 현악의 심장이나 사혈, 급소들을 아슬아슬하게 비껴 있었던 것이다.

게다가 목이나 얼굴에는 나뭇가지에 긁힌 상처 외에는 별다른 상처를 입지 않았다.

기적이라고 밖에는 설명할 수도 이해할 수도 없는 일이었다.

단우옥은 오랜 시간 동안 여러 종류의 약초물을 현악의 온몸 상처에 세심하게 발라주었다.

그녀의 부친 남해신검 단우헌은 해남도는 물론이고 육지에서도 많은 병자들을 데려와 천은당에 기거시키면서 여러 의원들로 하여금 그들을 치료하게 했었다.

그렇게 여러 해가 지나는 동안 단우헌은 물론 그를 그림자처럼 보필하던 단우옥도 자연스럽게 의술에 남다른 조예를 쌓게 되었다.

하나 지금 상황처럼 꼭 필요한 약이 없다면 의술에도 한계가 따르기 마련이다.

그녀는 자신이 할 수 있는 방법은 다 썼다.

여자의 몸으로 알몸의 남자에게 시술하기 어려운 추궁과혈수법도 대여섯 차례나 펼치면서 현악의 온몸을 주물렀다.

침(鍼)이 없었기 때문에 지공으로 현악의 전신 경혈들을 누르면서 진기를 넣어주는 것으로 대신했다.

게다가 지금은 겨울이라서 상처에 바를 적당한 약초를 구하기가 어려웠다.

그래서 그녀는 멀리 태악산까지 가서 눈을 파헤치고 언 바위 아래를 뒤져서 겨우 몇 뿌리 약초들을 구해와 상처에 약초물을 바르고 또 진기를 주입시켜 주었다.

그녀로서는 최선을 다했다. 이제 남은 일은 현악 자신이 죽음과의 외로운 싸움에서 이기는 것뿐이었다.

쾌검마를 죽이려고 수많은 고수들이 혈안이 되어 있는 판국에 현악을 의원으로 데려갈 수도 없는 노릇이다.

솔직히 단우옥은 현악이 소생할 것이라고는 믿지 않았다. 그녀의 경험에 비추어볼 때 기적에 기적을 더한다고 해도 현악이 살아날 가능성은 전무했다.

이제 그녀가 할 수 있는 일은 그저 지켜보는 것이다. 그래서 그가 죽는다면 저승으로 떠나는 길이라도 외롭지 않게 넋을 위로하며 보내줘야 할 것이다.

"하아~"

현악의 온몸에 목욕을 시키듯 약초물을 다 바르고 진기를 주입시키는 일까지 끝낸 단우옥은 파김치가 되어 자신도 모르게 긴 한숨을 토해냈다.

문득 그녀는 현악의 가슴과 복부, 옆구리에서 피가 스며 나오는 것을 발견하고 가볍게 안색이 변했다.

찌익!

그녀는 자신의 겉옷을 벗어 거침없이 찢어서 붕대로 삼아 현악의 상체 전체에 정성껏 감아주었다.

붕대 감기를 마친 그녀는 현악을 바라보다가 문득 그의 머리맡에 놓인 혈인검에 시선이 옮겨졌다.

그녀는 현악을 처음 만났을 때 혈인검을 보고 그 검이 소문으로 들은 묵혈쌍검 중 혈인검과 매우 흡사하다고 여겼었다.

슥—

그녀는 손을 뻗어 혈인검을 손에 잡았다.

순간 그녀는 깜짝 놀랐다. 뼈를 저리게 만드는 한기가 그녀의 손을 타고 전해졌기 때문에 하마터면 검을 놓칠 뻔했다.

스릉—

그녀는 긴장된 표정으로 천천히 검을 뽑았다.

번쩍!

검이 뽑히는 과정에서 검신에서 섬뜩한 핏빛 검광이 뿜어지며 찰나지간에 동굴 안을 밝혔다가 착각처럼 사라져 버렸다.

핏물 속에서 꺼낸 듯 시뻘건 핏빛 검신에서는 금방이라도 핏물이 뚝뚝 떨어질 것만 같았다.

'혈인검이야!'

그녀는 붉은 검신을 주시하며 속으로 중얼거렸다.

붉은 검광이 그녀의 눈동자 속에서 일렁였다.

그녀는 의아한 표정으로 현악을 바라보았다.

‘어째서 이 사람이 혈인검을······.’

알 수 없는 일이었다. 그러나 현악이 어떤 형태로든 쾌검마와 연관이 있을지도 모른다는 추측이 들었다.

척!

그녀는 검을 꽂고 원래의 자리에 내려놓았다.

자신의 물건이 아니면 결코 탐내지 않는다. 나와 인연이 닿지 않는 물건 역시 갖고자 하지 않는다.

그것은 단우옥이 부친으로부터 엄격하게 가르침 받은 많은 것들 중에 하나였다.

남들이 보기에는 무욕(無慾)의 단우옥이 이상한 사람으로 보일지 모르지만 그녀가 보기에는 탐욕스런 사람들이 이상한 사람으로 보였다.

강에 자욱한 어둠이 내려앉았다.

동굴 안 막다른 곳은 코끝도 보이지 않을 정도로 암흑이다.

현악은 단우옥이 눕혀준 그 자세 그대로 여전히 누워 있었다.

그의 머리맡에 단우옥이 등을 동굴 벽에 기댄 채 쪼그린 자세로 깜빡 잠들어 있었다.

두 무릎을 모아서 세우고 두 팔로 무릎을 안은 채 뺨을 무릎에 대고 곤히 잠든 단우옥의 모습은 너무도 아름다웠다.

긴 속눈썹, 매끈하게 솟은 콧날, 꼭 다문 붉고 작은 입술, 너무 희어서 투명하게 보이는 살결.

그녀가 왜 출도하자마자 봉황일미라는 아호를 얻었는지 쉽게 공감할 수 있는 천상의 아름다움이었다.

“으으······.”

문득 단우옥은 미약한 신음 소리에 번쩍 눈을 떴다.

"으으으……."

그녀가 바라보니 현악이 얼굴을 찡그린 채 땀을 비 오듯이 흘리면서 신음하고 있었다.

"이봐요, 정신이 드나요?"

그녀는 기쁜 마음이 샘물처럼 솟구쳐 급히 얼굴을 현악에게 가까이 가져가며 물었다.

"호으으… 풍… 사단……."

'풍사단?'

방파 이름 같았는데 단우옥으로서는 처음 듣는 이름이었다.

현악은 깨어난 것이 아니었다.

그는 여전히 죽음과 사투를 벌이고 있으면서도 하나뿐인 누이동생 자운을 염려하고 있었다.

"으으으… 풍… 사… 단… 홍동… 지단… 에… 가야… 해… 으으……."

"……!"

월혼도 채엽은 호피의에서 궁둥이를 떼고 엉거주춤한 자세로 눈을 부릅뜬 채 경악하고 있는 중이었다.

채엽뿐만 아니라 대전에 모여 있는 풍사단 홍동지단 고수들은 시선을 한곳에 고정시킨 채 경악을 금치 못했다.

그들 모두가 주시하고 있는 곳에는 단우옥이 현악을 안은 채 묵묵히 서 있었다.

그들이 놀라고 있는 이유는 순전히 단우옥의 아름다움 때문이었다.

사파인이라고 해서 장님은 아닌 것이다.

그들은 단우옥이 안고 있는 현악의 몰골이 너무도 처참했으므로 그가 쾌검왕인지 미처 알아보지 못했나.

아니, 단우옥의 미모에 정신이 팔려서 현악을 볼 겨를이 없었다고 해야 옳았다.

단우옥은 이미 사람들의 그런 표정과 눈빛을 질리도록 경험했다. 이젠 너무 지겨워서 짜증까지 날 지경이었다.

"당신이 풍사단 홍동지단주인가요?"

외모보다 더 아름다운 옥음이 고즈넉이 대전을 울리자 채엽과 사파 고수들은 아예 혼백이 달아날 듯한 얼굴이 되었다.

단우옥은 단상 위 호피의에 앉아 있는 채엽을 바라보며 인내심있게 대답을 기다렸다.

그러나 잠시가 지나도록 단우옥은 대답을 듣지 못했다.

채엽은 방금 전에 떠올렸던 경악의 표정을 몽롱한 표정으로 바꾼 채 입에서 한줄기 침까지 흘리고 있었다.

대체 무슨 상상을 하는 것인지…….

단우옥은 가볍게 아미를 찡그리며 약간 언성을 높였다.

"내 말이 들리지 않나요?"

채엽은 화들짝 놀랐다.

"뭐라고 하셨습니까, 소저?"

그래도 놀랐을 뿐이지 정신을 차린 것은 아니었다.

"당신이 풍사단 홍동지단주냐고 물었어요."

"그, 그렇습니다만… 소저께선 제게 볼일이 있으십니까?"

여전히 밤인지 낮인지 분간을 못하는 채엽.

“그… 런데 소저께선 누구십니까?”

단우옥은 현악이 무엇 때문에 풍사단 홍동지단에 가야 한다고 죽어 가면서까지 신음했는지 모른다.

어쩌면 현악과 풍사단은 긴밀한 관계를 맺고 있을지도 모르는 일.

해서 단우옥은 이런 상황이 전혀 마음에 들지 않았지만 현악을 봐서라도 최소한의 예의를 차리기로 했다. 이런 상황을 보고 독을 보아 쥐를 못 친다고 하지 않겠는가.

“나는 남해의 단우옥이라고 해요.”

“남…해의 단우옥……. 네, 그렇군요.”

여자라면, 그것도 미녀라면 아무리 멀어도 불원천리 마다 않고 달려가서 수단 방법을 가리지 않고 기어코 품에 안고야 말 정도로 호색한인 채엽이다.

사실 그는 봉황일미라는 천하절색의 미녀가 강호에 출현했다는 소문을 접하고 나서부터는 한 번도 본 적이 없는 그녀 때문에 상사병에 걸려 있었다.

갸우뚱—

채엽은 고개를 갸웃거렸다.

“어디서 많이 들은…….”

그때 눈치 빠른 수하 한 명이 재빨리 채엽에게 다가가 뭔가 귓속말을 했고, 다음 순간 채엽은 턱이 빠지도록 입을 쩍 벌리면서 대경실색하고 말았다.

“보, 보, 봉황일미!!”

그는 자신의 귀가 아플 정도로 고함을 지른 후 수하들이 보기에도 민망할 정도로 한참 동안이나 몽롱한 표정을 짓고 있다가 이윽고 주춤

거리면서 단우옥에게 다가갔다.

단우옥은 가볍게 눈살을 찌푸렸지만 곧 표정을 풀었다.

웬만큼 정신을 수습한 채엽은 자신이 취할 수 있는 가장 정중한 예의를 표했다.

"봉황일미께서 이런 누추한 곳까지 어인 일이십니까?"

그간의 경험으로 미루어볼 때 미녀에겐 그저 최상의 예의와 사내다움이 최고라고 생각하는 채엽이었다.

단우옥의 시선이 안고 있는 현악에게 향했다.

그녀의 눈빛은 애잔했다.

"이 사람을 아나요?"

"……."

채엽은 눈도 깜빡이지 않고 현악을 살펴보다가 한순간 낮은 외침을 터뜨렸다.

"쾌검왕!"

'쾌검왕이라니?

단우옥은 의아한 표정을 떠올렸다.

"이 사람 별호가 쾌검왕인가요?"

채엽은 힘껏 고개를 끄덕였다.

"그렇습니다."

"혹시… 쾌검마하고 관계가 있나요?"

채엽은 시간이 지날수록 말투가 정중하게 변해갔다.

"이분 말로는 쾌검마가 자신의 형이라고 하더군요."

"……."

단우옥의 복잡한 표정이 떠올랐다.

"초, 촌수로… 부인하고… 의형하고… 누가 더 가깝지?"

현악은 그렇게 물었었다. 그리고 단우옥이 원하면 장인의 원수를 대신 갚아주겠다고도 했다.

'그렇다면 쾌검마가 이 사람의 의형?'

실마리가 조금은 풀리는 것 같았다. 그리고 혈인검을 왜 현악이 갖고 있는지도 알 것 같았다.

의형이라면 엄밀한 의미에서 남이다. 거기에는 필시 무슨 곡절이 있을 것이다.

그것을 알기 전에는 사람을 함부로 의심해서는 안 된다. 그녀는 이미 현악에게 큰 죄를 졌지 않았는가.

"어떻게 된 겁니까, 이분?"

"운몽산에서 큰 싸움이 있었어요."

채엽의 얼굴이 가볍게 굳어졌다.

"어떤……?"

"이 사람은 혼자였고 상대는 수십 명이었어요."

"그렇군요. 그래서 어떻게 됐습니까?"

"그들도 많이 죽었고 이 사람은 보다시피 이 지경이 됐지요."

채엽은 뭔가 골똘히 생각에 잠겼다.

"이 사람을 부탁해요."

단우옥은 현악을 채엽에게 넘기면서 그의 생각을 깨뜨렸다.

슥—

현악을 넘겨주고 받으면서 두 사람의 손이 슬쩍 스쳤다.

순간 채엽은 벼락에 맞은 듯 몸을 부르르 떨었고, 눈빛이 풀어지며 몽롱해졌다.

'으흐흐, 봉황일미와 손이 스치다니……!'

"이것은 이 사람의 물건이에요. 깨어나면 주세요."

단우옥은 헝겊으로 꽁꽁 싼 혈인검을 채엽에게 내밀었다.

'허걱! 또, 또 스쳤어!'

단우옥은 물끄러미 현악을 바라보며 또다시 복잡한 표정을 짓다가 몸을 돌렸다.

채엽은 그녀가 대전을 나가는 걸 보면서 열뜬 표정으로 외치듯 말했다.

"소, 소저, 불초는 월혼도 채엽입니다! 언제든 불초가 필요하면 찾아 주십시오!"

채엽을 흉보는 수하는 아무도 없었다. 그들 역시 반쯤은 넋이 빠져서 단우옥이 이미 사라져 버린 대전 입구를 몽롱하게 쳐다보고 있었으므로.

닷새 후.

단우옥은 안택현 현 내의 번화한 대로를 걷고 있었다.

수많은 행인들이 하나같이 걸음을 멈추고 단우옥을 쳐다보며 감탄하는데도 그녀는 어떤 생각에만 골몰해 있었다.

첫 번째는 현악에 대한 생각. 그가 살았는지 어떻게 됐는지 너무나 궁금했지만 막상 풍사단 홍동지단에 가보려고 생각하니까 쉽사리 엄두가 나지 않았다.

그를 걱정하는 마음만큼 그와 자신의 관계가 대체 무엇이기에 이처럼 안절부절못하는 것인지 스스로를 자책하는 마음 또한 컸기 때문이다.

그래서 그녀는 자신으로서는 그에게 최선을 다했다고 자위하며 현악에 대한 마음을 추스르려고 애썼다.

두 번째는 쾌검마를 찾고자 하는 집념이었다.

그녀는 현악과 헤어진 후 안택현 일대와 예전에 쾌검마에 의해서 죽임을 당했던 무당 검수들과 소림 고수들이 발견된 지역들을 꼼꼼히 살피면서 돌아다녔다.

운몽산 혈전이 끝난 후 추적대 삼 파는 다시 예전처럼 눈에 불을 켜고 쾌검마를 찾아 헤맸다.

또한 안택현 외곽을 철통처럼 에워싼 상태여서 중상을 입은 쾌검마가 웬만해서는 탈출하지 못할 듯했다. 그가 아직도 안택현 내에 있다면 말이다.

그러나 단우옥은 추적대나 다른 무림 고수들이 모르는 사실 하나를 알고 있었다.

그것은 현악, 즉 쾌검왕이 쾌검마의 의제라는 사실이었다.

아니, 그 사실은 풍사단 홍동지단 향주에게 정보를 샀던 혁련무룡도 알고 있었다.

그러나 두 사람은 약속이나 한 것처럼 그 사실을 누구에게도 발설하지 않았다.

물론 발설하지 않는 각자의 이유는 달랐다. 그리고 두 사람은 그런 사실을 자기 혼자만 알고 있다고 생각했다.

'쾌검마에게 의제가 있다는 말은 들어본 적이 없어.'

그것을 달리 해석하면 쾌검마와 쾌검왕이 의형제를 맺은 것이 근래의 일이라는 뜻일 수도 있다.

'그리고 그 장소가 이곳 안택현이라면?'

거기까지 생각하게 된 단우옥은 조심스럽게 한 가지 결론을 내려보았다.

'어쩌면 쾌검마가 현악 그 사람을 이용한 것일 수도……'

현악이 쾌검마의 무기 중 하나인 혈인검을 갖고 있다. 그리고 그가 사용하는 검법은 쾌검마의 섬쾌식이었다.

'혹시 성동격서(聲東擊西)?'

현악, 즉 쾌검왕이 운몽산에서 죽을 고비를 넘나드는 동안 쾌검마는 텅 빈 안택현을 유유히 빠져나간다.

그 가정이 사실이라면 현악은 철저하게 이용당한 것이다.

그 과정에서 현악은 죽을 수도 있었다.

아니, 당연히 죽었어야 마땅할 위험에 여러 차례나 직면했다가 구사일생 살아났으며, 지금 현재도 죽을지 살지 모르는 상황에 처해 있었다.

그게 사실이라면 쾌검마는 정말 비열한 인간 이하다. 자신이 살기 위해서 순진한 현악을 이용한 것이니까.

'나쁜 놈!'

그런 가정 하에 단우옥은 현악에 대한 것들을 알아야 할 필요가 있었다.

물론 자신이 세운 가설을 확인하기 위해서였지만 꼭 그렇지마는 않은 이유 하나가 더 있었다.

그 두 번째 이유는 그녀 자신도 딱히 뭐라고 꼬집어낼 수 없는 알 수 없는 끌림 때문이었다.

땅거미가 지기도 전에 철물점, 즉 대장간은 점포 문을 닫았다.

원래 곽씨 노인이 운영하던 점포를 그 아들이 물려받았고, 지금은 손자가 거의 도맡아 운영하다시피 하고 있었다.

손자 곽정은 힘이 장사인데다가 철물을 다루는 솜씨가 오히려 아비보다 뛰어났으며 전성기 때의 곽씨 노인 정도의 수준이라는 평판을 들었다.

근래 들어서 대장간이 일찍 문을 닫는 것에 대해서 주변 사람들은 크게 이상하게 생각하지 않았다.

대장간 바로 옆에는 푸줏간이 붙어 있는데 그곳은 곽씨 노인의 외손자인 현악의 가게였다.

현악이 비검문에 고기를 배달하러 갔다가 검술 수련을 훔쳐봤다는 이유로 뇌옥에 갇혀 갖은 고초를 겪은 일은 저잣거리 사람이라면 모르는 사람이 없을 정도로 유명한 일이 되었다.

설사 현악이 정말 검술 수련을 훔쳐봤다고 해도 사람들은 모두 현악 편이었다.

얼마 전에 저 유명한 비검문 소문주 비연검 청라가 직접 현악의 집에 찾아와서 샅샅이 뒤지고 간 이후에 저잣거리 사람들은 현악이 비검문의 뇌옥을 탈출했다는 사실을 새롭게 알게 됐다.

그래서 사람들은 가슴을 졸이면서도 한편 통쾌하게 여겼고, 사라진 자운도 현악이 데리고 갔을 것이라고 나름대로 추측했다.

현악의 사정에 대해서 잘 알고 있는 그의 사촌 곽정이 입을 굳게 다물고 있었기 때문에 사람들은 그렇게 추측할 수밖에 없었다.

현악과 자운이 사라졌고, 그들 남매의 육점은 몇 달째 굳게 문을 닫고 있었다.

그런 저간의 형편들 때문에 현악네의 유일한 친척인 곽씨네 대장간이 무슨 떼돈을 벌겠다고 밤늦도록 문을 열어두겠는가.

처음에 단우옥은 현악에 대한 조사를 어디에서부터 어떻게 시작해야 할지 몰라서 난감했었다. 안택현이 아무리 시골이라고 해도 일개 현이었다.

최소한 현악네 집을 알아내는 데에만도 족히 며칠을 허비해야 할 것이라고 여겼었다.

그러나 그것은 기우에 불과했다.

그녀가 현 내 아무 점포나 들어가서 현악의 용모를 채 절반도 설명하기 전에 점포 주인은 즉시 단우옥의 말을 자르면서 현악에 관한 여러 사실들을 줄줄이 설명해 주었다.

그러나 그녀가 만약 현 한복판이 아닌 저잣거리에서 현악에 대해 물었더라면 그가 비검문 뇌옥에 갇혔었다가 탈출했다는 얘기도 소상히 들을 수 있었을 것이다.

어쨌든 그렇게 단우옥은 어렵지 않게 현악의 집과 외조부의 집을 알아낼 수 있었다.

그녀는 지금 낡고 허술한 판자로 대충 가려진 현악의 푸줏간 앞에 서 있었다.

그녀에게 삼 년만 기다려 주면 혼인하겠다고 큰소리치던 소년은 몇 달 전까지만 해도 푸줏간 주인, 즉 소년 백정이었다.

그러나 단우옥은 그런 현악의 신분 때문에 눈살이 찌푸려진다거나 갑자기 그에 대한 느낌이 형편없이 뭉개져 버리지는 않았다.

그것은 사람은 누구나 평등하며 사람을 절대 외모만으로 평가하지 말라는 교육을 어릴 때부터 부친에게 철저히 받아왔던 그녀였기 때문에 가능한 일이었다.

대신 그녀는 왠지 가슴이 아려왔다.

그녀의 검기에 가슴이 짓이겨져서 피를 철철 흘리면서도 애써 웃어 보이던 그의 모습이 자꾸만 눈에 밟혔다.

그는 백정이었던 것이다. 그 애써 웃던 미소 저편에는 천민의 애환 같은 것이 서려 있지는 않았을까.

그녀는 천천히 대장간 옆 골목 안으로 걸어 들어가 어렵지 않게 현악네 집을 찾아냈다.

낮은 담 너머로 집 안의 광경이 한눈에 들어왔다.

주인없는 집은 을씨년스러웠고, 누군가에 의해 부서져 나간 문들이 여기저기에 나뒹굴고 있어 영락없는 폐가였다.

단우옥은 다시 발길을 돌렸다.

"……!"

그때 그녀는 날카로운 파공음을 접하고 가볍게 표정이 변했다.

뒷마당에서 웃통을 벗은 곽정은 날카로운 눈빛으로 전면의 나무 기둥을 쏘아보고 있었다.

그는 맨살 오른쪽 어깨에 한 자루 도를 메고 있었다.

그가 대장간에서 자신이 직접 만든 도를 역시 소가죽으로 직접 만든 도집에 꽂은 채 헝겊 끈으로 질끈 동여맨, 어딘지 이상하고 우스꽝스런 모습이었다.

그러나 그의 자세와 눈빛만은 압권이었다. 웬만한 무림 고수보다 자세가 좋았고 눈빛은 살아 있었다.

슥—

곽성의 손이 도의 손잡이를 잡았다.

자령신공이라는 것을 운공하기 시작한 지 열흘도 지나지 않았으므로 공력 따위가 있을 리 만무했다.

그래도 그는 현악이 가르쳐 준 대로 공력을 도에 주입시키는 과정을 잊지 않았다.

곽정의 눈빛이 더 날카로워지고 손에 지그시 힘이 들어간 순간,

피잇!

팍!

기이한 파공음이 흐르면서 도가 도집을 빠져나갔다.

아니, 뽑혔는가 싶었는데 어느새 도의 칼날은 나무 기둥 상단 옆부분에 깊숙이 꽂혀 있었다.

기막히게 빠른 발도식(拔刀式)이었다.

도를 무기로 사용하는 어지간한 무림 고수는 충분히 찜을 쪄먹을 만한 빠르기였다.

게다가 겨우 열흘 남짓 수련했다고는 믿을 수 없을 정도로 대단한 성과였다.

'현악 그 사람의 발검과 흡사하다!'

곽정 뒤 담 옆에 기척없이 서 있던 단우옥은 가볍게 놀라는 표정을 지었다.

'그 사람이 전수했군.'

깊이 생각하지 않아도 짐작할 수 있는 일이었다.

곽정은 도를 꽂으면서 방금의 일도가 마음에 들지 않는 듯 고개를

모로 꼬면서 중얼거렸다.

"악이 말로는 바람 소리가 나지 않아야 하고 빛을 자르는 빠르기여야 한댔는데… 어째서 바람 소리가 나는 데다가 너무 느린 걸까?"

그때 그의 뒤에서 조용한 여자의 음성이 흘러나왔다.

"도립(刀立)이 되지 않았기 때문이에요."

곽정은 가볍게 표정이 변하더니 천천히 돌아섰다.

밤중에, 그것도 등 뒤에서 난데없이 사람 목소리가 들려오면 기겁을 할 일인데도 그는 추호도 놀라지 않았다.

'이 사람은 정말 강심장이로군.'

오히려 단우옥이 내심 적잖이 놀랐다.

난데없이 들려온 목소리에는 조금도 놀라지 않던 곽정은 단우옥의 절륜한 용모를 보고는 넋을 잃고 말았다.

그러나 단우옥은 곽정을 보며 눈살을 찌푸리지 않았다.

단우옥을 보고 놀라는 곽정의 반응은 여타 다른 사내들과는 사뭇 달랐다.

대부분의 남자들은 처음에는 놀라고, 그 다음에는 음탕하거나 욕정 어린 표정을 짓는 데 반해서 곽정은 그저 순진한 소년처럼 놀라고 있을 뿐이었다.

"누… 구십니까?"

그는 한참 만에야 정신을 차리고 겨우 입을 열었다.

단우옥은 대답이 궁했다.

"저… 는 현악의 친구예요."

"……."

곽정은 방금 전보다 더 놀라는 표정을 지었다.

그러더니 의아한 표정을 지으며 물었다.

"걔는 원래 여자하고는 친구 안 하는데요?"

"저는… 동생이에요. 악 가가는 제 오라버님이죠. 하하!"

단우옥은 땀을 흘리며 급한 대로 변명했다.

덥석!

"아!"

그러자 곽정이 땀이 흥건히 고인 커다란 두 손으로 단우옥의 섬섬옥수를 다짜고짜 움켜잡았다.

그리고 말,

"하하! 반갑소, 제수씨!"

"……."

단우옥의 커다란 눈이 한껏 커졌다.

"그 녀석은 평소에 늘 말했었소. 혼인하고 싶은 여자가 생기면 무조건 여동생으로 삼겠다고 말이오."

"그, 그런……."

"과연! 과연 악이의 눈은 높군, 제수씨 같은 미인을 얻다니! 하하하! 부러운 놈!"

곤란한 상황을 모면하려고 둘러댄 말이 오히려 그녀를 더욱 난감하게 만들었다.

"왜 시끄럽게 구는 게냐? 정이 너 죽을래?"

그때 집 안에서 카랑카랑한 노인의 외침이 터져 나왔다.

다음 순간 곽정은 단우옥의 손을 잡은 채 쏜살같이 집 밖으로 달려 나갔다.

"튑시다! 잡히면 죽음이오!"

그날 밤,

단우옥은 뒷산 중턱에서 아주버님에게 다정히(?) 도립에 대해서 설명해 주었다.

발도할 때 도의 옆면이 조금이라도 허공과 마찰을 일으키면 소리가 발생하며 도를 정확하게 세우면, 즉 도립의 상태에서 발도하면 파공음이 생기지 않으며 더 빨라진다는 이치를 말이다.

곽정은 새로 생긴 제수씨의 말을 아주 잘 들었다.

◆제15장◆
성동격서(聲東擊西)

다음날.

차륵―

안택현 현 내 대로를 걷던 단우옥은 걸음을 멈추고 주위를 살피다가 가까운 곳의 주루를 발견하고 그곳으로 들어섰다.

"아아!"

"오! 절세미인이로다!"

어디에서나 그랬던 것처럼 주루 안에서도 어김없는 반응이 터져 나왔다. 손님들은 모든 동작을 멈추고 단우옥을 보며 찬탄을 금치 못했다.

단우옥은 그들의 시선이 자신의 옷을 벗기고 핥는 것 같아 서둘러 이층으로 올라갔다.

"……!"

그러나 막상 계단 꼭대기에 올라선 그녀는 적잖이 놀라는 표정을 지었다.

이층에는 무림 고수들이 가득 들어차 있었던 것이다.

한쪽에는 소림 고수들이, 또 다른 쪽에는 유성보 고수들, 그리고 나머지 두 곳에는 열서너 명뿐인 무당 검수들과 비검문 고수들이 나누어 앉았는데, 식사나 술을 마시지는 않고 그저 침묵을 지키고 있었다.

그리고 한복판의 탁자에는 네 사람이 둘러앉아서 뭔가 심각한 대화를 나누는 중인 듯했다.

네 사람은 유성추혼 혁련무룡과 소림 장로 혜각 선사, 그리고 청라와 청대화였다.

"옥 매!"

혁련무룡이 무심코 계단 쪽을 쳐다보다가 단우옥을 발견하고는 벌떡 일어서며 반갑게 그녀에게 다가왔다.

단우옥은 미소 지으며 혁련무룡에게 마주 걸어갔다.

혜각 선사와 청라, 청대화뿐 아니라 실내의 모든 고수들의 시선이 단우옥에게 집중되었다.

그 이유는 단우옥이 아름답다는 이유 때문만이 아니었다.

엿새 전에 단우옥은 혈인검을 노리는 무림 고수들로부터 현악을 구해서 홀연히 사라졌었다.

그 소문은 순식간에 쾌검마를 추적하고 있는 모든 사람들에게 퍼졌고, 그 후 지난 닷새 동안 누구도 현악과 단우옥의 모습을 보지 못했다.

그리고 지금 단우옥이 이곳에 나타난 것이다.

"우선 앉자."

혁련무룡은 미소 지으면서 단우옥에게 의자를 권했다.

두 사람은 어릴 때부터 남매처럼 허물없이 자랐다.

유성보주인 유성검협(流星劍皇) 혁련중도(赫連中道)와 남해신검 단우헌은 같은 백무신이며 또한 결의형제여서 두 가문이 자주 왕래를 했기 때문이다.

혁련무룡은 단우옥의 부친인 남해신검이 쾌검마에게 암살당한 사실을 잘 알고 있었다. 부친과 함께 남해신검의 장례식에 참석하기도 한 그였다.

그런데 엿새 전에 봉황일미가 운몽산에서 쾌검마를 데리고 사라졌다는 말을 듣고는 크게 놀랐었다.

단우옥이 쾌검마에게 깊은 원한을 품고 있으리라는 사실을 알고는 있었지만 그녀가 설마 이곳 안택현에 나타날 줄은 꿈에도 생각하지 못했던 것이다.

두 사람은 남해신검 장례식 때 보고 처음이니 근 반년 만에 다시 만난 셈이었다.

단우옥은 혁련무룡이 안택현에 와 있는 것을 알고 있었지만 일부러 그를 찾아가지는 않았다.

그럴 만한 겨를도 없었거니와 부친의 복수를 하는 일에 그의 도움을 받고 싶지는 않았다.

"당신이 봉황일미인가요?"

단우옥이 의자에 앉기도 전에 청라의 날카로운 목소리가 실내를 울렸다.

"그래요."

단우옥은 자신에게 다가오는 청라를 치분하게 바라보았다.

청라는 단우옥의 두 걸음 앞에 멈춰서 날카롭게 쏘아보았다.

두 소녀는 이미 엿새 전에 한차례 만난 적이 있었다.

운몽산에서 단우옥이 죽어가는 현악을 구할 때 청라가 나타나서 현악을 죽이겠다고 한 때였다.

한 소녀는 현악을 살리려고 했고, 한 소녀는 죽이려고 했다. 그리고는 살리려는 소녀의 승리였다.

청라는 마혈이 제압된 상태로 꼴사납게 눈 위에 쓰러져서 제압된 마혈이 해혈될 일각 동안이나 분루를 삼켜야만 했었다.

그 당시에 그곳에 운집해 있던 무림 고수들 모두는 현악을 안고 쏜 살같이 사라져 가는 단우옥을 쫓느라 순식간에 그곳을 떠나 버렸었다.

그렇지 않았더라면 손가락 하나 움직이지 못하는 신세였던 청라가 무슨 험한 꼴을 당했을지 모른다.

그러나 어이가 없으면서도 또한 중요한 사실은 청라가 아직도 현악이 쾌검왕이라는 사실을 모르고 있다는 것이었다.

현악과 밀접하다면 밀접한 관계이고, 그에 대해서 가장 잘 알고 있어야 할 그녀가 정말로 중요한 그의 새로운 신분을 모르고 있다는 것은 기묘한 모순이기도 했다.

비검문이 안택현 일대의 정보와 소문을 완벽하게 장악하고 있다손 치더라도, 또한 추적대 삼 파와 득실거리는 무림 고수들의 은밀한 대화까지 훤하게 알 수 있다고 해도 그녀가 현악의 두 신분을 모르는 것에는 그럴 만한 원인이 따로 있었다.

추적대 삼 파와 무림 고수들은 쾌검왕을 보기도 하고 싸우기도 했지만 그가 안택현 저잣거리에서 푸줏간을 하던 백정 현악이라는 사실을 까맣게 모르고 있다.

그러므로 그들의 대화 중에 쾌검왕, 혹은 쾌검마라는 말은 난무했을

지 몰라도 현악이라는 말은 결코 나올 수 없었다.

그랬기 때문에 수하들로부터 보고를 접한 청라는 쾌검마나 쾌검왕이라는 이름은 무수히 들었을지언정 현악이라는 이름은 듣지 못했다. 그래서 지금과 같은 웃지 못할 상황이 벌어지고 있는 것이었다.

"당신, 쾌검마를 무엇 때문에 데려간 거죠?"

청라는 단우옥을 쏘아보며 비수처럼 날카롭게 물었다. 만약 눈빛만으로도 사람을 죽일 수 있다면 단우옥은 청라의 안검(眼劍)에 이미 처참하게 난도질을 당했을 것이다.

현재 청라는 단우옥이 현악도 구해가고 쾌검마도 데려간 것이라고 믿고 있었다.

단우옥은 당연히 청라가 그렇게 물을 것이라고 예상했다.

그런데 여기에서도 약간의 오해가 빚어지고 있었다.

단우옥은 방금 청라의 질문을 달리 해석했다.

청라 역시 다른 사람들처럼 현악을 쾌검마로 오해하고 있다고 여긴 것이다.

같은 사람과 같은 상황을 놓고 이렇게도 얽히고설키며 오해가 빚어질 수 있다는 것이 역시 세상 일이란 한 치 앞도 분간하지 못한다는 옛말이 옳았다.

물론 단우옥은 청라와 현악 사이에 있었던 비밀스러운(?) 원한 관계를 추호도 알지 못했다.

방금 청라가 한 질문은 이곳의 모든 사람들이 궁금하게 여기는 것이기도 했다.

"말할 수 없어요."

대답을 하고 난 단우옥은 혁련무룡의 눈빛이 가볍게 흔들리는 것을 발견했다.

운몽산에서 단우옥이 현악을 구해서 사라진 후 봉황일미가 쾌검마를 데려갔다는 소문은 십시간에 퍼졌었다.

이후, 추적대 삼 파와 비검문, 그리고 무림 고수들이 봉황일미를 찾으려고 혈안이 됐던 것은 불문가지.

그런 상황에서 엿새나 종적이 묘연하던 단우옥이 제 발로 주루에 나타났으니 닦달을 당하는 것은 정해진 일이었다.

"그를 죽였나요?"

청라의 물음은 집요했다.

또한 이 질문은 모든 이들의 관심사이기도 했다.

그녀는 일단 현악에 대한 일은 덮어두었다.

그것은 그녀 자신의 무척이나 사사롭고도 비밀스러운 일이었으므로 이런 장소에서 논할 성질의 것이 아니었다.

"아니에요."

단우옥은 조용히 대답했다.

일순 청라의 얼굴에 미미하게 안도의 표정이 아주 짧은 순간 스쳐 갔다.

그러나 그녀는 자신이 어떤 표정을 지었는지 알지 못했다.

"그럼 쾌검마는 지금 어디에 있죠?"

"밝힐 수 없어요."

"……."

그러자 비단 청라뿐 아니라 모든 사람의 얼굴에 적잖은 놀라움이 떠올랐다.

지금 청라는 이곳의 모두를 대변하고 있었다. 그녀의 입을 통해서 모두가 궁금해하는 질문들이 이어졌다.

"이유를 밝힐 수 있나요?"

단우옥은 잠시 침묵을 지켰다.

그녀의 시선이 혁련무룡에게 향했다.

혁련무룡은 잔잔하게 미소 지으면서 가볍게 고개를 끄덕였다.

그녀가 무슨 말을 하든, 어떤 행동을 하든 다 믿을 것이며 내가 너의 든든한 후원자가 되어주겠다는 의지가 그 미소 속에 담겨 있었다.

이윽고 단우옥의 아름다운 입술이 열렸다.

"제가 데려간 사람은 절대 쾌검마가 아니니까요."

*   *   *

다시 닷새가 지났고, 그때까지도 현악은 죽지 않았다.

다행히 홍동지단에는 상주하고 있는 의원이 한 명 있어서 그가 현악이 누워 있는 방에 침상을 하나 가져다 놓고 거기에서 밤낮으로 지내며 현악을 치료하면서 돌보았다.

의원은 현악을 볼 때마다 그가 죽은 줄 알고 깜짝깜짝 놀라야만 했다.

그래서 그의 맥을 짚어보고 가슴에 귀를 대며 심장이 뛰는지 확인하는 등 한바탕 수선을 떤 후에야 안도의 표정을 짓기를 수십 차례나 반복했다.

맥을 짚어봐도 극히 미약해서 온 신경을 곤두세워야만 겨우 맥이 잡혔고, 심장은 뛰는지 안 뛰는지 감지할 수 없을 만큼 아주 희미했다.

변방 사도 방파의 지단 따위에 약재가 제대로 갖춰져 있을 리 만무했다.

게다가 상주하고 있는 의원이란 자가 말이 좋아 의원이지 그의 의술이란 것은 보통 사람들보다 조금 나은 정도에 불과했다.

그리고 더 난감한 일은 상처 치료에 필요한 약재를 외부에서조차 구할 수가 없다는 현실이었다.

며칠 전, 의원이 약재 이름을 적어준 종이를 들고 홍동현에 갔던 홍동지단의 사파 고수 한 명은 현 내에 난데없이 무림 고수들이 득실거리며 그들이 먹이를 노리는 독수리처럼 눈을 번뜩이면서 온 현 내를 뒤지고 있는 광경을 목격했다.

그리고 현 내에 단 두 곳 있는 약방 근처에 수많은 무림 고수들이 진을 치다시피 모여 있는 것을 발견하고는 약재를 사기는커녕 제 한 목숨 건지기 위해 줄행랑을 쳐서 겨우 홍동지단에 돌아올 수밖에 없었다.

무림인, 특히 정파 고수들은 사파 고수들을 벌레보다 못한 존재로 취급하기 때문에 그들 눈에 띄어서 하등의 이로울 일이 없었다.

그래서 홍동지단의 의원은 현악에게 해줄 일이 없어서 거의 손을 놓고 있을 수밖에 없었다.

풍사단 홍동지단주인 월혼도 채엽은 하루에도 대여섯 차례씩이나 드나들면서 현악의 상태를 관심 깊게 살피는 한편 사정도 모르고 의원만 다그치기 일쑤였다.

봉황일미 단우옥은 현악이 운몽산에서 수십 명과 싸웠으며 많은 무림 고수들을 죽인 후 중상을 입었다고 말했다.

채엽은 처음 그 말을 듣는 순간부터 한 올의 의심도 없이 철석같이 믿었다.

그 말을 해준 사람이 채엽의 영원한 우상 봉황일미였으므로 그녀가 설사 황하가 거꾸로 흐른다고 말했더라도 채엽은 곧이곧대로 믿었을 것이다.

게다가 사파인들은 정보를 수집하는 능력이 탁월하다.

—쾌검마가 중상을 입은 몸으로 무당사로의 청송자와 세 명의 무당 검수를, 그리고 두 명의 유성보 고수와 일곱 명의 무림 고수들을 죽였다.

그런 그들이 안택현과 홍동현 일대를 진동시키고 있는 그런 소문을 듣지 못했을 리가 없었다.

채엽은 운몽현에서 활약한 쾌검마가 현악, 즉 쾌검왕이라고 나름대로 판단했다.

그러나 그는 별로 놀라지 않았다.

쾌검왕이 쾌검마의 동생이라는 사실을 알고 있었으므로 쾌검왕의 실력이 굉장할 것은 당연했다.

채엽이 현악에게 각별히 신경 쓰고 있는 이유는 두 가지였다.

첫째, 봉황일미가 현악을 몸소 안고 왔다는 충격적인 사실 때문이었다.

그것은 두 사람이 보통 사이가 아닐 것이라는 추측을 낳게 했고, 현악이 살아서 홍동지단에 있는 한 봉황일미가 또 이곳에 찾아올는지도 모른다는 기대감과 현악에게 잘 대해주면 봉황일미가 좋아할 것이라는 단순하면서도 우직한 그의 충심을 유발시켰다.

둘째, 채엽은 현악과 거래 중이었다.

그의 판단으로는 현악의 누이동생쯤 찾는 일은 여반장처럼 쉬운 일이기 때문에 그에게 한 가지 부탁할 일이 곧 생길 것이다.

채엽은 아직도 무슨 부탁을 할 것인지 정하지 못했다. 쾌검마의 동생 쾌검왕이라면 들어주지 못할 게 없으리라.

채엽은 날마다 현악의 방에 드나드는 한편 무슨 부탁을 할 것인지 골몰했다.

'흐흐흐… 봉황일미와 잘되게 해달라고 부탁해 볼까나?'

"너… 방금 뭐라고 했냐?"

채엽은 현악이 누워 있는 침상가에 의자를 놓고 앉아 있다가 수하의 보고를 받고는 어이없다는 표정을 지었다.

수하는 방금 했던 말을 다시 보고했다.

"총단주(總團主)께서 왕림하셨습니다."

채엽은 손을 저으며 일소에 붙였다.

"너, 어제 마신 술이 아직 덜 깼냐? 임마! 그 불곰이 이런 촌구석에 뭐 찾아 먹겠다고 오냐?"

풍사단 총단주의 신분이라면 풍사단의 오백 고수에겐 하늘, 아니, 그 이상의 존재였다.

채엽의 생각으론 그 하늘보다 더 높은 인물이 이까짓 홍동지단에 왕림할 하등의 이유가 없었다.

또한 총단주라는 위인은 이날까지 몸소 지단을 찾은 적이 단 한 번도 없었다.

척!

그때 방문이 열리며 두 사람이 들어섰다. 일남일녀였으며 두 사람다 검은 흑의를 입었다.

우당탕!

"으앗!"

채엽은 일남일녀 중 앞선 사내를 쳐다보다가 혼비백산해서 의자와 함께 나뒹굴고 말았다.

사내는 삼십 세 정도의 나이에 흑포를 입었고 왼손에 커다란 대도(大刀) 한 자루를 쥐고 있었다.

그는 그저 우뚝 서 있을 뿐인데 그곳에 마치 산 하나를 통째로 옮겨다 놓은 듯한 모습이었다.

그렇다고 그의 체구가 큰 것이 아니었다.

보통 사람보다 약간 더 컸고 어깨가 딱 벌어져서 단단하다는 인상을 줄 정도였다.

그에게서 뿜어지고 있는 것은 기도였다.

어둠과 패도가 혼재하는 그런 기도를 흑포사내는 지니고 있었다.

그가 바로 풍사단 총단주인 흑사신(黑死神)이었다.

얼마 후, 쾌검왕을 반드시 살려내라는 흑사신의 지상명령이 떨어졌다.

흑사신이 그런 뜻밖의 명령을 내리게 된 배경에는 그의 두 명의 최측근 중 오른팔 역할을 맡고 있는 어떤 인물의 조언이 있었기 때문이다.

그 인물은 알려지지 않은 지략가(智略家)였으며 장차 흑사신과 쾌검왕이라는 두 마리 잠룡을 승천시키게 될 막중한 운명을 지니고 있었다.

흑사신의 명령에 따라 풍사단은 보유하고 있던 영물이나 영약들

중에서 효능이 뛰어난 것들만을 골라 쾌검왕에게 아낌없이 복용시켰
다.

또한 풍시단 총단에 있는 두 명의 뛰어난 의원을 불러와 밤낮을 교
대로 그를 치료하게 했다.

*   *   *

지난밤에 곽정은 집을 떠날 결심을 하고 짐을 꾸렸다.

현악이 전수해 준 섬쾌검식을 섬쾌도법(閃快刀法)으로 변환한 쾌도
식을 제대로 수련하겠다고 결심했기 때문이다.

그가 그런 결심을 하게 된 데에는 어젯밤에 만났던 제수씨(?)와 나누
었던 어떤 대화가 큰 기여를 했다.

"제수씨, 어떻게 하면 빠른 시일에 고수가 될 수 있소?"

"추호의 잡념도 없이 오직 심법과 도법만을 수련해야 해요."

"그렇다면 지금처럼 낮에는 일하고 밤에만 두 시진 정도 수련해선
안 되겠군요?"

"안 될 것은 없겠지만 아무래도 성취도가 낮고 더디겠지요. 보통 사
람들이 무공에 입문한 후 오직 무공 수련에만 전념해서도 강호에 출도
할 수 있을 정도의 성취를 얻자면 보통 십여 년, 아무리 짧아도 삼 년
에서 오 년이라는 세월이 걸려요."

"음, 무공 수련만 전념하는 데도 십 년이라니……."

"어떨 때에는 수십 년이나 평생 동안 연마해도 원하는 만큼의 성취
를 이루지 못하는 경우도 있어요."

“······.”

“그런데··· 현악, 악 가가는 어떤 분이죠?”

“현악의 부인이 그에 대해서 모른다는 말이오?”

“······.”

“현악에 대한 것은 현악에게 물으시오. 그가 제수씨에게 말해 주지 않은 것이 있다면 그럴 만한 이유가 있었을 것이오. 나는 현악에 대해서 할 말이 없소.”

곽정은 동이 트기도 전에 한 통의 서찰을 남겨두고 집을 떠나 태악산으로 향했다.

그의 짐이라는 것은 한 자루의 도와 여벌로 입을 두 벌의 옷뿐이었다.

＊　　　＊　　　＊

사흘 후.

단우옥은 분수 강변의 완만한 언덕 위를 나는 듯이 쏘아 오르고 있었다.

그녀의 발은 거의 땅에 닿지 않았다.

해남도의 표허무종(飄虛無踪)이라는 뛰어난 경신공부인데 무림에서는 일절로 통했다.

슉!

언덕 위에 풍사단 홍동지단의 전문이 나타나자 단우옥은 작은 흰 구름처럼 둥실 위로 떠올랐다가 가볍게 전문을 날아 넘었다.

　이어서 전문 위 지붕을 가볍게 박차고는 대전을 향해 곧장 포물선을
그으며 날아갔다.

　‘여기는?’
　단우옥이 홍동지단 안으로 사라진 직후 전문 앞에 당도한 혁련무룡
은 적이 놀라는 표정으로 현판을 쳐다보았다.
　‘풍사단 홍동지단’ 이라고 적힌 현판이 그의 눈 속으로 파고들었다.
　‘풍사단이라면 사파가 아닌가?’
　그는 현판을 보며 복잡한 생각에 빠져들었다.
　그가 단우옥을 미행한 이유는 다른 뜻이 있어서가 아니라 오로지 그
녀의 신변을 걱정해서였다.
　그녀가 쾌검마를 빼돌린 사실 때문에 추적대와 무림 고수들은 지난
사흘 동안 그녀 주위에서 가까이 혹은 멀리에서 맴돌며 한시도 그녀에
게서 이목을 거두지 않았다.
　추적대가 운몽산에서 쫓던 사람이 쾌검마가 아니었다고 그녀가 분
명하게 밝혔지만 그녀의 말을 믿는 사람은 혁련무룡 한 사람뿐이었다.
　사람들은 그녀의 부친이나 가문을 봤을 때 그녀가 거짓말을 할 사람
은 아니라고 생각하면서도 사안이 너무 중대했기 때문에 그녀의 말을
간단하게 믿을 수 없었던 것이다.
　혁련무룡은 단우옥의 심성을 너무도 잘 알고 있었다.
　본래 그녀는 거짓말 따위를 일체 하지 않으며 거짓말을 하게 될 상
황이라면 아예 입을 다물어 버리고 아무 말도 하지 않는 성격이었다.
　굳이 그녀의 그러한 심성을 모른다 하더라도, 그래서 그녀가 거짓말
을 했다손 치더라도 혁련무룡은 그녀의 말을 무조건 믿을 사람이었다.

왜냐하면 그는 단우옥을 오래전부터 마음속 깊이 진심으로 사랑하고 있었으므로.

최고 가문의 후계자이면서도 어디 한 군데 흠 잡을 데 없을 정도로 거의 완벽한 혁련무룡은 당금 무림에서 몇 손가락 안에 꼽힐 정도로 훌륭한 일등 신랑감이었다.

그런 그에게 평소에 수많은 미녀들이 추파를 던졌지만 그는 거들떠 보지도 않았으며 내로라하는 명문가에서 청혼이 줄을 이었어도 일언지하에 거절했다.

그에겐 오직 한 여자 단우옥이 있을 뿐이었다.

그의 단우옥에게 향한 사랑은 거의 신앙과도 같은 것이었다.

그는 지난 사흘 동안 안택현의 한 객잔에서 단우옥의 바로 옆방에 묵었다.

그러면서 하루의 거의 대부분을 그녀와 함께 보내면서 누구보다도 세심하게 그녀를 관찰할 수 있었다.

그 사흘 동안 단우옥은 말이 거의 없었고, 대신 틈만 나면 망연히 창밖을 내다보며 깊은 상념에 잠겼다가 가끔 긴 한숨을 토해내곤 했었다.

그럴 때 그녀의 얼굴에는 짙은 근심과 초조함이 역력했다.

어릴 때부터 줄곧 봐와서 누구보다도 그녀를 잘 알고 있는 혁련무룡은 그녀의 그런 표정이 여간 생소한 것이 아니었다.

'도대체 무엇을 걱정하고 있는 것인가?

그런 생각이 걷잡을 수 없이 일어나서 용기를 내어 두어 번 단우옥에게 직접 물어보기도 했었다.

하나 그때마다 그녀는 입을 꼭 다물고는 쓸쓸한 얼굴로 고개를 살래살래 가로저을 뿐이었다.

그러더니 오늘 그녀는 동이 트지도 않은 어두운 새벽에 객잔의 창을 통해 은밀하게 빠져나간 후 안택현의 복잡한 골목을 이리저리 돌면서 자신을 감시하던 사람들을 따돌렸다. 그러나 혁련무룡을 떨쳐 내지는 못했다.

혁련무룡은 그녀가 어딜 가는지 전혀 몰랐지만 그곳이 그녀가 지난 사흘 내내 근심하면서 초조해하던 그 무엇과 긴밀한 연관이 있을 것이라고 추측했다.

이후 단우옥은 곧장 홍동현으로 뻗은 관도를 달려가다가 중도에서 멈추더니 갑자기 관도를 벗어나 캄캄한 산속으로 쏘아 들어갔다.

그 산은 며칠 전 추적대와 수많은 무림 고수들이 쾌검마 사냥을 벌였던 운몽산이었다.

그녀는 운몽산중의 어느 냇가에 멈춘 후 하나의 바위 위에 우뚝 서서 냇물을 굽어보며 깊은 생각에 잠겼고, 무슨 생각을 하는지 표정이 여러 차례나 변했다.

그녀가 그곳에 머문 시간은 무려 한 시진이었다. 그사이에 어느덧 동이 터오고 있었다.

그런 그녀를 지켜보고 있는 혁련무룡은 복잡한 생각에 빠져들면서 나름대로 어떤 추측을 해보았다.

단우옥이 무림 고수들에게서 거의 죽어가는 쾌검마를 구했던 일.

그녀가 그를 죽이지 않았다면 아마도 중상을 입은 그를 은밀한 곳에 감추었거나 놓아주었을 것이라는 사실.

그리고는 추적대에게 그가 쾌검마가 아니라고 공언한 것.

그런 정황들에 근거했을 때, 아마도 이곳은 단우옥이 그자를 최초로 만난 장소가 아니겠는가라고 명석한 혁련무룡은 조심스럽게 추측했다.

그렇다면 그녀는 혈인검을 지니고 있는 인물, 누구든지 쾌검마라고 단정할 수밖에 없는 인물과 이곳에서 마주쳤고, 처음에는 그자를 결코 순순히 보내주지 않았을 것이다.

그래서 한바탕 싸움이 벌어졌을 것은 당연지사.

그때였을까?

어쩌면 그 후일는지도 모른다.

아니, 아마도 싸우는 과정에서였을 것이다. 그녀가 자신이 싸우고 있는 상대를 쾌검마가 아니라고 판단하게 된 시점은.

그래서 문득 혁련무룡은 얼마 전에 자신에게 은자 천 냥을 받고 한 가지 정보를 팔았던 풍사단 홍동지단 향주의 말을 기억해 냈다.

"쾌검마의 동생인 쾌검왕이라는 자가 지금 홍동현에서 안택현으로 향하는 관도로 오고 있습니다."

그때 그 향주는 쾌검마라고 하지 않고 쾌검마의 동생 쾌검왕이라고 말했었다.

그 당시에는 '쾌' 라는 말만 들어도 무조건 쾌검마라고 단정 짓는 분위기가 팽배했었다.

더구나 혁련무룡이 운몽산에서 찾아낸 쾌검왕이라는 자는 혈인검까지 지니고 있었다.

그러니 그를 쾌검마라고 단정하지 않는 것이 오히려 이상하게 여겨질 상황이었다.

그래서 혁련무룡도 그를 쾌검마라고 단정했었고, 이곳 운몽산에서 끈질기게 그를 추격했었다.

단우옥의 부친 남해신검 단우헌은 쾌검마에게 살해당했고, 장례식에는 혁련무룡 부자도 참석했었다.

그자가 정말 쾌검마였나면 난우옥이 그와 생사혈전을 피할 리가 없었고, 더구나 그를 구했을 리 만무했다.

‘역시 옥 매의 말이 맞았군. 그자는 쾌검마가 아니었어.’

사흘 전, 혁련무룡은 단우옥이 주루에서 했던 말을 그저 사랑에 근거하여 단지 가슴으로만 믿었지만 지금은 차가운 이성으로도 믿을 수 있게 되었다.

‘음, 추적대가 이곳 운몽산에서 쾌검왕과 숨바꼭질을 하는 사이에 쾌검마는 이미 도주했을 것이다. 사흘, 아니, 족히 사흘 반나절은 지났으니 그자는 이미 산서 경내를 멀찌감치 벗어났겠군.’

그래서 그는 그런 충격적인 결론까지 이끌어낼 수 있었다.

쾌검왕이 홍동현에 가까운 운몽산에서 추적대와 무림 고수들에게 포위되어 공격당하는 동안 안택현은 사실상 텅 비어 있었다.

그러므로 쾌검마가 안택현에 있었다면 그가 유유히 떠나는 것을 아무도 제지하지 않았을 것이다.

‘형제가 합작한 성동격서(聲東擊西)였어. 멋지게 당했군.’

진짜 사내는 멋있게 승리하는 것에도, 보기 좋게 당한 것에도 고루 갈채를 보낸다.

원래 세상사라는 것은 한 가지 결론이 도출되면 또 다른 의문이 꼬리를 물기 마련이다.

‘그런데… 쾌검마는 동생이 죽어도 상관없다는 것인가? 자기만 살자고 동생을 위험에 내던져 두고 도주하다니…….’

결국 쾌검왕은 유성보와 무당파, 무림 고수들에게 추적당하면서 중상을 입은 후 죽기 직전에 간신히 단우옥에게 구해졌다. 그녀가 아니었다면 쾌검왕은 죽었을 것이다.

그리고 혁련무룡은 머리 속에서 폭죽처럼 터지고 있는 여러 추측 중에서 또 하나의 추측을 거의 사실로 단정하기에 이르렀다.

'쾌검왕은 쾌검마의 친동생이 아니다. 단지 쾌검마가 자신의 탈출을 위해서 급조해 낸 가짜 동생일 가능성이 크다.'

쾌검왕이 친동생이거나 피로 맺어진 의제였다면 그를 사지에 그대로 내버려 둔 채 쾌검마 자신만 도주했을 리 없다.

그래,

쾌검마는 안택현에서 두 달 이상 머무는 동안 적당한 사람을 물색하여 자신의 검법 중 일초식인 섬쾌를 전수한 것이다.

쾌검왕이 전개하는 검법을 보면 그걸 알 수 있었다. 현재까지도 쾌검왕이 쾌검마의 성명검법이라고 할 수 있는 쾌검마류를 전개했다는 소문은 듣지 못했다.

그 이유는 아마도 쾌검마가 쾌검왕에게 자신의 진짜 실력인 쾌검마류까지는 전수하지 않았기 때문일 것이다.

그러나 혁련무룡이 알고 있는 한 쾌검마의 쾌검식은 현존하는 검법 중에서 가장 위력적이며 공포스러운 검법이었다.

쾌검마가 무림에 출현하여 공포의 살명을 날리기 시작한 이래 수많은 인물들이 그의 쾌검식을 본따서 무슨무슨 쾌검입네 하고 횡행하고 다녔던 일들이 한동안 무림에 돌림병처럼 번졌을 정도였다.

비록 쾌검식의 일초식에 해당하는 섬쾌검식이지만 쾌검마가 직접 쾌검왕을 가르쳤다는 사실을 간과해서는 안 될 것이다.

그 과정에서 쾌검마는 필경 쾌검왕이 단시일 내에 가장 효과적이며 위력적인 섬쾌를 발휘할 수 있도록 심혈을 기울여서 조련했을 것이다.

쾌검왕이 추적대를 맘껏 휘저어놓아야만 자신이 무난하게 탈출할 수 있을 테니까 결코 대충대중 가르칠 순 없었을 것이다.

또한 내공이 없는 쾌검왕에게 순식간에 공력을 증진시켜 주는 영약이나 영물 같은 것을 복용시켰을 가능성이 짙었다.

더구나 쾌검왕이 뛰어난 자질마저 갖추고 있어서 쾌검마의 진전을 놀라울 정도로 빠르게 받아들였다면 그가 아무리 급조된 고수라고 해도 추적대의 몇 명을 제외한 거의 대부분이 그의 적수가 되지 못하는 것은 당연한 일이었다.

그렇게 쾌검마라는 전대미문의 괴물이 또 하나의 괴물 쾌검왕을 창조했을 것이라고 혁련무룡은 추론해 냈다.

쾌검마는 쾌검왕에게 묵혈쌍검 중에 하나인 혈인검마저도 선뜻 주었다.

섬쾌검식을 사용하는 데다가 혈인검까지 지니고 있는 사람이 안택현에 나타났다면 추적대가 그를 주안술로 변신한 쾌검마라고 오인하는 것은 너무도 당연한 일이었다.

혁련무룡의 날카로운 추측에 의하면 쾌검마는 그것마저도 계산에 넣었다.

쾌검왕이 혈인검을 끝까지 뺏기지 않고 지니고 있든 뺏겼든지 간에 쾌검마 자신이 원래의 능력을 회복한 후에는 언제라도 마음만 먹으면 혈인검을 회수할 수 있으리라고 자신했을 것이다.

'사흘 전 운몽산중에서 쾌검왕을 처음 만났을 때 그자는 이미 중상을 입은 상태였다.'

냇가 바위 위에 서서 생각에 잠겨 있는 단우옥을 주시하며 혁련무룡은 또다시 그 사실을 기억해 냈다.

'그렇군 그 당시에 쾌검왕은 옥 매에게 당했을 것이다.'

단우옥은 쾌검왕을 쾌검마로 오해해서 부친의 복수를 하려고 그를 공격하여 중상을 입혔다.

쾌검왕이 비록 쾌검마에 의해 만들어진 괴물이지만 백무신 중 한 명인 남해신검으로부터 사사한 단우옥의 적수는 못 됐을 것이다.

혁련무룡의 추측에 의하면 단우옥은 쾌검왕이 중상을 입은 시기를 전후하여 그가 쾌검마가 아니라는 사실을 깨닫게 되었다.

그리고는 자신이 중상을 입힌 것 때문에 그가 추적대에게 속수무책으로 쫓기면서 당하는 광경을 보며 죄책감에 빠져서 그를 도왔을 것이 분명했다.

혁련무룡이 알고 있는 단우옥의 착한 성품이라면 능히 그러고도 남음이 있었다.

이미 결론은 났다.

지금의 단우옥은 단지 쾌검왕의 안위를 염려했을 뿐이고, 죄책감을 떨쳐 내려는 것이었다.

그녀가 운몽산의 냇가에 서 있는 동안 혁련무룡은 그런 여러 가지 사실들을 추측해 내고 또한 결론을 얻었다.

동이 완전히 터오른 후 단우옥은 운몽산을 떠나 다시 관도로 접어들어 곧장 이곳 풍사단 홍동지단으로 왔다.

'쾌검왕을 이곳에 숨겨두었군.'

상념에서 깨어난 혁련무룡은 홍동지단 전문을 주시하며 속으로 중얼거렸다.

단우옥이 풍사단 같은 사도 방파를 알고 있을 리 없었다. 아마도 쾌검왕이 이곳으로 데려다 달라고 그녀에게 부탁했을 것이다.

그리고 단우옥은 자기 때문에 곤경에 빠진 사람을 내내 걱정하다가 결국 생사나 확인해 보자는 뜻에서 오늘 이곳으로 달려온 것일 게다.

혁련무룡은 마음이 아주 홀가분해졌다.

그녀를 무조건 믿었고, 만인이 그녀에게 손가락질을 할지라도 혁련무룡은 혼자서라도 그녀 편이 돼줄 수 있었다.

하지만 사실 그동안 찜찜한 구석이 전혀 없었던 것은 아니다. 그런데 그게 이 순간 완전히 사라져 버린 것이다.

단우옥은 쾌검왕을 만나고, 그자가 살았든 죽었든 안택현으로 돌아오게 될 것이다.

혁련무룡은 돌아가서 조용히 기다리기만 하면 된다.

휙!

그는 더 이상 생각할 것도 없이 즉시 홍동지단 전문 앞에서 몸을 돌려 강변으로 쏘아 내려갔다가 곧 사라졌다.

◆제16장◆
유성추혼(流星追魂)의 순애(純愛)

흑궁녀(黑弓女)는 흑사신의 그림자, 즉 호위 고수로서 단신으로 흑사신을 수행한 채 홍동지단에 왔었다.

그녀는 여자의 몸이면서도 풍사단의 쟁쟁한 사파 고수들을 제치고 흑사신의 최측근이 된 사파 여고수였다.

온몸에 온통 먹칠을 한 것처럼 몸에 착 달라붙는 흑의를 입었고, 어깨에는 역시 흑궁(黑弓)과 검은 화살이 담긴 화살통을 메고 있으며, 허리 뒤에 두 자 길이의 도를 차고 있는 모습.

십팔구 세의 나이.

보통 여자들보다 약간 거무스름한 피부에 날카로운 느낌을 주는 미모를 지녔다.

싸늘함 혹은 으스스한 아름다움이다.

사실 풍사단의 오백여 명 사파 고수들은 흑사신보다 흑궁녀를 더 무서워한다.

어떤 자들은 그녀를 일컬어 사갈(蛇蝎) 같다고도 말하고, 어떤 자들은 독사 같다고도 했다.

하나 그들의 말은 다 달랐다.

사갈이나 독사라는 말로는 흑궁녀의 냉혹함을 절반도 설명하지 못하기 때문이다.

"……!"

지금 흑궁녀는 흑사신을 호위한 지난 삼 년 동안 그가 지금처럼 놀라는 모습을 처음 보고 있는 중이다.

아니, 평소에 흑사신이 늘 얼굴에 떠올리고 있는 한 가지는 무표정뿐이었다.

그러므로 흑궁녀는 그가 그것 외에 다른 표정을 짓는 것을 본 적이 없었다.

그런 그가 지금 얼굴에 한 가닥 놀라는 표정을 역력하게 떠올리고 있었다.

그러나 과연 흑사신이 놀랄 만했다.

흑사신 앞에 서 있는 사람은 다름 아닌 봉황일미였으므로.

처음에 현악이 풍사단 홍동지단을 찾아와서 자운을 찾아달라고 부탁했을 때에 채엽은 그 사실을 총단에 보고하지 않았었다. 보고할 만큼 중요한 일이 아니었던 것이다.

그런데 그 후 봉황일미가 다 죽어가는 쾌검왕을 안고 홍동지단에 찾아왔고, 쾌검왕이 운몽산에서 쾌검마 추적대와 일대 혈전을 벌였다는 보고가 홍동지단은 물론 총단에까지 날아들게 되자 채엽은 그 사실들을 더 이상 혼자만 알고 있을 수 없게 되었다.

그래서 자신이 알고 있는 모든 상황들을 상세하게 서찰에 적어 총단에 보냈다.

그리고 그것을 읽은 흑사신의 최측근 지략가는 흑사신에게 직접 홍동지단에 가볼 것을 조언했고, 그래서 그가 온 것이었다.

흑사신의 목적은 오직 쾌검왕에게 있었다.

그는 원래 여자를, 그것도 얄량한 사랑 놀음 따위를 좋아하지도 않았고 그런 것에 허비할 시간도 없었다.

그런 흑사신의 얼굴에 잠시나마 떠오른 놀라움의 원인이 순전히 봉황일미의 아름다움 때문이라는 사실을 흑궁녀는 간파했다. 그래서 더 놀랐다.

사내라면 그 누구라도 봉황일미를 처음 보는 순간 놀라지 않을 수 없을 것이다.

그녀의 절대완미라는 것은 아름다움으로 나라를 망하게 한다는 경국지색이라는 표현으로도 부족할 정도였다.

하지만 흑궁녀는 그래도 자신이 하늘처럼 여기는 흑사신은 뭔가 다를 것이라고 생각했다.

그런데 사내들은 다 똑같았다.

흑궁녀의 입가에 씁쓸한 미소가 떠올랐다가 아주 빨리 사라지는 것을 발견한 사람은 아무도 없었다.

"그 사람을 봐야겠어요."

하늘은 불공평했다.

봉황일미에게 지상에서는 결코 짝을 찾아볼 수 없을 정도의 완미함을 주고서도 그에 버금가는 옥음까지 주었으니 말이다.

"쾌검왕 말이오?"

흑사신은 봉황일미의 미모에 아주 잠깐 얼굴빛이 가볍게 흔들리면서 동공이 커졌다.

그것은 명백한 놀람이었지만 순식간에 사라져 버렸기 때문에 흑궁녀와 단우옥 외에는 아무도 발견하지 못했다

실내에는 흑사신과 단우옥이 마주 서 있고, 흑사신 옆에는 흑궁녀가, 단우옥 옆에는 채엽이 서 있었다.

채엽은 기분이 아주 좋았다.

마음속의 영원한 우상인 봉황일미를 다시 보게 돼서 좋았고, 그녀가 홍동지단에 들어서자마자 월혼도 채엽이라는 별호와 이름을 똑바로 대면서 그를 당장 불러달라고 했기 때문에 그때부터 지금 이 순간까지 행복해서 죽을 지경이었다.

그래서 그는 풍사단 사람이면서도 마치 봉황일미의 호위 무사라도 되는 양 그녀 옆에 장승처럼 우뚝 서 있었다.

흑사신은 채엽에게 고개를 가볍게 끄덕여 보였다.

"그녀를 쾌검왕에게 안내해라."

"이, 이쪽으로."

채엽은 기다렸다는 듯이 서둘러 방문을 열며 단우옥을 안내했다.

"잠시만 혼자 있게 해주겠어요?"

현악이 누워 있는 방으로 들어선 단우옥은 시선을 현악에게 고정시킨 채 그녀 뒤에 뻘쭘하게 서 있는 채엽에게 조용히 말했다.

단우옥의 부탁을 거절할 채엽이 아니었다.

그는 현악을 치료하던 두 명의 의원을 발로 걷어차면서 내쫓고 자신도 즉시 방을 나갔다.

그는 방문을 닫기 전에 부끄러운 듯한 얼굴로 단우옥에게 한마디 남기는 것을 잊지 않았다.

"오래 계셔도… 언제까지 계셔도 상관없습니다."

단우옥은 묵묵히 현악을 바라보다가 섬섬옥수를 뻗어 그의 손목의 맥을 짚어보았다.

맥이 거의 잡히지 않았다.

그녀의 얼굴이 맥을 확인하기 전보다 더욱 어두워졌다.

현악을 이곳에 맡기고 떠났던 아흐레 내내 마음속도 머리 속도 흙탕물처럼 어지러웠었다.

혁련무룡이 추론하여 얻어낸 결론 정도를 영특한 단우옥이 생각해 내지 못할 리 없었다.

여러 수십 번을 곱씹어 반추해 봐도 현악은 결코 쾌검마일 수가 없었다.

아니, 오히려 쾌검마에게 이용당했을 것이라고 그녀도 최종적인 결론을 내렸었다.

현재 단우옥이 현악에게 품고 있는 감정은 일말의 동정심이라고 할 수 있었다.

무엇인지 정체를 알 수 없는 기묘한 감정이 그녀의 마음 깊은 곳에서 새록새록 움트고는 있었지만 그녀는 그것마저도 현악에 대한 동정심일 것이라고 치부해 버렸다.

고귀한 단우옥이 현악 같은 종류의 사람에게 동정심 이외의 감정을 느낄 리가 없었기 때문이다.

자세한 내용은 알 수 없지만 현악은 쾌검마에게 이용당하고 버려졌으며 그래서 죽어가고 있는 중이었다.

쾌검마가 현악을 이용하고 버린 비열한 인물이라면 단우옥은 현악을 죽어가게 만든 장본인이었다.

두 사람 다 현악에게 용서받지 못할 몹쓸 짓을 한 것이다.

그녀는 그런 생각을 종내 떨쳐 낼 수가 없었다.

만약 지금 현악이 조금이라도 소생의 기미를 보이고 있었다면 단우옥은 홀가분한 마음으로 떠날 수 있을 것이다.

그러나 냉엄한 현실은 정반대였다.

벌거벗겨진 채 얼굴만 빼놓고 온몸이 흠씬 피를 머금은 흰 천에 감겨져 있는 현악의 몸 위에는 이미 죽음의 그림자가 짙게 드리워져 있었다.

그리고 핏기 하나 없는 얼굴은 이미 사자(死者)의 그것이었다.

“하하, 임마, 난… 쉽게… 아, 안 죽어…….”

운몽산에서 만신창이가 된 현악은 단우옥에게 그렇게 말한 후 정신을 잃었었다.

만약 그가 이대로 죽는다면 그 말이 현악이 이승에서 남긴 마지막 말이 될 것이고, 단우옥이 그의 말을 마지막으로 들어준 사람이 될 것이다.

단우옥은 어찌할 바를 모르고 한참 동안이나 그렇게 앉아서 망연자실 현악만 바라보았다.

총명한 그녀가 아무리 긍정적으로 생각해 봐도 현악은 죽을 수밖에 없을 것 같았다.

그리고 그런 현악을 보면서도 아무것도 해줄 수 없다는 현실이 안타

깝기만 했다.

*　　　　*　　　　*

　뇌행검객(雷行劍客) 마충락(馬忠洛)은 눈도 깜빡이지 않은 채 풍사단 홍동지단의 전문을 쏘아보며 빠르게 염두를 굴렸다.

　마충락은 아흐레 전 운몽산에서 단우옥이 현악을 구출할 당시 근처 나무 뒤에 숨어서 그 광경을 똑똑히 지켜봤던 무림 고수들 중 한 명이다.

　단우옥이 추적대가 있는 주루에 나타나서 쾌검마가 진짜 쾌검마가 아니라고 말했다는 소문을 듣긴 했지만 마충락은 코웃음을 치며 믿지 않았다.

　그리고는 지난 사흘 동안 한숨도 자지 않으며 눈을 부릅뜨고 단우옥이 묵은 객잔을 감시했었다. 그는 반드시 단우옥이 뭔가 행동할 것이라고 짐작한 것이다.

　과연 그의 짐작대로 단우옥은 오늘 이른 새벽에 귀신처럼 창문으로 빠져나와 결국엔 이곳으로 그를 안내했다.

　결과적으로 봉황일미 뒤를 유성추혼이 미행했고, 그 뒤를 마충락이 미행한 셈이 된 것이다.

　마충락의 판단으론 풍사단 홍동지단에 봉황일미가 구해서 빼돌린 쾌검마가 있는 게 분명했다.

　그런데 어찌 된 일인지 유성추혼은 홍동지단 전문 앞에서 잠시 서 있다가 그대로 돌아가 버렸다.

　유성추혼이 가지 않았다면 마충락으로서는 손을 쓸 방법이 없었을 텐데 이것은 일이 잘 풀리려는 징조가 분명하다며 그는 내심 쾌재를 불렀다.

마충락은 이제 봉황일미가 떠나는 것만 확인하면 즉시 안으로 들어가 일을 벌일 계획이다.

쾌검마는 극심한 중상을 입었기 때문에 걱정할 게 없을 테고, 사도방파인 풍사단의 지단 따위는 안중에도 없었다.

훔치든 모조리 죽이든 혈인검은 거의 자신의 수중에 들어온 것이나 다름이 없다고 확신하고 있는 마충락이었다.

'흐흐, 이제 묵영검만 수중에 넣으면…….'

"귀하, 이곳에서 무얼 하고 있소?"

"……!"

그때, 등 뒤에서 들려온 조용한 음성이 찐빵처럼 하염없이 부풀어 오르던 마충락의 꿈을 한순간에 짓밟아 버렸다.

"나를 미행한 것이오?"

'후방 왼쪽 일 장 반 거리다!'

마충락은 대답하는 대신 자신과 배후인과의 거리를 재며 빠르게 공력을 끌어올렸다.

강호 경험이 풍부한 그는 이럴 때 어떻게 대처해야 하는지를 잘 알고 있었다.

휘르르릇!

그가 번개같이 몸을 돌리는 것과 동시에 검을 뽑아 벼락같이 떨치자 마치 거센 급류가 바위 사이를 흐르는 듯한 음향이 터지며 세찬 검풍이 후방 왼쪽으로 쏟아져 나갔다.

그의 성명검법인 뇌행검법(雷行劍法)이었다.

파아아—

그러나 검풍이 도달한 곳에는 아무도 없었다.

예리한 검풍은 애꿏은 나무 한 그루를 통째로 뎅겅 베고 주위의 무수한 나뭇가지들을 잘라서 어지럽게 허공으로 날려 버렸다.

마충락은 일순 온몸이 경직됐다.

'고수다!'

"무턱대고 공격하다니, 필경 좋은 사람은 아니로군."

나직한 호통성이 처음과는 전혀 다른 방향인 반대편 옆쪽에서 들려왔다.

마충락은 재빨리 음성이 들려온 곳으로 상체를 돌리며 쳐다보다가 머리털이 곤두서고 말았다.

'유성추혼!'

앞뒤 가릴 것 없이 마충락은 혁련무룡을 향해 재차 벼락처럼 검을 떨쳤다.

상대는 유성추혼이다.

그 사실은 여차하면 자신에겐 공격할 기회조차 없다는 의미이며, 운이 좋아야 단 한 차례라도 공격을 시도해 볼 수 있다는 뜻이기도 했다.

픽!

"흑!"

그러나 그에겐 그런 행운조차 따라주지 않았다.

아니, 그는 미처 뇌행검법을 펼치기도 전에 심장 어림이 화끈한 것을 느끼며 모든 동작을 뚝 멈춰야만 했다.

마충락의 심장 부위를 덮고 있는 옷에 호두알 정도 크기의 구멍이 뚫렸고, 그곳으로 핏물이 힘차게 뿜어졌다.

척!

혁련무룡이 검을 검집에 꽂고 이는 모습이 그제야 마충락의 핏발이 곤두선 시야로 가득 들어왔다.

마충락은 손에 검을 쥐고 있었는데도 검을 검집에서 뽑은 혁련무룡보다 오히려 발검이 더 늦은 것이었다.

마충락은 자신의 심장에서 더운 피가 뿜어지는 것을 물끄러미 내려다보았다.

이젠 이승과 하직할 시간이었다.

퍼퍼퍽!

“으악!”

그 순간 겉으로는 보이지 않지만 속에서 마충락의 심장이 수십 조각으로 쪼개지며 폭죽처럼 터졌다.

그것이 바로 유성분광검법의 무서움이었다. 최초에는 뚫어버리고 그 다음에 터뜨린다.

이 검법의 발검은 쾌검마의 쾌검마류와 비견될 정도로 빠르다. 게다가 늘 심장을 노린다는 점에서 쾌검마가 미간을 노리는 것과 흡사했다.

한줄기 유성 같은 검기가 심장으로 파고들어 수십 개의 빛으로 폭발, 즉 분광한다.

그래서 유성분광검법인 것이다.

쿵!

마충락은 잘게 쪼개진 여러 개의 심장 조각을 입으로 토해내며 묵직하게 쓰러졌다.

혁련무룡은 죽은 마충락을 물끄러미 굽어보았다.

그는 안택현으로 돌아가서 단우옥을 기다려야겠다고 생각하여 이곳을 떠났다가 뭔가 께름칙한 느낌이 드는 것을 떨쳐 버릴 수가 없었다.

그 느낌이 딱히 뭐라고 집어낼 수는 없었지만 왠지 다시 돌아와야 할 것 같다는 생각이 드는 순간 즉시 되돌아와서 기척없이 살피던 중에 숨어 있는 마충락을 발견했던 것이다.

혁련무룡은 조금 전까지 마충락이 주시하고 있던 홍동지단의 전문을 나무 사이로 눈썹을 찌푸린 채 쳐다보았다.

그는 자신이 방금 죽인 마충락이 누군지도 모르고 굳이 알아야 필요도 없었다.

단지 그가 이곳에서 무얼 하고 있었으며 무얼 하려고 했는지가 중요할 따름이었다.

'옥 매도 나도 그토록 조심했는데도 미행이 있었을 줄이야……'

그는 자책했다.

결코 미행이 있어서는 안 된다.

단우옥의 이런 비밀스러운 행보는 오직 혁련무룡 자신만이 알고 있어야 한다.

그녀를 주시하는 추적대와 무림 고수들의 시선이 곱지 않은 이 상황에서 그녀가 몰래 사도 방파에 왔다는 사실은 아무도 몰라야 하는 것이다.

또 다른 오해의 소지가 될 만한 것들은 싹이 나오기 전부터 잘라내야만 한다.

비록 홍동지단 안에 누워 있는 인물이 쾌검마가 아니라고 하더라도 말이다.

결론적으로 혁련무룡은 단우옥이 사람들에게 의심받는다는 사실이 싫었다.

그는 미행자가 마충락 한 명뿐이라고는 생각하지 않았다.

방금 죽은 자가 미행했을 정도라면 다른 자들도 충분히 미행할 수 있었을 터.

‘찾아내서 모두 죽여야겠군.’

혁련무룡은 지그시 어금니를 악물었다.

단우옥을 위해서라면 못할 일이 없다.

그것이 설혹 목숨을 내놓는 일이더라도 말이다.

그는 묵묵히 홍동지단의 전문을 응시했다.

문득 그의 낯빛이 어두워졌다.

“무룡아, 반드시 묵혈쌍검을 아비에게 가져다 다오.”

부친의 당부가 아직도 귓가에서 생생하게 맴돌았다.

혁련무룡은 지그시 이를 악물었다.

‘그러나 지금은 아니다.’

쾌검왕이, 아니, 혈인검이 저 안에 있다고 하더라도.

지금은 정인(情人) 단우옥이 혈인검 있는 곳으로 안내한 것이나 다름없는 상황이다.

그녀와 쾌검왕 사이에 무슨 일이 있었는지는 모르지만 단우옥을 곤란하게 만들 수는 없는 일이었다.

이윽고 혁련무룡은 지그시 어금니를 악물었다.

‘다른 장소에서 쾌검왕을 만나게 되면 용서없다!’

‘혹여 다시 만날 일이 없더라도 부디 소생하길 빌겠어요.’

단우옥은 현악을 보며 진심으로 빌어주고 일어섰다.

아마도 현악을 다시 만날 일은 현세에서는 없을 것이다.

그녀는 산서 땅에서 너무 오래 지체했다.

그녀가 강호에 나온 이유는 오직 부친의 복수를 하기 위해서였다.

쾌검마는 이미 아흐레 전에 안택현을 벗어났다고 봐야 한다.

아흐레면 중상을 입은 쾌검마라고 해도 오백여 리 이상 벗어날 수 있는 시간이다.

게다가 그는 회복하는 중일 것이다.

쾌검마가 완전히 회복하면 아무도 그의 적수가 될 수 없다. 그를 제압하려면 추적대를 구성하여 협공하는 방법뿐이다.

아니면 잊혀져 가는 전대 기인이나 무림에 알려지지 않은 세외 고수들 중에서 혹시 적수가 있으려나?

단우옥이 쾌검마를 죽일 수 있는 오직 한 가지 길은 그의 공력이 절반 이하인 지금 뿐일 터.

그러나 지금 추격해도 늦었다.

지체하면 지체할수록 복수를 할 수 있는 가능성은 더 희박해지고 있었다.

그리고 또 한 가지.

추적대와 무림 고수들은 쾌검마에 대한 열쇠를 단우옥이 쥐고 있다고 믿고 있었다.

그러므로 그녀가 한시바삐 산서 땅을 떠나야 추적대도 움직일 것이고, 그래야 현악도 안전한 상태에서 죽음과의 외로운 사투를 벌일 수 있을 것이다.

단우옥은 마지막으로 현악을 잠시 바라보다가 몸을 돌렸다.

“잠깐!”

단우옥이 대전을 막 나서려는데 뒤에서 흑사신이 따라오며 그녀를 불러 세웠다.

“그대와 쾌검왕은 무슨 관계요?”

흑사신은 단우옥과 정면으로 마주 서서 단도직입적으로 물었다.

그의 무심한 눈빛이 그녀를 잠시 전율시켰다.

쾌검왕에게 관심이 깊은 흑사신으로서는 당연히 궁금한 사항이었고 꼭 들어야 할 대답이었다.

그는 쾌검왕에 대해서만큼은 모든 것을 알고 있어야 했다.

그것이 그와 그의 지략가가 은밀하게 세운 모종의 계획에 쾌검왕이 적합한 인물인지 아닌지 판단을 내리는 일에 영향을 끼칠지도 모르는 일이었다.

“말하고 싶지 않아요.”

사실 단우옥은 현악과 아무런 관계도 아니었다. 혼인하자고 한 것은 현악의 일방적인 통고였을 뿐, 그녀는 그것에 대해서 한 움큼도 마음에 담아두고 있지 않았다.

단지 그녀는 정말 아무 말도 하고 싶지 않은 것뿐이다. 지금 그녀의 기분은 그랬다.

하지만 그녀의 침묵은 풍사단의 하늘 흑사신을 무시하는 결과를 초래했다.

풍사단에서는 결코 일어날 수 없는 일이고, 흑궁녀나 채엽은 그런 것을 한 번도 본 적이 없었다.

창!

“건방진 년!”

흑사신 뒤에 서 있던 흑궁녀는 어느새 도를 뽑아 쥐고 흑사신을 스치며 단우옥에게 덮쳐 가고 있었다.

그녀의 무기는 일반적인 도보다는 얇고 폭이 좁았으며 검보다는 컸는데 전체적으로 완만하게 곡선을 이룬 모양이어서 굳이 구분하자면 도에 속했다.

흑궁녀는 호통보다 행동이 더 빨랐다.

도는 이미 단우옥 머리 위 한 자까지 도달한 상태였다.

피하지 못할 경우 머리가 세로로 쪼개지고 말 순간이었고, 누가 보더라도 너무 돌연한 급습이라서 단우옥이 피하지 못할 것처럼 보였다.

흑궁녀는 풍사단 서열 삼위고 실력으로는 네 번째 고수다.

그 광경을 보며 채엽의 안색이 하얗게 급변했다. 그의 우상이 머리가 쪼개질 판국인 것이다.

일촉즉발의 순간,

쐐액!

단우옥이 슬쩍 상체를 기울이자 도는 고막을 찢을 듯한 파공음을 내며 그녀의 어깨 아래로 스치듯 흘렀다.

방금 흑궁녀가 펼친 일도의 초식을 풍사단 내에서 피할 수 있는 사람은 다섯 명도 채 못 된다.

그러나 어떤 사람들에겐 공포의 대명사인 것이, 또 어떤 사람들에겐 어린아이 장난처럼 여겨지는 곳이 바로 무림이었다.

쩍!

“악!”

흑궁녀는 자신이 어떤 수법에 적중당했는지도 모르는 채 입에서 피

화살을 뿜으며 쏜살같이 튕겨져 날아갔다.

공격하던 속도보다 더 빨리 튕겨졌다는 표현은 이럴 때 아주 적절했다.

원래 대전 입구에서 공격했던 흑궁녀는 대전 안으로 이 장이나 튕겨져 날아들어 갔다가 바닥에 떨어지고도 일 장쯤 더 밀려가서야 겨우 멈췄다.

단우옥은 뻗었던 왼손을 느릿하게 거두었다.

채엽은 그제야 단우옥이 일장으로 흑궁녀를 날려 버린 사실을 알 수 있었다.

흑사신은 흑궁녀의 도가 단우옥의 머리 위 다섯 치에 이르렀을 때 단우옥이 슬쩍 왼손을 내미는 것과 그녀의 손바닥에 은은한 백색 광채가 일렁이는 것을 목격한 유일한 사람이었다.

단우옥을 아름다운 미녀로만 생각했던 채엽은 이 순간 다리가 후들후들 떨렸다.

흑사신은 쏘는 듯이 단우옥을 주시하면서 나름대로 자신의 실력과 견주어보았다.

사실 흑사신은 보름 전에야 반년 동안의 오랜 폐관을 끝내고 출관했다.

반년 전 그는 천신만고 끝에 그토록 염원하던 비급 한 권을 손에 넣었다.

역천도법(逆天刀法).

그런 이름을 지닌, 삼백 년 전 무림에 이름을 떨쳤던 사파의 제황 역천도제(逆天刀帝)의 극강도법이었다.

흑사신은 그 즉시 폐관에 들어갔다.

그가 역천도법을 연공하기 위해서 폐관한 사실은 흑궁녀와 지략가 외에는 아무도 몰랐다.

그러나 역천도법을 연공하는 일은 그리 녹록하지만은 않았다.

그것을 십이성까지 완성하려면 백 년 내공이 있어야만 했다.

게다가 삼 년 동안 폐관해야 한다는 사실을 그는 역천도법을 연마하는 도중에야 비로소 알게 되었다.

그러나 그의 공력은 육십 년 일 갑자 수준이었고, 게다가 삼 년이라는 세월은 그에게 너무 길었다.

그의 야망이 삼 년이라는 긴 시간을 기다려 주지 못했다.

결국 그는 반년 만에 폐관을 중지했고, 삼성(三成)의 성취를 이룬 채 출관하고 만 것이다.

흑사신은 지금 자신이 단우옥과 싸우게 된다면 승리를 장담할 수 없다고 판단했다.

아니, 백 초 정도 팽팽하게 싸운 후 자신이 패할 것 같다고 막연하게 나마 추측했다.

그는 원래 사파 무공으로는 꽤 위력있는 흑사도풍류(黑死刀豊流)라는 패도적인 도법을 극성까지 익혔고 그래서 별호도 흑사신이라 불렸다.

그러나 흑사도풍류 따위로는 무림오대검법 중 하나인 해남도의 봉황십이검법을 당해낼 수 없었다.

사파무공은 대부분 큰 노력을 기울이지 않고도 단시일 내에 성취할 수 있다는 장점에 반해서 정심함이 없으며 곧 한계에 도달한다는 단점을 지니고 있었다.

그러므로 사파에서는 특별한 경우를 제외하곤 절정고수를 배출하지 못하는 것이다.

그런 점에서 사파 무공은 우선 먹기에 곶감이 좋다는 말과도 전혀 무관하지 않았다.

반면에 정파 무공은 성취 속도가 느린데다가 수련 방법이 너무도 혹독했기 때문에 중도에 포기하는 경우가 비일비재했다.

그러나 어느 단계에 이르게 되면 무서운 위력을 발휘하게 되며 거의 한계가 없다. 혹독하게 연마하면 하는 만큼의 정직한 결과가 주어지는 것이다.

해서 정파에는 절정고수들이 구름처럼 많았으며 수적으로는 사파에 비해 열세이면서도 실력에서는 우위를 차지하는 당연한 결과를 유지하고 있었다.

흑사신은 산서 땅 사파 무림 절반을 지배하고 있는 패자였지만 일개 소녀인 단우옥 앞에서는 초라함을 맛보아야만 했다.

아니, 그것은 흑사신이 약하다기보다는 단우옥이 너무 강하기 때문이었다.

흑사신 정도의 실력이라면 홀로 강호를 주유하더라도 절정고수와 맞닥뜨리지 않는 한 큰 낭패를 당하지는 않을 터였다.

"명심해요. 만약 그 사람에게 무슨 일이 생긴다면 절대 당신들을 용서하지 않겠어요."

휘익!

단우옥은 '절대'라는 말을 유독 강조하고 난 후 훌쩍 마당 쪽으로 몸을 날렸다.

그녀는 불과 서너 번 땅을 가볍게 박차는 것만으로 전문까지 오십여 장의 먼 거리를 단숨에 쏘아간 후 전문 위로 솟구쳤다가 순식간에 사라졌다.

흑사신과 채엽은 그녀가 사라진 전문 쪽을 쳐다보았다. 흑사신은 얼마 전보다 더욱 굳은 표정이었고, 채엽은 얼마 전보다 더욱 몽롱한 표정이었다.

두 사람은 각기 다른 생각을 하느라 쓰러져 있는 흑궁녀를 돌아볼 겨를이 없었다.

대전에는 여러 향주들이 있었지만 감히 흑궁녀를 살펴볼 엄두를 내지 못했다.

슥―

한참 만에 흑사신이 몸을 돌리자 그제야 채엽은 퍼뜩 정신을 차리고 서둘러 그를 뒤따랐다.

평소보다 더 굳은 표정의 흑사신은 힘겹게 일어서고 있는 흑궁녀 곁을 그냥 스쳐 지나갔다.

참담했던 흑궁녀의 얼굴이 더 일그러졌다.

"다… 치셨습니까?"

뻑!

"우왁!"

우당탕!

채엽도 그냥 지나쳤어야 했다.

그랬으면 흑궁녀의 주먹에 턱을 얻어맞지도 않았을 테고, 대전 바닥에 볼썽사납게 나뒹굴면서 수하들에게 창피를 당하지도 않았을 것이다.

흑궁녀는 손등으로 입에서 흐르는 피를 닦으며 싸늘하게 중얼거렸다.

"다친 건 내 자존심이야."

그로부터 한 시진 후,
순찰을 돌던 수하 다섯 명이 홍동지단 반경 삼십여 장 이내의 각기 다른 장소에서 세 구의 시체를 발견했다.

흑사신은 대전 바닥에 나란히 눕혀져 있는 세 구의 시체와 각자의 옆에 놓여 있는 그들이 생전에 사용하던 세 자루의 무기를 굳은 얼굴로 굽어보고 있었다.
"홍동지단 외곽 삼십여 장 이내의 각기 다른 지점에서 시체로 발견된 이 자들은 뇌행검객과 거풍도(巨風刀), 그리고 칠지잔검(七指殘劍)입니다."
채엽은 시체들을 신중하게 살핀 후 공손히 아뢰었다.
"이들은 제법 이름깨나 날리는 일류고수들인데 하나같이 심장에 손톱만한 구멍이 뚫려서 죽었습니다. 하지만 속하는 이게 무슨 수법인지는 모르겠습니다."
"유성분광검법이다."
"유… 성분광검법?"
흑사신의 묵직한 말에 장내에 있던 채엽과 향주들은 해연히 놀라며 웅성거렸다.
무림인 중에서 무림오대검법 중 하나인 유성분광검법을 모르는 사람은 없을 것이다.
흑사신은 과연 노련했고 경험이 풍부했다.
그는 시체들을 보고 비단 그 수법뿐 아니라 그것을 시전한 인물까지도 간파해 냈다.

'유성추혼이 왔었다는 것인가?'

유성추혼이 유성보 고수들을 이끌고 쾌검마를 추적하여 안택현에 들어와 있다는 사실은 흑사신도 잘 알고 있었다.

흑사신은 나름대로 추리해 보았다.

얼마 전에는 봉황일미가 다녀갔었다.

그런데 그녀 뒤를 이들 세 명이 미행했고, 또 그 뒤를 유성추혼이 미행했다는 뜻이 된다.

그리고 유성추혼이 이들 세 명을 죽였다.

왜 이들을 죽였을까?

어쩌면 그는 여전히 쾌검왕을 쾌검마로 오인하고 있으며, 그래서 쾌검마를 혼자 죽이려는 속셈을 품고 쾌검마가 있는 장소를 비밀로 하려는 것인가?

아무래도 그럴 가능성이 가장 컸지만 흑사신은 곧 이상한 생각이 들었다.

봉황일미가 다녀간 지 이미 한 시진이나 지났다.

그런데 어째서 유성추혼은 아직까지도 홍동지단에 침입하지 않고 있는 것인가?

혹시 이미 잠입한 것은 아닌가?

어쨌든 이곳에 쾌검왕이 있다는 사실을 알고 있는 외부인은 현재로선 봉황일미와 유성추혼 두 명뿐이었다.

유성추혼이 홍동지단에 잠입했다면 쾌검왕이 위험했다.

휘익!

돌연 흑사신은 쏜살같이 대전 밖으로 쏘아 나갔다.

그 뒤를 흑궁녀와 채엽, 향주들이 이유도 모른 채 따랐다.

"총단주를 뵈옵니다!"

현악을 돌보던 두 명의 의원이 갑자기 들이닥친 흑사신을 보고 즉시 바닥에 부복했다.

현악은 여전히 혼수 상태로 침상에 누워 있었다.

흑사신은 날카롭게 실내를 쓸어봤지만 이상한 기미를 조금도 발견하지 못했다.

유성추혼은 이곳에 잠입하지 않은 것 같았다.

아니, 최소한 쾌검왕에게 무슨 해를 입히지 않은 것만은 확실했다.

만약 유성추혼이 마음만 먹는다면 흑사신은 물론이고 이곳에 있는 그 누구도 그의 적수가 될 수 없을 것이다.

그러므로 그가 잠입했다면 흑동지단은 무인지경이나 다름이 없었다.

그렇다고 손을 놓고 있다가 터무니없이 당할 수만은 없는 일.

"채엽, 지금 당장 쾌검왕을 은밀한 밀실로 옮겨라."

흑사신은 방을 나가면서 명령을 내렸다.

쾌검왕을 밀실 아니라 땅속에 매장시킨다고 해도 유성추혼의 이목을 속일 수는 없을 것이다. 하지만 이쪽에서도 그를 지키기 위해서 최선을 다해야만 했다.

◆제17장◆
부활(復活)

부활(復活)

"저렇게 처참하게 당한 경우는 난생처음 봅니다. 쾌검왕은 죽었어도 열 번은 더 죽었어야 마땅한 지독한 상태입니다."

"화타나 편작이 아니라 천신이 강림해서 치료한다고 해도 살릴 수 없을 것입니다. 그만 포기하십시오."

현악을 치료하던 두 명의 의원은 흑사신 발 앞에 부복한 채 입을 모아 아뢰었다.

"그는 아직 살아 있잖느냐?"

호피의에 몸을 묻은 흑사신은 묵직한 저음을 흘려냈다.

그는 좀처럼 말을 하지 않는 사람이라서 그의 목소리를 들은 사람은 풍사단 내에서도 손가락에 꼽을 정도였다.

"그게 꼭 살아 있다고만 볼 수는 없는 상황이라서 말입니다."

“무슨 말이냐?”

“속하들로서도 이해하기 힘든 상황입니다. 여러 정황으로 미루어 죽은 것이 분명한데도 아직 매우 미약하게나마 심장과 맥이 뛰고 있으니……”

“불가사의한 일입니다. 이런 경우는 들어본 적도 없습니다.”

흑사신은 표정의 변화가 없었다.

“결국 죽을 것이라는 말이냐?”

“그렇습니다.”

두 의원은 생각할 것도 없다는 듯 단언했다.

왈칵!

“총단주, 쾌검왕이 죽었습니다!”

그때 채엽이 거칠게 방문을 열고 뛰쳐 들어오며 자지러질 듯한 비명을 질렀다.

흑사신과 흑궁녀, 채엽, 두 명의 의원이 현악이 누워 있는 방으로 들이 닥쳤다.

“죽었습니다.”

두 의원이 번갈아 현악의 맥을 짚어보고 심장 박동을 확인하더니 무겁게 입을 모았다.

“이럴 수가?”

채엽은 얼굴 가득 불신의 표정을 떠올렸다.

“비켜라!”

흑사신은 의원을 밀치고 직접 현악의 맥을 잡았다. 손가락을 타고 싸늘한 체온이 전해졌다.

그것은 사자의 체온이었다.

전혀 맥이 잡히지 않았다.

현악은 끝내 죽은 것이다.

그의 죽음과 함께 흑사신이 세웠던 어떤 모종의 계획도 수정이 불가
피해졌다.

언제나 무표정한 그의 얼굴에 한줄기 쓸쓸함이 얼핏 떠올랐다가 사
라졌다.

"……!"

흑사신은 무거운 심정으로 현악의 손을 놓으려다가 흠칫 가볍게 안
색이 변했다.

검지 끝에서 뭔가가 느껴졌다.

맥박이었다.

지극히 미약했지만 현악의 손목에서 다시 맥이 뛰기 시작한 것이다.
방금까지만 해도 잡히지 않던 맥박이었다.

흑사신은 일각 동안이나 꼼짝도 하지 않고 현악의 맥을 짚은 채 침
상 옆 의자에 앉아 있었다.

중인은 흑사신이 큰 충격을 받은 것으로 여겨서 숨소리조차 크게 내
지 못하고 지켜보았다.

흑사신은 현악의 맥을 짚고 있는 동안 의원들도 감지하지 못한 한
가지 사실을 깨달았다.

그것은 몹시 미약한 기의 흐름이었다. 끊어질 듯하면서도 간신히 이
어지고 있었다.

그러나 흑사신은 그것이 현악의 체내에서 자령신공이 스스로 운기
하는 것이라곤 상상조차 하지 못했다.

"아직 죽지 않았다."

흑사신은 현악의 맥을 놓고 방문으로 걸어갔다.

죽지 않았다는 것은 아직 기회가 있다는 뜻이었다, 쾌검왕과 자신의 계획을 논할 기회가.

의원들과 채엽은 크게 놀라서 현악의 맥을 짚는다 심장 박동을 듣는다 수선을 피웠다.

"맙소사! 대체 어떻게 이런 일이……?"

그들은 눈을 휘둥그렇게 뜨고 서로의 얼굴을 쳐다보았다.

조금 전에는 분명히 맥도 심장도 뛰지 않았는데 지금은 비록 아주 미약하게나마 뛰고 있는 것이다.

그러나 그들은 결코 이해하지 못할 것이다.

현악의 분노와 한과 자령신공이 빚어내고 있는 이 소름 끼칠 만큼 악마적인 기적의 능력을.

그렇게 한 달이 지났다.

두 명의 의원은 한 달 내내 하루에 한 번 흑사신에게 현악의 상태에 대해서 보고했다.

그들이 한 달 동안 보고한 내용은 언제나 똑같았다.

"살아 있습니다만 호전될 기미는 전혀 보이지 않습니다. 언제 숨이 끊어지느냐 하는 것만 남았습니다."

현악은 기적, 혹은 절망을 준비 중이었다.

"총단주, 이게 뭔지 아십니까?"

흑궁녀가 두 손으로 공손히 내민 한 자루 검을 흑사신은 대수롭지 않은 듯 힐끗 쳐다보기만 했을 뿐 대답하지 않았다.

"혈인검입니다."

흑사신이 검에는 두 번 다시 시선조차 주지 않자 흑궁녀는 검을 더욱 바짝 들이밀면서 설명을 덧붙였다.

"자세히 보십시오. 이 검이 전설이 가리키는 묵혈쌍검 중에 혈인검입니다."

"그렇군."

말이 없기로 흑사신 버금가는 흑궁녀가 두 번씩이나 말한 다음에도 흑사신은 별다른 반응을 보이지 않았다.

"쾌검왕이 지니고 있었습니다."

"왜 가지고 왔느냐?"

뜬금없는 말.

"……."

흑궁녀는 흑사신에 대해서 풍사단 내에서 가장 잘 알고 있는 사람 중 한 명이지만 그녀조차도 흑사신에 대해서는 절반도 알지 못했다. 특히 이럴 때는 아예 말문이 막혔다.

"묵혈쌍검의 전설을 모르십니까?"

"안다."

간단한 대답이다.

"……."

흑궁녀는 더 이상 할 말이 없었다.

지금 그녀는 자신이 하늘처럼 받들고 있는 흑사신에 대해서 눈곱만큼도 모른다는 기분마저 들었다.

그녀는 돌아서려다가 몸을 멈췄다.

"하나만 여쭈어도 되겠습니까?"

"응."

흑사신은 혼자 술을 따르고 마시면서 창밖에 고정시킨 시선을 움직이지 않았다.

"천하제일인이 되고 싶지 않으십니까?"

그 질문을 하는 데 흑궁녀는 대단한 용기를 필요로 했다. 감히 흑사신에게 그렇게 물을 사람은 아무도 없었다.

"무리다."

흑사신의 말에 흑궁녀의 얼굴이 흐려졌다.

"무슨 말씀이신지……?"

흑궁녀는 흑사신이 극강하며 패도적인 인물이면서도 반면에 매우 똑똑하다는 사실을 잘 알고 있었다.

그녀로서는 열 번 중에 한두 번 흑사신의 의중을 헤아릴 수 있으면 그나마 성공일 정도였다.

"쾌검왕이 혈인검을 어떻게 얻었을 것 같으냐?"

"쾌검마가 쾌검왕의 형이라면 당연히 쾌검마가 그에게 혈인검을 주었겠지요."

"그 의미는?"

"……."

무인에게 무기는 생명,

더구나 전설의 묵혈쌍검 중 하나를 현악에게 주었다는 사실은 쾌검마가 현악을 몹시 아낀다든지, 아니면 그럴 만한 이유가 있어서였을 것이다.

"그것을 내가 훔친다. 과연 쾌검마가 가만히 있겠느냐? 또한 나는 지금 쾌검왕을 필요로 하고 있다. 그런데 그의 검을 훔친다. 그가 깨어 난 후 나는 그에게 뭐라고 말하지?"

"……."

"그리고 내가 혈인검을 얻었다는 비밀이 지켜질 것 같으냐?"

"……."

"비밀이 새어나가면 쾌검마는 물론 전 무림 고수가 날 죽이려고 몰려들 것이다."

"……."

유구무언.

"게다가 혈인검 하나로는 전설을 이루지 못한다."

"묵… 영검이 있어야 합니다."

흑궁녀의 목소리가 갈라졌다.

"묵영검은 쾌검마가 지니고 있겠지. 그건 어떻게 손에 넣을지 생각해 봤느냐? 혈인검처럼 쾌검마에게서도 묵영검을 훔쳐 내는 것이 가능할까?"

"……."

"현재의 내 실력으로는 일 초조차 받아내지 못할 것이다."

"……."

탁!

흑사신은 술잔을 내려놓았다.

"어떻게 생각하느냐?"

"무… 리입니다."

흑궁녀는 조금 전에 흑사신이 했던 말을 되풀이할 수밖에 없었다.

흑사신은 빙긋 미소 지었다.

“지족자부(知足者富)라고 했다.”

분수를 잘 지키고 적당한 선에서 만족할 줄 아는 사람이 곧 부자라는 뜻이다.

일개 사파의 두령 입에서 나온 말치고는 유식했다.

흑궁녀는 오늘 흑사신의 또 다른 일면을 발견하게 됐다.

“이제 그 검을 어떻게 해야 할지 알겠느냐?”

흑궁녀는 아무 말도 하지 못하고 고개를 푹 숙인 채 공손히 뒷걸음쳐서 방을 나왔다.

흑사신은 십여 년 전에 가슴속에서 야망의 불씨 하나를 피운 후 그것을 지금껏 꺼뜨리지 않고 품어왔다.

그사이 그는 이름없는 시골 무사에서 산서 땅 사파 무림의 절반을 지배하는 풍사단 총단주가 되어 있었다.

십여 년 전의 그 불씨는 해를 거듭할수록 조금씩 커져 갔고, 한 달 보름 전에 폐관을 끝낸 후에는 더욱 거세게 타올라서 이제는 더 이상 가슴속에 품고 있을 수 없을 지경이 돼버렸다.

더 품고 있다가는 온몸이 타버려서 한 줌의 재가 돼버릴 판국인 것이다.

그러나 산서 땅 사파 무림의 절반을 차지하는 데 십여 년이 걸렸다. 나머지 절반을 차지하는 데에 다시 십여 년이 더 걸릴 것이다.

그런 계산으로 치자면 산서 땅의 정파 무림을 수중에 넣기까지는 지금부터 이십 년, 아니, 더 오래 걸릴는지도, 그리고 성공하지 못할는지도 모른다.

당연히 정파 무림은 사파 무림보다 훨씬 더 강할 테니까.

남아로 태어나서 거대한 산서 땅의 지배자가 된다면 대단한 성공이라고 할 수 있다.

그러나 그 정도로는 흑사신이 가슴속에 품고 있는 야망의 불길이 꺼지지 않는다는 데에 문제가 있었다.

그의 야망은 변방이 아니었고, 산서 땅보다는 더 컸다.

혈인검은 확실히 매력적이다.

그러나 그의 야망을 포기할 만큼은 아닌 것이다.

슥—

흑궁녀는 잠든 현악의 머리맡에 혈인검을 소리없이 내려놓고 돌아섰다.

"멈춰라."

"……!"

순간 등 뒤에서 나직하게 들려온 음성에 흑궁녀는 뚝 동작을 멈추며 온몸의 피가 삽시간에 얼어붙었다.

'쾌검왕!'

한 번도 그의 음성을 들어본 적은 없지만 그녀는 직감적으로 그 음성이 쾌검왕의 것이라고 판단했다.

"돌아보지 말고 묻는 말에 대답해라. 거역하면 죽인다."

게다가 지금 이 방에는 흑궁녀와 현악뿐이니 음성의 주인은 현악이 분명했다.

마침내 쾌검왕이 깨어났다.

맙소사!

그가 소생한 것이다.

전설의 명의 화타나 편작이 아니라 천신이 강림해서 치료한다고 해도 살려내지 못할 것이라던 그가 버젓이 살아났다.

흑궁녀는 쾌검왕이 소생했다는 사실에 안도하기보다는 등줄기로 서늘한 한기가 훑고 올라가는 것을 느껴야 했다.

"어째서 내 검을 몰래 가져갔다가 다시 가져왔느냐?"

현악의 목소리는 나직했지만 죽었다가 살아난 사람답지 않게 또렷했다.

그 말에 흑궁녀는 쾌검왕이 지금 깬 것이 아니라 자신이 혈인검을 가져갔을 때에도 이미 깨어 있었다는 사실을 깨달았다.

흑궁녀는 운몽산에서 청송자와 무당 검수 세 명, 그리고 유성보 고수 두 명, 무림 고수 여러 명을 죽인 사람이 쾌검왕이라는 사실을 채엽에게 들어서 알고 있었다.

아니, 꼭 채엽에게서 듣지 않았더라도 현재 그 소문은 산서 무림은 물론 빠르게 무림으로 퍼지고 있는 중이었기 때문에 언젠가는 알게 됐을 것이다.

그러므로 쾌검왕이 그녀를 죽인다고 말하면 반드시 죽이고 말 것이다.

게다가 그녀는 지금 쾌검왕에게 등을 보이고 있었다.

아무리 중상을 입고 누워 있어도 상대는 무당사로의 청송자를 죽인 쾌검왕인 것이다.

실력으로는 현악이 청송자에게 훨씬 못 미치고, 그 당시 어떤 상황에서 현악이 청송자를 죽였는지까지는 흑궁녀가 알 방법이 없었다. 중요한 것은 현악이 청송자를 죽였다는 사실이었다.

그리고 채엽은 또 덧붙였었다.

쾌검왕이 홍동지단의 삼향주를 죽일 때 발검하고 착검하는 것을 육안으로 보지도 못했었노라고.

그야말로 말로만 듣던 쾌검인 것이다.

흑궁녀의 두 손에 땀이 축축하게 배어났다.

긴장하거나 흥분할 때 일어나는 현상이고, 그런 느낌을 그녀는 은근히 좋아했지만 지금은 그 느낌을 즐길 상황이 아니었다.

흑궁녀는 말을 아예 하지 않으면 모를까, 일단 말을 뱉어내면 거짓말을 하지 않는다.

"총단주께 갖다 드렸습니다."

흑사신이 일개 지단에 한 달 보름 동안이나 머물면서까지 쾌검왕에게 각별한 신경을 쓰고 있었으므로 그녀로선 그를 함부로 대할 수 없어서 깍듯한 존대를 썼다.

그녀가 천하에서 존대를 쓰는 사람은 단 두 명인데, 흑사신과 흑사신의 오른팔인 지략가뿐이었다. 그런데 방금 세 사람으로 늘어난 것이다.

"왜?"

흑궁녀는 자신보다 최소한 한두 살은 어릴 듯한 현악이 반말을 찍찍 내뱉고 있는 것까지도 양보할 수밖에 없었다.

"혈인검은 묵혈쌍검 중 하나니까."

'묵혈쌍검?'

쾌검마 형의 양어깨에는 붉은 검과 먹처럼 검은 검이 메어져 있었다. 형은 그중 붉은 검을 현악에게 주었었다.

아마도 형이 지니고 있던 두 자루 검을 묵혈쌍검이라고 부르는 모양이었다.

쾌검마가 유명한 만큼 형의 무기도 유명하겠지라고 현악은 단순하게 생각했다.

"너는 묵혈쌍검에 대해서 얼마나 알고 있느냐?"

그래도 묵혈쌍검이라는 말은 난생처음 들어본다. 그래서 넌지시 떠 보기로 했다.

그러나 별다른 기대는 하지 않았다.

"묵영검과 혈인검을 얻는 자가 천하를 지배한다는 전설은 코흘리개 조차 알고 있습니다."

"……."

흑궁녀는 등 뒤에서 현악의 다음 말이 한동안 들려오지 않는 대신 그의 호흡이 약간 가빠진 것을 감지했다.

쾌검마를 형으로 두고 그에게서 혈인검을 받은 사람이 묵혈쌍검의 전설을 모를 리 없을 것이라는 게 흑궁녀의 생각이었다.

그러므로 흑궁녀는 쾌검왕이 자신의 상처 때문에 힘들어하고 있는 것이라고 판단했다.

그러나 현악은 방금 흑궁녀가 한 말 때문에 적잖이 흥분해서 거친 숨을 씩씩 토해냈던 것이다.

'묵혈쌍검을 얻는 자가 천하를 지배한다고?'

생각하는 것만으로도 가슴이 뛰고 호흡이 가빠졌다.

그러나 현악이 흥분하는 이유는 묵혈쌍검을 노리는 사람들과는 사 뭇 달랐다.

'그런 귀중한 검을 형이 내게 주었어!'

쾌검마 형에 대한 걷잡을 수 없는 감격 때문이었다.

그가 비록 자신을 제자로 받아주지도, 동생으로 인정하지도 않았지 만 혈인검을 준 것만 봐도 그가 얼마나 자신을 생각하는지 알 수 있었 다.

“그런데 총단주가 뭐지?”

잠시 후에 현악은 홍분을 가라앉히고 아무 일도 없었다는 듯 조용히 물었다.

“풍사단주입니다.”

“그가… 왜 혈인검을 돌려보냈느냐?”

현악의 말은 잠시 후에 들려왔다.

“지족자부라고 말씀하셨습니다.”

빌어먹을!

사파 두령 주제에 골치 아프게 문자는.

“무슨 뜻이냐?”

“나도 모릅니다.”

무식하기는 둘 다 마찬가지였다.

“됐다. 너는 그만 가봐라.”

대답하지 않으면 죽인다고 해서 꼬박꼬박 대답했다. 그러니 이젠 뒤돌아 봐도 될 것이라고 흑궁녀는 생각했다. 그녀의 행동 방침에 원래 망설임이란 없다.

획!

흑궁녀는 재빨리 몸을 돌려 현악을 쏘아보았다.

“……”

그러나 그녀는 돌아보지 말고 그냥 나갔어야 했다. 그랬더라면 기분이 지금처럼 더러워지진 않았을 테니까.

흑궁녀는 현악이 배의 상처가 아무느라 가려워서 득득 긁으면서 몹시 게으른 자세로 입이 찢어질 만큼 하품을 하고 있는 모습을 보며 눈초리를 파르르 떨었다.

그는 여태 말하는 내내 저러고 있었을 것이다.

흑궁녀가 번개같이 몸을 돌려 도를 그어대거나 자신의 자랑인 화살 한 대를 쏘아냈다면, 제아무리 쾌검왕이라고 해도 저 자세에서는 절대 막아내지 못했을 것이다.

현악은 산서의 사파 무림을 공포에 떨게 만드는 흑궁녀를 단지 몇 마디 말로 간단하게 농락해 버린 것이었다.

"가라고 했지."

마치 귀찮은 동네 강아지를 쫓듯이 태연하게 말하는 현악의 손이 배를 긁다가 괴춤 속으로 쑥 들어가는 것을 발견한 흑궁녀의 얼굴에 당황의 기색이 확 번졌다.

어떤 사람들은 생각하고 판단하는 것보다 행동이 더 빠르다. 현악과 흑궁녀가 그런 종류의 인간이다.

척!

흑궁녀의 오른손은 어느새 허리 뒤의 도를 잡고 있었다.

이 순간의 그녀는 쾌검왕이 청송자를 죽였다는 사실도, 흑사신이 신경 쓰고 있는 인물이라는 사실도 잊었다.

다만 자신이 무시당했다는 감정에 충실할 뿐이었다.

북북—

"뭐야?"

그러나 현악은 사타구니를 긁으면서 슬쩍 인상을 썼다.

하지만 그것은 얼굴 전체에 퍼져 있는 몹시 시원해 죽겠다는 표정의 극히 일부에 불과했다.

흑궁녀는 미간을 좁힌 채 한동안 현악을 날카롭게 쏘아보았다.

'미친놈!'

이윽고 그녀는 찬바람이 일도록 몸을 돌려 빠르게 방을 나가면서 속으로 욕을 퍼부었다.

사실 현악은 하루 전에 깨어났었다.

그를 소생시키는 데에 결정적인 역할을 한 것은 역시 제 스스로 운기를 하여 내상을 치료하고 공력을 회복시켜 준 놀라운 자령신공이었다.

그의 소생에 자령신공은 팔 할이라는 지대한 역할을 했으며, 풍사단 두 명의 의원과 여러 영약들이 이 할의 기여를 했다.

그러나 현악은 깨어나서도 자령신공이 스스로 운기하여 자신을 소생시켰다는 사실을 까맣게 모르고 있었다.

그는 처음에 깨어나서 눈을 뜨고 이곳이 어디인지 조심스럽게 살피다가 잠시 밖에 나갔던 두 명의 의원이 방에 들어오자 즉시 눈을 감고 혼절한 체했었다.

그리고는 두 의원의 대화를 듣고 이곳이 풍사단 홍동지단이라는 사실과 봉황일미라는 소녀가 자신을 이곳에 데려다 놓고 떠났다는 사실, 풍사단주 흑사신이 자신을 반드시 살리라고 엄명을 내렸다는 사실 등을 알게 됐다.

현악은 봉황일미라는 별호를 처음 들었지만 그가 누군지 곧 알아차릴 수 있었다.

두 의원이 대화의 소재로 가장 자주 등장시킨 것이 봉황일미에 대해서였고, 아마도 그녀가 천하제일의 미녀일 거라고 침을 튀기며 열을 올려댔다.

생각하나마나 그렇게 아름다운 여자라면 딱 한 사람, 단우옥이 분명했다.

그리고 숲 속에서 혈인검을 노리는 무림 고수들에게 포위되어 있던 현악을 구해준 사람이 단우옥이었다. 그러니 그녀가 현악을 이곳에 데려다 준 게 분명할 것이다.

'옥이가 나를 왜 이곳에 데려다 놨지?

그는 자신이 죽어가면서도 풍사단 홍동지단에 데려다 달라고 헛소리를 했다는 사실을 몰랐다.

게다가 그는 단우옥이 마치 자신의 마누라쯤 되는 것처럼 속으로 중얼거릴 때에도 함부로 이름을 불렀다.

여하튼 현악은 그렇게 다시 살아났다.

'후후, 내가 생각해도 내 목숨은 정말 질기군, 질겨.'

그런데 오랫동안 목욕을 못해서 그런지 가려워서 죽을 맛이었다. 그 중에서도 사타구니가 제일 가려웠다.

그는 괴춤에 손을 찔러 넣은 채 피가 나도록 긁어댔다.

우당탕!

"쾌검왕님!"

채엽은 방문을 부술 것처럼 열면서 방 안으로 달려들어 오며 감격의 외침을 터뜨렸다.

"아아! 깨어나셨군요!"

그는 너무 기쁜 나머지 눈물까지 글썽거렸다. 죽은 부친이 살아 돌아온다고 해도 이처럼 호들갑을 떨지는 않을 것이다.

현악은 상체를 일으켜 비스듬히 기대어 앉았다.

"내가 얼마나 누워 있었지?"

현악이 눈을 끔뻑거리며 묻자 채엽은 호들갑을 떨었다.

“한 달하고도 보름이 지났습니다! 돌아가실 줄만 알았는데… 살아나시다니 정말 꿈만 같군요!”

처음 현악이 홍동지단을 찾아왔을 때 채엽은 있는 거만 없는 오만을 다 떨며 현악을 한참 눈 아래로 봤었는데 지금은 그가 하늘처럼 보였다.

“소생을… 아니, 환생을 경하드립니다, 쾌검왕님!”

“그녀가 날 데리고 왔었나?”

확인이 필요했다.

“그녀라니? 누굴……?”

채엽은 알면서도 슬쩍 딴청을 부렸다.

현악의 입에서 봉황일미에 관하여 도대체 어떤 말이 나올는지 궁금했기 때문이다.

“옥이 말이다.”

채엽은 눈을 휘둥그렇게 떴다.

“봉황일미 말씀입니까?”

“그래.”

무림에서 봉황일미의 이름을 알고 있는 사람은 많지 않다. 아니, 거의 없다고 해도 과언이 아니었다.

그런데도 현악은 그녀의 이름을 알고 있을 뿐 아니라 거침없이 부르고 있지 않은가.

“그분 존함이 뭡니까?”

채엽은 영원한 우상의 이름을 알 수 있는 절호의 기회를 잡았다.

단우옥은 무림에 출도한 지 반년 만에 타의 추종을 불허할 만한 미명을 날리게 됐었다.

그녀의 미모를 직접 본 사내들은 두말할 나위도 없고, 소문만 듣고도 수많은 사내들이 그녀를 자신들의 마음속 우상으로 삼아버릴 정도였다.

물론 그녀 자신은 그런 상황들을 조금도 원치 않았고 오히려 성가시게 여기는데도 말이다.

"내 마누라 이름은 알아서 뭐 하게?"

현악이 눈을 거슴츠레 뜨면서 툭 면박을 주었다.

"……."

채엽은 너무 놀라서 입을 딱 벌렸는데 혀가 자꾸 목 안으로 말려 들어가려는 것을 간신히 붙잡았다.

"…정말… 봉황일미가 쾌검왕님의 부인이십니까?"

채엽의 표정과 어조는 진지하다 못해서 엄숙했다.

"그래."

어차피 삼 년 후에 부인이 될 거니까.

"설마……?"

현악은 눈을 내리깔고 태연하게 말했다.

"옥아가 날 어떻게 데려왔더냐?"

"봉황일미가 쾌검왕님을 안고……."

"네 눈에는 내 마누라가 아무 남자나 덥석 안고 돌아다닐 경망스러운 여자처럼 보이더냐?"

"저, 절대 아닙니다!"

채엽은 목이 부러질 정도로 힘차게 가로저으며 거의 비명처럼 외쳐 댔다.

"더 말이 필요하냐?"

"…아닙니다……."

변방의 사파고수 월혼도 채엽은 이 순간 만감이 교차했다.

이젠 다른 남자의 아내가 돼버린 여자를 어떻게 계속 우상으로 삼겠는가.

사나이 가슴속에서 실연의 피눈물이 흘러내렸다.

"그 후에 사모님께선 한 번 더 오셨습니다."

그의 목소리에 비감함이 자욱하게 깔렸으며, 호칭이 즉시 사모님으로 바뀌었다.

그 말에 현악은 금세 헤벌쭉한 얼굴이 되었다.

채엽은 단우옥이 와서 현악의 머리맡에 한참이나 앉아 있었다는 것과 쾌검왕과 무슨 관계냐고 묻는 흑사신의 말을 한마디로 일축했다는 것, 흑궁녀가 단우옥의 일장에 나가떨어졌다는 것 등을 입에서 침을 튀겨가며 신나게 설명해 주었다.

아무래도 채엽은 흑사신의 수하라기보다는 현악의 수하가 돼가는 중인 듯했다.

"흑사신이 누구지? 그리고 흑궁녀는?"

"흑사신님은 우리 풍사단 총단주이십니다. 흑궁녀는 그분의 호위 고수고요."

현악은 얼마 전에 혈인검을 몰래 갖다 놓고 나가던 흑의녀가 흑궁녀일 것이라고 생각했다.

"그가 왜 이곳에 와 있는 거지? 무엇 때문에?"

채엽은 진지한 표정을 지었다.

"아마도 쾌검왕님 때문인 것 같습니다."

"나 때문이라고?"

“자세한 것은 모르겠습니다.”

이윽고 현악은 깨어났을 때부터 줄곧 궁금해하던 것을 조심스럽게 물었다.

“자운은 찾았느냐?”

“그녀는 아무래도 안택현 일대에는 없는 것 같습니다. 있다면 찾아내지 못할 리가 없습니다.”

현악은 마음이 무거워졌다.

자운을 찾지 못한다면, 그녀에게 무슨 변이라도 생겼다면 그는 아마 미쳐 버리고 말 것이다.

채엽은 죄스러운 표정을 지었다.

“죄송합니다. 처음에는 간단할 거라고 생각했었는데 아직까지 찾지를 못하니…….”

그는 연신 머리를 조아렸다.

“산서 각 지방의 모든 하오문에게 통보해 두었으니 기다려 보십시오.”

채엽으로서는 일개 지단주가 발휘할 수 있는 이상의 노력을 경주하고 있는 중이었다.

현악은 마음을 추슬렀다.

“그리고… 저기 말이다.”

“쾌검마님 소식이 궁금하십니까?”

채엽은 약삭빠른 사람이다.

현악이 쾌검마의 동생이라고 했으니까 당연히 형의 소식을 궁금하게 여길 것이라고 생각했다.

“봉황일미… 사모님께서 결정적인 순간에 쾌검마를 빼돌렸다는 소문이 파다합니다.”

당연히 그럴 것이다.

"하하! 사실은 쾌검왕님이신데 말입니다!"

현악은 묵직한 신음을 흘렸다.

"음, 그렇다면 옥아가 곤란하게 됐군."

그는 단우옥이 정말 제 마누라라도 되는 것처럼 굴었다.

"게다가 말입니다, 추적대가 다 모인 자리에 사모님께서 당당하게 나타나시어 운몽산에서 추적대가 쫓던 사람은 쾌검마가 아니라고 말씀하셨답니다. 그러자 추적대가 쾌검마가 있는 곳이 어디냐고 캐물으니까 사모님께선 절대 밝힐 수 없다고 말씀하셨다는 겁니다."

채엽은 신나서 계속 침을 튀겨댔다.

"쾌검왕님께서 추적대와 운몽산에서 혈전을 벌이시는 동안 아마도 부상당한 쾌검마님께서 무사히 탈출하셨을 겁니다. 정말 기막힌 성동격서였습니다. 핫핫핫!"

성동격서가 뭔지는 모르지만 채엽 같은 자가 이렇게 말할 정도라면 쾌검마는 무사히 안택현을 빠져나갔을 것이다.

현악은 한시름 내려놓았다.

"알았다. 그만 물러가라."

현악은 채엽을 아예 종 부리듯 했다.

"그럼 쉬십시오, 쾌검왕님."

그리고 채엽은 스스로 종인 양 행동했다.

과연 힘이란 좋은 것이다.

현악은 자세를 바로잡고 자령신공을 운공하기 시작했다.

◆제18장◆
같은 길을 가는 자, 동지(同志)

같은 길을 가는 자, 동지(同志)

"자네, 무슨 고민이라도 있나?"

한동안의 침묵을 깨고 흑사신이 맞은편에 앉은 현악에게 나직이 물었다.

그는 깨어 있는 현악과 처음 대면하는 데도 거침없이 하대를 했다.

그것은 그의 성격의 일면을 보여주는 행동인데, 그가 하대를 하는 경우는 두 가지였다.

첫째, 상대를 수하이거나 적으로 인정할 경우. 둘째, 친구나 동지로 생각할 경우가 그것이다.

지금 그는 현악을 두 번째 경우에 적용시키고 있었다.

그러나 현악은 술을 입 안에 털어 넣고는 다시 술을 따르며 대답하지 않았다.

그는 채엽이 마련해 준 깨끗한 경장을 입었는데 색이 피처럼 붉은 혈의(血衣)였다.

오늘은 그가 깨어난 지 닷새째 되는 날이었다.

내상도 거의 완쾌됐고, 상처 부위도 아물어가는 중이어서 움직이거나 산책을 하는 정도는 괜찮았지만 조금 무리하면 그 즉시 상처 부위가 당기고 욱신거렸다.

저녁 무렵, 현악이 정원을 산책하고 있는데 채엽이 다가와 조심스럽게 말했었다.

"총단주께서 쾌검왕님께 큰 은혜를 베푸셨으니 인사라도 드려야 도리가 아니겠습니까? 마침 총단주께서도 오늘 밤은 한가하다고 하시니까……."

흑사신은 현악이 깨어난 사실을 알 텐데도 지난 닷새 동안 그를 찾아오지도 않았고 특별한 행동도 하지 않았다.

현악은 운공을 하거나 산책하는 일로 하루의 거의 대부분을 소일하면서도 채엽에게 흑사신에 대해서는 입도 뻥끗하지 않았다.

마치 사경을 헤매고 있는 현악 자신을 반드시 살려내라고 흑사신이 명령한 것을 모르고 있는 것처럼.

그래서 곤란한 상황에 놓이게 된 사람이 채엽이었다. 흑사신에게서는 별다른 명령이 없고, 현악은 흑사신을 철저히 무시하고 있었으므로 중간에 놓인 채엽으로서는 어찌해야 할 바를 몰라 죽을 맛이었다.

결국 그는 현악에게 사람의 도리 운운하면서 먼저 흑사신을 만날 것을 부탁하게 된 것이다.

현악은 알지도 못하는 흑사신 같은 인물과 인사 따윌 할 생각이 눈곱만큼도 없었다.

하지만 세상의 가장 밑바닥에서 그 누구보다도 혹독하게 살아온 현악이었다. 그러므로 세상에 공짜란 없다는 것을 너무도 잘 알고 있었다.

흑사신이 은혜를 베풀었다면 현악에게 뭔가 원하는 것이 있을 것이라는 것이 그의 판단이었다.

사파 두령이 뭘 원하는지 들어나 보자.

"흑사신을 만나는 자리에 술 같은 것도 있나?"

"당연하죠."

"하면 간만에 술이나 한잔해야겠군."

그래서 이 자리가 마련된 것이다.

"쾌검왕님께선 자운이란 여자 분을 찾고 계십니다."

마주 앉은 현악과 흑사신 사이 옆쪽에 시립하듯 서 있던 채엽이 현악의 안색이 밝지 않은 이유를 대신 공손히 아뢰었다.

"염교(廉嬌), 총력을 기울여 그녀를 찾아라."

현악에 대해서 채엽에게 낱낱이 보고를 들어서 훤하게 알고 있는 흑사신이었다.

"명을 받듭니다."

흑사신이 나직이 중얼거리자 뒤에 서 있던 흑궁녀가 즉시 허리를 굽혔다.

현악은 술잔을 입으로 가져가다가 흑사신이 흑궁녀에게 하는 명령을 듣고는 가볍게 표정이 변했다.

그는 묵묵히 흑사신을 응시했다.

흑사신은 그가 자신을 쳐다보는 것을 알고 있을 텐데도 쳐다보지 않고 자기 술잔에 술을 따랐다.

"쾌검왕님, 총단주께서 하명하셨으니 이제 자운이란 분을 찾는 것은 시간문제입니다."

오히려 채엽이 현악을 보면서 기뻐하며 설레발을 떨었다.

그러나 현악은 가타부타 한마디 말도 없이 흑사신에게서 시선을 거두고 다시 술잔을 비우더니 또 술을 따랐다.

현악이 처음 술을 입에 댄 것은 코흘리개 다섯 살 때였다.

거친 일을 하는 백정은 술을 잘 마셔야 하고, 만취하더라도 절대 주정을 부리면 안 된다는 부친의 말에 따라서 부친이 술을 마실 때면 그 앞에 턱하니 앉아 한 잔만 마셔도 머리털이 다 빠져 버릴 것처럼 독한 화주를 홀짝거렸었다.

밥보다 술을 좋아하던 부친이 죽은 후에는 거의 술 마실 기회가 없었다.

늘 부친과 함께 대작하던 습관이 배서 혼자서는 영 술맛이 나지 않았기 때문이다.

술친구가 필요했던 그는 사촌이자 유일한 친구인 곽정에게 술을 가르쳤고, 그때부터 자주 그와 대작을 했었다.

그러나 한 병에 구리돈 서 푼인 값싼 화주마저도 허리띠를 풀어놓고 대취하도록 맘껏 마셔본 기억이 없었다. 그는 그 정도로 가난했었다.

지금 현악이 말없이 술만 마시고 있는 이유는 아주 간단했다.

생전 처음 대하는 기막힌 미주(美酒)를 마시느라 누구 말이든 대꾸할 겨를이 없었기 때문이다.

그런 줄 모르는 채엽은 현악의 무례함에 어쩔 줄을 몰라 했고, 흑궁녀는 눈에서 은은한 살기를 뿜으면서 현악을 쏘아보았다.

하지만 정작 흑사신은 담담히 술만 마셨다.

현악의 기대는 빗나갔다.

술차리가 끝날 때까지도 흑사신은 아무런 대가를 요구하지 않았다.

현악은 거나하게 술이 취해서 밤의 정원을 산책하고 있었다. 기분은 적당히 좋았다.

벌써 봄이다.

봄밤의 바람이 몹시 상쾌했다.

안택현 저잣거리에서 백정 짓을 하던 중에 비검문에 고기 배달을 갔다가 감금되고 나서 넉 달이 강물처럼 빨리 지나갔다.

무엇을 얻었고 무엇을 잃었나?

자운을 잃었다.

고문으로 죽었어야 할 목숨을 새롭게 얻었고, 혈인검과 일 초식의 섬쾌검식, 그리고 형을 얻었다.

그러나 그가 얻은 것들을 모두 합한 것보다 자운이라는 존재가 훨씬 더 컸다. 자운을 잃는 것은 현악의 모든 것을 잃는 것이나 다름없었다.

문득 현악은 저만치에 우뚝 서서 밤하늘을 응시하고 있는 흑사신을 발견하고 비틀거리면서 걸어갔다.

"어이! 나를 살린 대가를 언제 요구할 건가?"

겉으로 보기에도 흑사신은 현악보다 열서너 살은 더 많아 보였지만 현악은 거침없이 반말을 했다.

넉 달 전,

백정이었던 시절의 그는 같은 부류인 천민을 제외하곤 마주치는 모든 사람에게 존칭, 혹은 극존칭을 사용했고 고개를 숙이든가 허리를 굽히거나 무릎을 꿇어야만 했었다.

하나 이제는 그럴 필요가 없다고 판단했다. 자신은 더 이상 백정이 아닌 무림 고수, 즉 검객이기 때문이다.

그가 아무에게나 반말을 하고 뻣뻣한 것은 어쩌면 과거 신분에 대한 반발과 보상 심리가 적절히 섞여 있어서일 것이다.

그가 소위 '검객'이 되고 난 후 나름대로 정한 원칙 중에 두 가지가 있다.

철저한 힘의 논리.

마음으로부터의 승복.

그 두 가지를 충족시키는 상대에게만 진심으로 존대를 하겠다는 것이다.

현악에게 존경을 받으려면 무공 실력도 그보다 월등해야 하는 것은 물론이고 존경받을 만한 인물이어야 한다는 뜻이다.

그리고 그것을 재는 잣대는 물론 현악이 가지고 있다.

그런 의미에서 흑사신은 아직 두 가지 중 하나조차도 충족시키지 못했다.

"자넨 내가 살린 게 아닐세."

흑사신은 교활한 사람이 아니다.

그가 좀 더 교활했다면 산서 땅의 사파 무림 절반을 차지하는 데에 걸린 십 년을 오 년쯤은 앞당겼을 것이다.

"알아, 의원들이 살렸다는 거. 하지만 자네 명령 없이도 의원들이 이런 저런 영약 따윌 쓰면서 기를 쓰고 날 살리려고 했겠나? 다 아는데 괜히 뻐기지 말게."

"자넨 혼자 살아났네."

"……."

그 말에 현악은 말문이 막혔다.

흑사신은 현악이 한 번 죽었다가 살아났을 때 그의 맥을 짚어보고 분명하게는 아니지만 한 가지 사실을 짐작했었다.

그에겐 백약이 무효하며 그를 살리는 것은 그 자신뿐이라는 사실을. 그것이 무엇인지는 모르지만 말이다.

현악은 어이없다는 표정을 지었다.

"그러니까 내가 저절로 살아났다 그건가?"

"그렇네."

흑사신은 현악의 어이없음을 간단하게 일축했다.

"그렇다고 해도 풍사단엔 빚을 졌어. 똥 누고 밑 안 닦은 것 같은 기분이니까 어떻게든 밑을 닦도록 해줘."

"그냥 얘기나 하지."

"대화… 말인가?"

"그래."

"그 정도라면 얼마든지."

두 사람은 나란히 천천히 걷기 시작했다.

"본 단은 산서 땅 사파 무림의 절반을 장악하고 있네."

흑사신의 목소리는 나직했고 중후했다. 그리고 어딘가 비애 같은 것이 음울하게 깔려 있었다.

"무림 전체도 아니며… 산서 무림 전체도 아니고… 산서 무림의 사파 전체도 아닌, 그저 산서 무림 사파의 절반을 장악하고 있을 뿐이지."

현악은 그저 듣기만 했다.

분노와 한을 가슴속에 꾹꾹 눌러서 담아두고 있는 사람들이 그러하 듯 그 역시 말하기를 좋아하지 않는다.

말을 하게 될 경우에는 대부분 짧게, 그리고 요점만 말하는데 아무 리 농담처럼 말해도 그 말에는 절반 이상의 진심이 녹아 있기 마련이 다.

"나는 중원으로 진출해 볼 생각이네."

두 사람은 야트막한 언덕 위에 멈춰서 달빛에 반짝이며 흐르는 강을 굽어보았다.

여태까지와는 달리 갑자기 흑사신의 두 눈이 은은히 빛났다.

"우리 손잡지 않겠나?"

그거였다.

운몽산에서의 쾌검왕의 활약과 그가 중상을 입고 홍동지단에 있다 는 보고를 접하자마자 흑사신이 한달음에 달려온 이유가.

"내 형이 쾌검마이기 때문인가?"

현악은 약간 코웃음을 섞으며 말하면서 턱을 치켜들었다.

"나는 내가 눈으로 보고 확인한 것만 믿네. 내가 지금 대화하고 있 는 사람은 쾌검마가 아니라 쾌검왕이지."

현악은 흑사신을 쳐다보았다.

그도 현악을 보고 있었는데 얼굴에 떠올라 있는 것은 진심과 웅지였 다.

그리고 또 하나,

패도였다.

현악은 흑사신에게서 자신과 닮은 점을 약간 발견했다.

“중원에 진출한다는 건 무슨 뜻이지?”

“중원에 새 방파를 개파할 생각이네.”

“풍사단은 어떻게 하고?”

“풍사단은 그걸 위한 준비 동작이었지.”

언행이 반듯하고 깔끔하다.

이런 사람들은 대부분 뒤탈이 없다.

현악은 시선을 강으로 던졌다.

“나한테 원하는 것은?”

“동지.”

짧지만 무한한 의미를 품은 대답.

동지란 같은 뜻을 품고 같은 길을 가는 사람이다.

“나를 선택한 이유가 뭐지?”

현악은 자신과 쾌검마의 관계는 운명적으로 맺어졌다고 굳게 믿고 있었다.

우연처럼 다가온 필연적인 만남인 것이다.

그리고 봉황일미 단우옥과의 만남도 운명적이라고 생각했다. 언젠가는 부부로 맺어질 수밖에 없는 운명.

누군가와의 만남이 운명적이라거나 아니라는 것은 순전히 자신의 주관적인 느낌으로 판단하게 된다.

그런 점에서 현악도 예외는 아니었다.

아니, 그는 지식이나 학식, 경륜이 풍부하지 않은 반면 감정에 의존하는 성향이 강하기 때문에 오히려 타인들보다 감정적으로 판단하는 경향이 더욱 짙을 것이다.

그런데 현악은 흑사신과의 만남이 운명적이라는 느낌을 아직 조금도 받지 못했다.

다만 약간의 동질감을 느낄 뿐이었다.

"난 자네에게서 가능성을 발견했네."

현악은 눈살을 찌푸렸다.

"좀 쉽게 말해 봐."

"한 달 보름 전쯤이었지. 운몽산에서 추적대와 쾌검마가 일대 혈전을 벌이고 있다는 보고를 받았었지만 내 일이 아니니까 관심 같은 건 없었네. 그 후 홍동지단주로부터 운몽산에서 추적대와 싸운 사람은 쾌검마가 아니라 그 동생인 쾌검왕이었다는 사실과 그 쾌검왕이 중상을 입고 홍동지단에 누워 있다는 보고를 받았네."

"그게 어떻다는 거지?"

지금 흑사신은 태어나서 가장 많은 말을 하고 있었다. 이 광경을 흑궁녀나 그의 측근들이 목격한다면 경악할 만한 일이었다.

하지만 그는 말하기를 싫어하는 사람이 아니라 말을 해야 할 때와 하지 말아야 할 때를 알고 있는 사람이었다.

그리고 지금은 말을 해야 할 때였다.

흑사신은 자신의 지략가가 해준 조언을 자신의 이성으로 여과시킨 후 조리있게 풀어놓았다.

"무림에 쾌검왕이라는 고수가 있다는 말은 들어본 적이 없네. 그리고 쾌검마에게 동생이 있다는 말도 들어보지 못했지."

"무슨 소리야? 쾌검마는 내 형이 맞다구!"

현악은 발끈했다.

그는 강호 경험이 없을 뿐 아니라 아직 자신의 감정을 조절하는 자제력마저도 없었다.

흑사신은 꿈쩍도 하지 않고 자신이 해야 할 말을 계속했다.

"소림, 무당, 유성보 삼 파에서 선발된 고수들 구십 명이 쾌검마를 추적하는 과정에서 그에게 중상을 입혔다는 소문은 워낙 파다해서 모르는 사람이 없을 정도라네."

최초에 현악은 쾌검마와 만났을 때 거래를 했었다.

현악을 조자룡보다 강하게 만들어주는 대신 무슨 조건이라도 들어주겠다는 거래였다.

그래서 쾌검마는 소림, 무당, 유성보 인물들을 만나면 무조건 죽이라는 요구를 했고 현악은 그대로 실행했다.

그러므로 추적대가 어떻게 결성됐으며, 쾌검마가 중상을 입게 된 경위에 대해서는 처음 듣는 것이었다.

"그 쾌검마가 변방인 이곳 산서 땅에 들어왔고 추적대가 곧바로 추격해 왔네. 산서 무림 전체가 바짝 긴장한 것은 당연한 일이었지. 그리고 추적대도, 대부분의 사람들도 머지않아서 쾌검마가 산서 땅에 뼈를 묻을 것이라고 추측했네."

현악은 주먹을 움켜쥐었다.

"형은 죽지 않았어!"

"쾌검마는 안택현 비검문의 뇌옥에 숨어 있었네."

현악은 두 눈을 커다랗게 떴다.

"그… 걸 어떻게 알았지?"

사파의 정보망은 상상을 불허할 정도다. 그걸 모르는 현악이 놀라는 것은 당연했다.

그리고 이 사실은 채엽조차도 모르고 있었다.

"자네가 찾아달라고 하는 소녀 자운에 대해서 조사를 시켰더니 자네가 그녀의 오빠이며 안택현 저잣거리에서 육점을 했었다는 사실을 자연스럽게 알게 됐지."

"……."

현악은 아주 조금씩 사파의 감춰진 능력을 깨닫기 시작했다.

"넉 달 전, 자넨 비검문에 고기를 배달하러 갔다가 비검구식을 훔쳐 봤다는 죄로 뇌옥에 갇혀서 고문을 당하게 됐네. 그 뇌옥에서 쾌검마를 만났을 거야."

현악은 흑사신을 쳐다봤다.

그가 여태까지와는 달리 보였다.

현악은 자신의 치부가 속속들이 까발려지는 기분이 들었지만 조금 전과 같은 어줍잖은 반발을 하진 않았다.

그 따위 것들이 이 산처럼 거대한 사내에겐 눈곱만큼도 먹히지 않는다는 사실을 조금쯤은 깨달았기 때문이다.

그는 꼼짝 못하고 흑사신의 말을 끝까지 들어야만 했다.

흑사신은 힘들이지도 않고 설득력도 없는 손주들에게 옛이야기를 들려주는 할아버지처럼 강물을 응시하며 말을 이어갔다.

"중상을 입은 쾌검마는 무슨 수를 써서라도 살아서 탈출해야만 했고, 자네 역시 살아서 뇌옥을 나가야만 하는 절박한 상황이었기 때문에 두 사람은 공통의 목적을 갖고 있는 셈이었지. 그래서 거래는 어렵지 않게 이루어졌을 거야. 쾌검마가 자네를 강하게 키워주는 대신 자넨 쾌검마의 탈출을 돕는다는 거래 말일세."

흑사신은 눈으로 본 것처럼 말했다.

그래서 현악은 발가벗겨진 데다가 온몸이 보이지 않는 질긴 끈으로 결박당한 기분이 들었다.

옷을 입고 싶고, 끈을 풀어내고 싶었다.

그는 오른쪽 어깨에 메고 있는 혈인검을 손바닥으로 탁탁 치며 핏대를 올렸다.

"이것 보라구. 형은 나한테 혈인검까지 주었어. 자네, 알아? 이 검이 전설의 묵혈쌍검 중 하나라는 사실을?"

그는 흑궁녀에게 들었던 얕은 지식을 엉뚱한 곳에서 엉뚱한 사람에게 써먹고 있었다.

"그 혈인검 때문에 추적대가 결정적으로 자넬 쾌검마로 오해하게 됐던 것이지. 자네가 혈인검을 갖고 있지 않았더라면 어쩌면 쾌검마의 탈출은 불가능했을지도 모르네."

"무슨 헛소리야? 그럼 형이 계획적으로 혈인검을 내게 줬다는 말이야?"

대답은 이미 나왔다.

그러나 머리로는 그것을 인정하면서도 가슴으로는 받아들이지 못했기에 현악은 눈을 부릅뜨며 반박했다.

사실이 그랬다.

현악을 만난 사람들은 열이면 열 다 혈인검을 보고 그를 쾌검마라고 단정했다.

"자넨 아마도 쾌검마에게 두세 달 정도 아주 짧은 기간 동안 무공을 전수받았을 걸세. 그런데도 무당사로의 한 명인 청송자를 포함해서 쟁쟁한 무림 고수 여러 명을 죽였네. 그리고 자넨 처참한 중상을 입었다가 끝내 소생했네. 내가 중요하게 여기는 것은 바로 그 점이지."

그것이 그의 지략가가 쾌검왕을 높이 산 점이기도 했고, 결정적으로 흑사신을 홍동지단에 보낸 이유기도 했다.

현악은 기분이 찜찜했지만 내색하지 않았다. 대신 입을 꽉 다물고 표정을 굳혔다.

"자네가 제아무리 쾌검마의 무공을 전수받았다고 하지만 기껏해야 두세 달. 일류고수라고 보긴 어렵지. 그런 실력으로 청송자와 여러 명의 일류고수들을 죽이고 추적대와 수십 명의 무림 고수들의 추격에서 살아났다는 사실은 불가사의한 일이라고 할 수 있네."

문득 현악은 자신이 운몽산에서 청송자를 죽였던 상황을 돌이켜 보았다.

그 당시 현악은 자신이 지니고 있는 삼십 년 공력에 절반의 절반에도 못 미치는 공력, 아니, 공력이라고도 볼 수 없는 기력을 겨우 지니고 있었다.

백 번을 고쳐 생각해 봐도 자신이 죽을 수밖에 없는 명백한 상황이었다.

그런데도 그는 청송자를 죽였고 무당 검수 세 명을 더 죽인 후 쓰러졌었다.

흑사신이 말한 불가사의라는 표현이 정확했다. 당사자인 현악조차도 이해할 수 없는 상황이 아닌가.

"누구도 흉내 낼 수 없는 집념이 폭발한 걸세, 분노와 한(恨) 같은 것이 밑바닥에 잔뜩 깔려 있는."

"……."

뭔가 알 것도 같았다.

"솔직이 내게도 그런 것이 있네, 죽을 때까지도 사라지지 않을 분노와 한이."

현악이 쳐다보자 흑사신은 밤하늘에 떠 있는 푸른 빛을 띠고 있는 반달을 응시하고 있었다.

얼굴에 짙은 비애를 떠올린 채.

그런 표정은 현악과도 매우 친숙한 표정이었다.

비천한 천민만이, 그리고 수없이 짓밟혀 본 사람만이 지을 수 있는 표정이기도 했다.

"후후, 난 아비가 누군지 모르네. 어미가 싸구려 창녀였으니까 당연한 일이지. 그러니까 내가 어떻게 자랐으리라는 것은 자네 상상에 맡기겠네."

흑사신은 아무에게도 말해 본 적이 없는, 아무도 모르는 출생과 성장의 비밀을 현악에게 털어놓았다.

"훗, 시시껄렁한 얘기로군."

현악이 툭 내뱉자 흑사신의 굵은 눈썹이 확 꺾였다.

"난 관심없어."

현악은 몸을 돌려 흑사신을 등진 채 걸음을 옮겼다.

그는 흑사신에게서 세 걸음째 내딛다가 별안간 빙글 몸을 돌리면서 번개같이 혈인검을 발검했다.

파앗!

그는 현재 본래 지니고 있던 삼십 년 공력의 절반 정도를 회복한 상태였다.

그러나 전신 공력이 실린 일검이었으며, 흑사신과의 거리는 네 걸음에 불과했다.

거리가 너무 가까워서 팔을 뻗기만 해도 검이 직접 흑사신 몸을 찌를 정도였다.

깡!

날카로운 쇳소리와 함께 불꽃이 번쩍였고, 다음 순간 현악은 목줄기에 서늘한 느낌을 받았다.

현악은 움찔 놀랐다.

그는 한 자루 대도의 시퍼런 칼날이 자신의 목에 바짝 대어져 있는 것을 굽어보며 속으로 신음을 흘렸다.

'음, 제법이로군.'

흑사신은 현악의 섬쾌를 막았을 뿐 아니라 오히려 반격까지 성공시켰다.

현악보다 머리 하나쯤은 더 큰 흑사신이 무심하게 현악을 굽어보았다.

아무것도 알아낼 수 없는 그 눈빛이 그 순간 무슨 말인가 하려는 듯했다.

슥—

"난 청송자보다 약하네."

흑사신은 도를 거두어 왼손에 쥐고 있는 도집에 꽂았다.

"그리고 방금 자네의 공격에는 청송자와 싸울 당시의 처절한 집념이 담겨 있지 않았어."

현악은 그 말에 공감했다.

"그런 거 같군."

그는 고개를 끄덕이고 나서 흑사신 옆에 나란히 서서 반달을 쳐다보았다.

방금 일 초식의 교환에서 현악은 한 가지 사실을 확인했다, 최소한 흑사신이 현악 자신보다는 어느 정도 강하다는 사실을.

그러나 진짜 싸움이 붙으면 정확한 결과는 모르는 일이다. 현악에겐 일초 단발의 쾌검식 섬쾌가 있었다.

현악이 청송자보다 약하고, 단우옥보다 약하며, 흑사신보다 약한 것은 사실이다.

그러나 청송자는 현악의 섬쾌에 죽었고, 단우옥도 위험한 지경에 처한 적이 있었다.

그러므로 흑사신이라고 해서 섬쾌 앞에서 결코 여유롭지만은 않을 것이다.

현악은 자신과 흑사신의 만남이 아직 운명적이라고까지는 판단할 수 없겠지만 결코 우연한 만남이 아닌 것만은 분명한 것 같다고 생각했다.

"자네, 이름이 뭐지?"

그렇게 생각하는 현악의 물음은 거의 단도직입적이었다.

"왜 묻지?"

"적어도 동지의 이름 정도는 알아둬야 하지 않겠어? 설마 흑씨 성에 사신이라는 이름을 갖고 있는 건 아니겠지?"

흑사신의 눈썹이 꿈틀 꺾였다가 이윽고 입가에 흐릿한 미소가 떠올랐다.

"초곤(楚崑)일세. 짐작하겠지만 성도 이름도 내가 지었지."

그는 창녀였다가 비참하게 성병에 걸려서 고생하다가 죽은 어미의 성을 따르지 않았다. 그렇다고 누군지도 모르는 아비의 성을 따를 수도 없는 노릇.

"난 현악이야. 그러나 내 이름은 내가 지은 것이 아냐."

그는 자기 이름을 고기 맛에 환장한 어느 땡중이 지어주었다고는 말하지 않았다.

두 사람은 통성명을 하면서도 서로를 쳐다보지 않았고 동지가 된 기념으로 뜨겁게 두 손을 맞잡지도 않았다.

단지 같은 반달을 응시하면서 다른 생각을 품고 입가에 흐릿한 미소를 머금었을 뿐이다.

문득 현악이 순진한 미소를 머금었다.

"저기 말이야."

"말하게."

"나, 부탁이 있어."

"뭐든지."

"경신술 하나 가르쳐 주겠어?"

"……."

"뭐, 동지가 된 기념이라든지, 아니면 선물을 하는 거라고 생각해도 좋아."

"푸후."

"굳이 경신술을 가르쳐 주는 대가를 받아야겠다는 생각이라면 외상쯤으로 달아놓거나."

"푸핫핫핫!"

"이런, 침 튀잖아!"

그날 밤,

흑사신 초곤은 태어나서 처음 가슴이 후련하게 웃어봤다.

◆제19장◆
일검필살(一劍必殺)

“아아······.”

붉고 도톰하며, 촉촉하게 젖은 입술이 약간 벌어지면서 가느다란 신음이 흘러나온다.

그것은 남녀가 정사를 나눌 때 흥분이 고조된 여자가 자신도 모르게 흘려내는 신음 소리였다.

“하아아······.”

소녀는 한 손으로는 젖가슴을 움켜쥐고, 다른 손으로는 사타구니를 지그시 누르면서 얼굴에선 송골송골 땀을 흘리며 연신 신음을 토해냈다.

이불은 다 걷어찼고, 입고 있는 얇은 잠옷을 통해서 무르익기 시작한 여체를 꼬며 비틀고 있다.

“하악!”

소녀는 입을 더 크게 벌리며 격앙된 헛바람 소리를 토해냈다가 그 소리에 놀라서 눈을 번쩍 떴다.

"……."

어두컴컴한 실내지만 고수인 그녀에겐 문제될 게 없었다.

자신의 방, 눈에 익은 천장이 시야에 가득 들어왔다.

방금 전까지 격렬한 정사를 치렀는데 지금은 혼자다.

꿈이었다.

벌거벗고 한 쌍의 뱀처럼 뒤엉켜 미친 듯이 정사를 나누는 꿈 따윌 꾸다니.

어이가 없었다.

"하아… 하아……."

입에서는 가쁜 숨소리의 잔재가 흘러나왔다.

잠에서 깨어나 꿈도 깼었지만 몸은 아직 꿈을, 정사를 하고 있다는 증거였다.

소녀는 이끌리듯 상체를 일으켰다.

자신의 두 손이 각각 젖가슴과 사타구니를 부여잡고 있는 게 시야로 파고들었다.

그 광경은 그녀의 동공과 순결한 마음에 상채기를 냈다.

온몸이 땀으로 흠뻑 젖은 데다가 거친 숨소리는 좀처럼 멈춰지지 않았다.

소녀 청라는 한순간 머리 속이 텅 비었다.

너무도 엄청난 충격이라 머리 속에 있는 뇌를 힘껏 짜서 물기를 뺀 다음 햇볕에 바짝 말린 것만 같았다.

그리고 기억이라는 샘이 바짝 마른 뇌의 끄트머리를 조금씩 아주 느리게 적시기 시작했다.

"아……."

아직도 촉촉한 물기를 머금고 있는 청라의 입이 벌어지며 놀라움 같은 탄성이 터져 나왔다.

꿈에서 자신과 함께 벌거벗은 몸으로 한 덩어리가 되어 뒹굴던 사내의 얼굴이 기억났기 때문이다.

"백정 그놈이……."

백정, 현악이었다.

어느 날 밤,

그녀의 등 뒤에 서서 검끝으로 등에서 엉덩이까지 이르는 세로의 검흔을 길게 새겨 넣은 후 그녀의 바지와 속곳을 찢고는 몸을 굽히게 한 다음 엉덩이 사이 음부에 단단한 음경을 쑤셔 넣었던 쳐 죽여도 시원치 않을 놈이었다.

그런데, 그런데 어이없게도 그놈과 정사를 벌이는 꿈을 꾸다니…….

게다가 계속 떠오르고 있는 기억은 외치고 있었다. 그 꿈속에서 청라가 너무도 황홀해했었다고.

"말도 안 돼. 어떻게 이런 일이……."

망연자실하여 넋을 잃고 중얼거리던 그녀는 황급히 실내를 둘러보았다.

혹시 백정 놈이 잠입해 들어와서 실제로 자신을 능욕한 것이 아닌가 하는 의구심이 들어서였다.

그러나 실내에는 그녀 혼자뿐 괴괴한 적막만이 그녀의 이율배반을 비웃고 있었다.

두근두근.

"하아아… 하아아……."

막 절정에 이르는 순간에 깨어났기 때문에 심장이 그때까지도 기묘한 쾌락에 겨워서 미친 듯이 콩닥거렸고 거칠어진 숨소리는 쉬이 잦아들지 않았다.

청라는 백정 놈보다도 그런 자기 자신이 더 증오스러워서 견딜 수가 없었다.

머리로는 복수를 갈망하면서도 한낱 고깃덩어리인 몸뚱이는 가당치도 않은 그날 밤의 정사를, 아니, 겁탈을 그리워하고 있다는 게 말이나 되는가.

제대로 된 첫날밤도 아니었다.

또한 제대로 인연을 맺은 사내도 아니었다.

그리고 그녀의 의지는 눈곱만큼도 반영되지 않은 정사, 아니, 겁탈이었다.

그녀는 자신의 순결을 가져가는 사내의 얼굴조차 보지 못하고 뒤돌아 엎드린 채 능욕을 당했었다.

'내가… 아직도 꿈을 꾸고 있는 것인가?

너무 황당하면 사람들은 그렇게 생각하기 마련이다.

'나, 나는…….'

다시 머리 속이 텅 비었다.

짜악!

순간 그녀는 자신의 뺨을 호되게 후려갈겼다.

그리고는 힘껏 입술을 깨물었다.

'정신 차려라, 청라!'

툭—

너무 힘껏 입술을 깨물어서 입술이 터지며 새빨간 피가 턱을 타고 주루룩 흘러내렸다.

그녀는 더할 수 없이 독한 표정을 지었다.

'그때 운몽산에서 그놈을 죽였어야 했어! 그놈의 온몸을 조각조각 난도질해서……'

후회가 파도처럼 엄습했다.

그러나 이미 지나간 일이다. 후회해도 소용없었다.

봉황일미가 백정 놈을 구해갔지만 그놈은 필경 죽었을 것이다. 그렇게 만신창이 몸으로는 살아 있을 가능성이 거의 없었다.

죽은 놈을 꿈꾸는 것이나 꿈속에서 그런 놈과 정사를 나누는 것 자체가 가당치 않은 일이었다.

그녀는 침상에서 내려와 목욕실로 걸어가며 나직이 중얼거렸다.

"명심해라. 비록 내 몸뚱이지만 내 뜻에 반하는 짓을 하면 가차없이 베어버릴 테니까."

*   *   *

현악은 열흘 동안 풍사단 홍동지단 연공실에 틀어박혀서 두문불출, 수련에만 몰두했다.

수련할 때의 그는 아무도 만나지 않았고, 입에 넣는 것은 채엽이 준비해 준 물과 벽곡단뿐이었다.

그는 비검문 뇌옥에서 거의 광적으로 수련하던 방식을 이곳에서도 그대로 답습했다.

그런 방식은 보통의 무림인들이 수련하는 방법과는 판이했다.

평범하게 수련해서는 평범한 결과밖에 얻을 수 없다. 수련이 혹독할수록, 광적일수록 더 나은 결과를 얻을 수 있다는 사실을 현악은 이미 비검문 뇌옥에서 경험한 바 있었다.

그는 하루를 셋으로 나누어 처음에는 섬쾌검식을, 두 번째에는 초곤이 가르쳐 준 경신술을 수련했으며, 나머지 잠을 자야 할 시간에는 자령신공을 운기했다.

흑붕약운(黑鵬掠雲).

초곤이 가르쳐 준 경공술이다.

열흘째.

휘익!

현악은 구결대로 공력을 운기한 후 최대한 몸을 가볍게 하여 발끝으로 힘껏 바닥을 박차고 허공으로 떠올랐다.

떠오르는 중에 크게 숨을 들이켜서 폐에 가득 저장한 후 숨을 멈추고는 허공 중에서 두 팔과 다리를 활짝 펼쳤다.

독수리가 날개를 펼친 채 공기의 저항을 최대한 이용하는 원리와 비슷했다.

흑붕약운은 최소한의 공력만으로도 허공 중에서 오랫동안 비행할 수 있는 장점이 있는 반면에 빠르게 방향 전환을 할 수 없다는 단점이 있었다.

현악의 섬쾌검식은 빠름이 강점이다.

최대한 빨리 적을 발견해야 하고, 발견하는 순간 즉시 그 방향으로 진행하면서 발검을 해야만 한다.

그런 점에서 흑붕약운은 섬쾌검식과는 어울리지 않는 경신술이었지만 경신술 자체를 모르는 현악으로서는 찬밥 더운밥 가릴 처지가 아니었다.

현악은 바닥에서 일 장가량 날아오른 상태였다. 지난 열흘 동안 수련한 결과였고, 난생처음 자신의 능력으로 떠오른 높이였다.

슈우—

그가 두 팔을 활짝 펼친 채 오른쪽 어깨를 틀자 방향이 오른쪽으로 비스듬히 전환되었다.

밀실은 폭 오 장여, 높이 이 장의 정사각형이었다.

현악은 흑붕약운을 수련한 지 열흘 만에 자신이 원하는 대로 마음껏 비행할 수 있게 되어서 기분이 몹시 좋았다.

그러나 기분이 좋은 것은 거기까지였다.

그는 다음 순간 약간 긴장해야만 했다. 짧고도 기분 좋은 비행이 끝나고 이제 고난의 시간이 닥친 것이다.

그는 긴장한 채 머리를 아래로 하면서 공력을 약간 거두었다.

스웃—

머리가 아래로 향하면서 상체가 유연하게 꺾이더니 하강했다.

그러나 갑자기 속도가 빨라졌고 몸의 균형을 잃고 말았다.

쿵!

"큭!"

그는 머리와 어깨를 돌바닥에 호되게 부딪치면서 볼썽사납게 나뒹굴고 말았다.

"으으… 빌어먹을! 또 실패로군."

잘되다가 하강, 즉 착지에서 실패하고 만 것이다. 지난 열흘간 그는 백여 차례 이상 지금처럼 돌바닥에 나뒹굴었다.

하강할 때 머리를 아래로 향하게 하여 구부리는 것과 동시에 펼쳤던 두 팔을 그 동작에 맞게 거두고, 또한 그 행동들과 병행하여 공력을 조금씩 순차적으로 재빨리 거둔다.

아울러 착지해야 할 곳과의 거리를 정확하게 재면서 머리와 상체를 들어 올리며 다리를 아래로 보내어 두 발로 착지를 해야 성공인 것이다.

모든 무공이 단시일 내에 이루어질 수 없듯이 경신술 역시 며칠이나 몇 달 만에 이룰 수 있는 것이 아니다.

또한 경신술은 비상이나 비행보다는 착지가 가장 어렵다.

현악이 겨우 열흘 동안 수련하고도 성공적인 착지를 바라는 것은 우물에서 숭늉을 마시려는 것과 별반 다르지 않았다.

오히려 열흘이라는 짧은 시일에 이 정도까지 할 수 있다는 게 놀라운 일이었다.

현악은 석벽을 마주하고 섰다.

한바탕 호되게 나뒹굴었더니 흑붕약운은 다시 하고 싶은 기분이 아니어서 섬쾌를 연마할 생각이었다.

오른팔을 뻗어 검을 휘두르면 검끝과 석벽과의 거리가 한 자 여덟 치다.

그는 운몽산에서 단우옥을 만나기 직전에 나무를 상대로 검기를 발출한 적이 있었는데 그때 거리가 한 자 반이었다.

지난 열흘 동안 보통 검보다 대여섯 배나 무거운 혈인검을 휘두른 횟수만 해도 수만 번이었다.

손바닥이 벗겨져서 피가 흘러 검 손잡이를 흠뻑 적셨고, 극도로 탈진해서 혼절하기를 여러 차례였지만 그는 결코 멈추지 않고 깨어나면 다시 검을 휘둘렀다.

그러는 사이에 발검은 조금씩 더 빨라졌고 극히 미미하지만 검기도 약간 더 길게 발출할 수 있었다.

어제까지 검기가 발출된 거리는 한 자 일곱 치. 구 일 동안 검기를 두 치 더 멀리 발출할 수 있게 된 것이다.

물론 현악은 단단한 석벽에 한 치 깊이의 손톱 크기만한 흠집을 새겨야만 성공으로 여겼다.

석벽에 한 치 깊이면 머리든 심장이든 몸의 어떤 부위라도 두부처럼 쪼갤 수 있을 것이다.

현재 현악은 본신 공력의 팔 할가량 회복된 상태였다. 한 자 여덟 치를 성공시켜야만 공력이 완전히 회복됐을 때 두 자 정도까지 검기를 발출할 수 있을 것이다.

현악은 천천히 공력을 극한으로 끌어올린 후 전면의 석벽을 뚫어지게 쏘아보았다.

눈빛이 검기였다면 석벽을 관통했을 터.

지그시 어금니를 악물었다고 여긴 순간,

스파아—

칵!

한줄기 흐릿한 빛살이 현악의 오른쪽 어깨에서 시작되어 석벽으로 뿜어졌고, 거의 동시에 미약한 음향이 터졌다.

그 속도는 가히 섬전.

발검과 착검은 아예 보이지도 않았다.

그는 어느새 검을 어깨에 꽂고 잔뜩 긴장된 표정으로 석벽을 주시했다.

뭔가 있었다.

석벽에는 아주 흐릿한 흔적이 하나 새겨졌는데 여태까지처럼 한 치 깊이가 아니라 반 치도 못 되는 것 같았다.

절반의 성공인 셈이다.

쿵!

"헉헉헉!"

현악은 방금 전 일검에 전력을 쏟아 붓고는 탈진해서 한쪽 무릎을 꿇고 헐떡였다.

그는 비검구식의 사초식까지와 쾌검마의 섬쾌검식을 알고 있다.

비검구식은 섬쾌검식에 전혀 비교할 바가 못 됐다.

비검구식은 번거로운 절차와 현란한 변화에 비해서 적을 살상할 수 있는 확률이 적었다.

그러나 섬쾌검식은 너무도 간단명료했다.

절차도 없고 변화도 없다.

발검, 그리고 살상. 그것으로 끝이다.

발검하면 반드시 피를 뿌리고야 만다.

그것은 현악의 특이한 성미와도 닮았고, 그의 분노나 한과는 더 많이 닮았다.

그는 쾌검마가 쾌검마류라는 검법으로 단우옥의 부친 남해신검을 죽였다는 사실을 그녀에게 들었었다.

쾌검마에겐 섬쾌검식보다 더 강한 쾌검마류가 있는 것이다.

그러나 현악은 그런 사실을 알고 나서도 쾌검마를 결코 원망하지 않았다.

그저 자신의 능력이 거기까지밖에 미치지 못했고, 쾌검마류를 배울 시간적 여유가 없었기 때문에 쾌검마가 전수하지 않았을 것이라고 좋게 생각했고 또 그렇게 믿었다.

초곤의 명확한 판단을 듣기 전에도 현악은 쾌검마가 자신을 이용했다는 기분이 어느 정도는 들었었다.

그것을 초곤이 확인시켜 준 것이다.

그래도 쾌검마에게는 조금도 화가 나지 않았다. 그것은 선택의 여지가 없는 명백한 거래였다.

현악은 쾌검마가 자신을 조자룡보다 강하게 만들어주기만 하면 어떤 조건이라도 다 들어주겠다고 약속했었다.

그는 지금의 자신이 조자룡보다 몇 배는 더 강하다고 여겼다. 삼국지연의에서의 조자룡은 현악만큼 강하지 않았다. 그러니 쾌검마의 조건을 들어줘야만 하는 것은 당연했다.

그리고 더 중요한 사실이 있었다.

현악은 쾌검마를 형으로 인정했다.

형에겐 결코 화를 내서는 안 된다.

그가 나를 속였고 이용했다고 해도 결코 복수 같은 생각을 품어서는 안 된다.

한 번 형은 영원히 형인 것이다.

최소한 현악에게만큼은.

그는 하루 속히 형 쾌검마 같은 절정고수가 되고 싶었다.

무림에 내로라하는 고수들이 쾌검마라는 별호만 들어도 벌벌 떠는 게 너무도 멋있고 부러웠다.

그는 자신의 마음에 꼭 드는 섬쾌검식을 완벽하게 연마하기로 결심했다.

이유는 간단했다.

섬쾌검식이 극성에 이르면 쾌검마류가 되지 않을까 하는 나름대로의 판단 때문이었다.

섬쾌검식을 쉬지 않고 죽어라 연마하여 궁극에 이르면 마침내 쾌검마류를 터득하게 된다.

참으로 단순하고도 간단명료한 이치였다.

그래서 언젠가는 쾌검마 같은 거목이 되고 말겠다는 것이 그의 야심찬 포부였다.

장차 흑사신 초곤은 중원에 방파를 세우고 쾌검왕 현악은 천하를 발아래 두게 되리라.

"푸핫핫핫핫!!"

상상만 해도 온몸이 저릿저릿했고 등골이 쭈뼛거릴 정도로 기분이 좋아서 그는 사지를 벌리고 누운 채 호탕한 웃음을 터뜨렸다.

그는 한동안 나뒹군 채 누워 있다가 이윽고 벽을 짚고 힘겹게 일어서서 석벽을 마주하고 섰다.

거리는 여전히 한 자 여덟 치.

석벽에 한 치 깊이의 흔적을 새길 때까지다.

그는 공력을 끌어올리고 눈을 부릅뜨며 석벽을 쏘아보았다.

"추적대라고 했나?"

현악은 얼굴을 와락 찌푸리면서 술잔을 내려놓으며 가라앉은 목소리를 흘려냈다.

"그렇습니다. 추적대와 무림 고수들 대부분은 여전히 안택현에 머물고 있습니다."

대수롭지 않게 첫말을 꺼냈던 채엽은 현악의 반응에 자신도 모르게 바짝 긴장했다.

"어떻게 된 거지?"

현악은 눈살을 찌푸렸다.

결론적으로 추적대는 봉황일미 단우옥의 말을 믿지 않았다.

아니, 오히려 그녀가 빼돌린 쾌검마가 아직도 안택현과 홍동현 일대 은밀한 장소에 숨어 있을 것이라고 판단했다.

또한 쾌검마는 워낙 극심한 중상을 입었기 때문에 이미 죽었을지도 모르고, 만약 살아 있다고 하더라도 치료를 하고 있는 중일 것이며 아직 완쾌된 상태는 아니라고 아울러 추측했다.

그러므로 쾌검마를 죽일 수 있는 기회는 지금뿐이라고 최종 결론을 내린 추적대는 눈에 불을 켜고 안택현과 홍동현 일대를 들쑤시고 다녔으며, 그들의 그런 행동은 무림 고수들까지도 안택현에 묶어두는 파급 효과를 거두었다.

즉, 추적대와 무림 고수들은 쾌검왕을 쾌검마라고 단정하는 부류와 쾌검왕인지 쾌검마인지 미처 확신을 내리지 못하는 부류, 그리고 쾌검 왕이든 쾌검마든 상관하지 않은 채 오로지 그가 지니고 있는 묵혈쌍검에만 눈독을 들이고 있는 세 부류로 나누어져 있었다.

'형이 아직도 탈출하지 못한 것인가?'

추적대와 무림 고수들이 쫓고 있는 사람이 자신이며 그들 중에 상당수가 혈인검을 노리고 있다는 사실을 모르는 현악으로서는 그렇게 생각할 수밖에 없었다.

"이 자식, 그걸 왜 이제야 말하는 것이냐?"

현악은 채엽에게 눈을 부릅뜨며 호통 쳤다.

"저, 저는……."

채엽은 전전긍긍하면서 초곤의 눈치를 살폈다.

"내가 말하지 말라고 했네."

현악 맞은편에 앉아 있던 초곤이 술잔을 비운 후 채엽을 궁지에서 구해주었다.

"무엇 때문에 그런 거야?"

현악은 초곤을 쏘아보면서 이를 드러내며 으릉거렸다.

그는 상대를 가리지 않았다. 채엽이든 초곤이든 자신의 기분이 뒤틀리면 곧바로 몰아붙였다.

초곤 뒤에 서 있는 흑궁녀는 현악을 쏘아보는 눈에서 살광을 뿜으면서도 묵묵히 서 있었고, 채엽은 당황해서 어쩔 줄 몰라 했다.

열흘 전날 밤 초곤은 현악과 대화를 나눈 후 모두에게 이렇게 말했었다.

"지금 이 순간부터 쾌검왕은 나와 동등하다. 너희는 나를 대하듯 그를 대하라."

이 갑작스런 변화를 흑궁녀는 열흘이 지난 지금까지도 받아들이지 못하고 있었다.

또한 채엽은 갈수록 안하무인이고 천방지축인 현악의 언행에 졸도할 지경이었다.

초곤이 조용히 말문을 열었다.

"만약 자네가 그 말을 들었다면 그 즉시 성치 않은 몸으로 뛰쳐나가지 않았을까?"

"그야 당연하지!"

현악은 힘껏 고개를 끄덕였다.

"그렇다면 결과는 하나뿐이네. 나는 오래지 않아서 자네 시체를 보게 됐겠지."

사내는 고집이고, 고집이라면 현악이었다.

"그래도 나는 간다."

초곤의 목소리는 나직했고 차분했다.

"이제 자네는 혼자가 아닐세. 그 말은 자네 목숨을 함부로 내돌려서는 안 된다는 뜻일세."

현악은 불쑥 내뱉었다.

"초 형, 사내가 한 약속은 어떻게 해야 한다고 생각하지?"

초곤은 한동안 침묵을 지키다가 묵직하게 입을 열었다.

"자네가 나하고 한 약속은 뭐지?"

"분명히 들어둬. 이것은 초 형 이전의 약속이야. 어떤 상황에서든 형과의 약속이 우선이야."

"쾌검마는 바보가 아닐세. 그는 이미 탈출했을 거야. 두어 달 전 자네가 운몽산에서 죽어가고 있을 때 말일세."

"내 눈으로 확인해야겠어."

사내끼리의 약속은 목숨으로 지켜야 한다고 믿는 현악의 고집을 꺾을 사람은 아무도 없었다.

초곤은 표정의 변화 없이 술잔을 들었다. 현악도 초곤도 더 이상 말하지 않았다.

슥―

"간다."

초곤이 술잔을 입으로 가져갈 때 현악은 벌떡 일어나서 방문 쪽으로 달려갔다.

누가 말릴 새도 없었다.

현악이 나간 후에도 초곤은 묵묵히 술만 마셨다.

흑궁녀는 어둠처럼 가라앉은 얼굴이고, 채엽은 가시방석에 앉은 것처럼 좌불안석이었다.

이윽고 초곤은 무겁게 입을 열었다.

"염교, 그를 호위해라."

흑궁녀는 허리를 굽혔다.

"그에게 무슨 일이 생기면 너에게 책임을 묻겠다."

"헉헉헉!"

현악은 거칠게 숨을 몰아쉬었다.

그가 서 있는 강변 백사장 주위에는 일곱 구의 무림 고수들 시체가 어지럽게 널브러져 있었다.

현악은 그들 일곱 명을 죽이는 데 딱 일곱 번의 발검만 했다.

한 번 발검에 여지없이 한 명씩 죽인 것이다.

그러나 그 자신도 무사하지는 못했다.

치명상은 아니지만 어깨와 허벅지, 옆구리 세 군데에 찔리고 베인 상처를 입었다.

그는 풍사단 홍동지단을 뛰쳐나와 곧장 안택현으로 달려가다가 안택현을 오 리 정도 남겨둔 지점인 이곳 강변에서 최초의 세 명의 무림 고수와 마주쳤었다.

그게 반 시진 전의 일이었다.

최초의 두 명과 싸우는 동안 흡사 똥 냄새를 맡고 모여드는 파리 떼처럼 무림 고수들이 하나둘씩 모여들었고, 결국 일곱 명이 된 것이었다.

그리고는 일대 격전이 벌어졌으며 무림 고수 일곱 명은 모두 죽었고 현악은 살았다.

일곱 구의 시체 중에 다섯 구의 목 한복판 울대에는 구멍이 네 치 깊이로 패어 있었고, 나머지 두 구는 검기가 목 한복판을 살짝 빗나가서 목이 찢어지거나 베어졌다.

현악은 지난 열흘간 밀실에서 수련을 하면서 운몽산에서의 혈전을 되새기며 많은 생각을 거듭한 결과 나름대로 몇 가지를 자신의 싸움 경험으로 축적시키는 성과를 올릴 수 있었다.

그 싸움 경험을 진정한 자신만의 실력으로 승화시키는 것은 결국 면밀한 분석과 검토, 반성이 뒤따라야만 가능하다.

그래야지만 다음에는 같은 실수를 범하지 않을 테고, 더 효율적으로 위기에 대처할 수 있을 것이며, 더욱 증진된 실력을 발휘할 수 있을 것이다.

치열한 싸움에서의 단 한 번의 실수는 곧 죽음으로 직결된다.

죽은 다음에 아무리 후회하면서 분석하고 검토, 반성해 봐야 말짱 소용없는 짓이다.

그러므로 저승 문턱에 여러 차례나 들락거렸던 현악이 운몽산에서 여러 차례 처절한 혈전을 벌였던 것에 대해서 잘한 것과 잘못한 것을 곱씹어 반추하는 것은 지극히 당연했다.

그래서 얻어낸 결론 중 하나가 반드시 일검에 적을 죽여야 한다는 사실이었다.

즉, 일검필살이었다.

일검에 기필코 적을 죽이려면 급소를 적중시켜야 한다. 그래서 생각해 낸 부위가 목줄기였다.

예전 백정 시절에 소나 돼지를 셀 수도 없을 만큼 도축해 본 현악이었다.

소, 돼지는 멱을 따면 곧바로 쓰러져서 목의 대동맥을 통해 온몸의 피를 다 쏟아내고는 아무리 명이 질겨야 반 각을 넘기지 못하고 푸들거리다가 뒈지고 만다.

사람도 가축이나 다를 바 없는 것이다. 아니, 오히려 사람 목숨은 가축보다 더 형편없었다.

그러니 멱을 따면, 아니, 멱 한복판에 구멍을 뚫으면 단번에 죽일 수 있을 것이라고 현악은 판단한 것이다.

싸움이란 어떻게 하든 적을 무기력하게 만드는 것이 목적이다.

섣불리 부상을 입히면 더욱 길길이 날뛸 것이고, 죽음을 불사하고 덤벼들 테니 오히려 건드리지 않음만 못하게 된다.

무력하게 만드는 방법이란 즉사시키는 것뿐이다.

현악은 그 사실을 깨닫고 체득했으며 실천에 옮겼다.

“헉헉헉!”

그는 방금 전 싸움에서 최대한 상대의 목 한복판을 겨냥하려고 무던히 애썼다.

그 결과 일곱 중에 다섯은 성공했고 둘은 비껴 맞아서 실패했다.

목 한복판에 제대로 적중된 자들은 당연히 즉사해 버렸다.

그러나 목에 약간 비껴서 맞은 자들은 목을 움켜잡은 채 피를 철철 흘리면서 악귀처럼 현악에게 덤벼들었다.

그래서 현악은 그자들에게 상처를 입었고, 세 번의 칼질을 더 해야만 했다.

역시 관건은 일검필살이었다.

그게 실패하면, 오히려 내가 당한다는 사실을 그는 방금 전에도 자신의 몸에 상처를 새기면서 뼈저리게 체험했다.

'이 자식들! 어째서 아직도 안택현에 있는 거야?'

현악은 웬만큼 기력이 회복되고 호흡이 잦아들자 시체들을 쓸어보면서 오만상을 찌푸렸다.

'결국은… 형이 아직도 안택현에 갇혀 있다는 것인가?'

여기 죽어 있는 무림 고수들이 자신을 공격한 걸로 미루어 그렇게밖에는 생각할 수 없었다.

현악은 이들이 혈인검을 노리고 자신에게 덤볐다고는 미처 생각하지 못했다.

그렇다면 무슨 수를 써서라도 한시바삐 추적대와 무림 고수들을 깡그리 죽여야만 한다.

그래야만 형을 탈출시킬 수 있고, 비검문 뇌옥에서의 약속을 지키는 것이 된다.

아니, 약속을 떠나서 반드시 형을 탈출시켜야만 한다.

무슨 일이 있더라도 말이다.

그는 형이니까.

◆제20장◆
대장부(大丈夫)

슥―

문득 현악은 자신의 발 아래에 죽어 있는 한 무림 고수의 품에서 하나의 가죽 주머니가 반쯤 삐져 나와 있는 것을 발견하고 그것을 줍기 위해 허리를 굽혔다.

쉭!

다음 순간 현악은 숙인 자신의 뒷머리에 써늘한 느낌을 받았다. 뭔가 빠르게 뒷머리를 스쳐 간 것이다.

그는 허리를 굽힌 자세에서 다급히 얼굴을 돌려 위를 쳐다보았다.

"……!"

그리고 발견했다.

한 사내가 자신의 약간 뒤쪽 일 장 높이의 허공에 뜬 자세에서 막 검을 휘두른 자세를 취하고 있는 광경과 허공 중에 흩어져 있는 몇 올의 머리카락을.

머리카락은 현악의 뒷머리에서 잘려 나간 것이었다.

원래 사내는 우두커니 서 있는 현악의 뒤 허공으로 유령처럼 쏘아오면서 전력으로 일검을 그어댔었다.

즉, 암습인 것이다.

만약 그 순간 현악이 가죽 주머니를 집느라 허리를 굽히지 않았더라면 잘라진 것은 머리카락이 아니라 목이었을 것이다.

사내는 적이 놀라는 표정이었다.

마음먹고 발출한 회심의 급습을 현악이 피할 줄은 전혀 예상하지 못했다는 얼굴이었다.

쉬익!

하지만 사내는 싸움 경험이 풍부했기 때문에 이런 상황에서는 어떻게 대처해야 하는지 잘 알고 있었다.

그러나 허공에 떠 있는 상태에다가 막 일검을 휘두른 어정쩡한 자세로 후속 공격을 전개한다는 것은 결코 쉬운 일이 아니었다.

쌔액!

하지만 사내는 즉시 아래쪽에 있는 현악의 목을 향해 벼락같이 검을 그어댔다.

그는 어떤 상황이나 자세에서도 공격과 방어를 취할 수 있는 능력의 소유자였다.

그러나 그에게 풍부한 강호 경험과 유령처럼 접근하는 재주, 어떤 상황에서도 공격할 수 있는 탁월한 능력이 있다면 현악에겐 지독하게 빠른 쾌검이 있다.

번쩍!

현악이 발검한 것은 사내가 검을 그어댄 후였지만 검기는 발출되자마자 어느새 사내의 코앞에 이르렀다.

"……!"

누가 보더라도 사내는 절대 피할 수 없는 상황이었다.

땅 위라면 어떻게든 피해보겠지만 허공 중에서 그것도 일검을 전개한 직후의 가장 허술한 자세가 아닌가. 그런 상황에서 반격을 당하면 십중팔구 당하고 만다.

파아아—

그러나 사내는 그 자세에서도 번개같이 상체를 뒤집었다.

찰나 현악이 발출한 흐릿한 검기는 간발의 차이로 그의 뺨을 얕게 베며 스쳐 갔다.

그는 허리를 뒤로 완전히 접어서 허리가 엉덩이에 닿았는데 마치 뼈가 없는 연체동물 같았다.

스르—

현악이 재차 발검하려고 검이 검집에서 절반쯤 뽑혔을 때,

휘익!

사내는 허리를 펴는 반동으로 쏜살같이 뒤로 날아갔다.

그 바람에 현악은 발검을 하려다가 중도에 그만둬 버리는 초유의 경험을 하고 말았다.

사내는 멀리 물러나지도 않았다.

현악에게서 일 장의 거리를 두고 현악을 향한 자세로 나비가 꽃잎에 앉듯 소리없이 백사장에 내려섰다.

그는 이십이, 삼 세가량의 청년이었다.

일신에는 남자들은 좀처럼 입지 않는 꽃 무늬가 가득한 비단 화의(花

衣)를 입었다.

이마에는 분홍색 영웅건을 묶었고, 허리에는 취옥이 박힌 최고급의 요대를 둘렀으며, 역시 꽃을 수놓은 비단 신을 신었다.

옷차림만으로 봐선 그가 남의 시선을 전혀 의식하지 않고 자신의 멋을 추구하는 나름대로의 미학과 여성 취향을 선호하는 성격을 한 몸에 지니고 있는 것 같았다.

그는 일견하기에도 눈에 확 띄는 준수한 용모였다.

게다가 그의 얼굴에서는 추호의 사악함이나 교활함을 찾아볼 수 없었다.

한마디로 잘 다듬어진 정인군자의 모습이었다.

다만 방금 현악의 검에 살짝 베인 왼쪽 뺨의 비스듬한 상처에서 피가 흐르는 것이 옥에 티였다.

아마도 그 상처는 그의 얼굴에 유일한 흉터로 죽을 때까지 남아 있을 것이다.

그는 무림의 금기인 암습을 시도했다가 실패했음에도 추호도 부끄러운 얼굴이 아니었다.

"하하하! 운이 좋았다, 쾌검왕!"

그는 껄껄 호방하게 웃었다.

다른 사람이었다면 욕이 저절로 튀어나왔겠지만 그의 언행은 전혀 밉상이 아니었다.

그의 태도를 보고 있자면 오히려 '암습을 해도 전혀 부끄러운 일이 아니로구나' 라는 어이없는 생각이 들 정도였다.

그는 현악을 쾌검마라고 믿지 않는 사람 중에 하나였다. 그는 교활할 뿐 아니라 영특한 인물이기도 했다.

'우라질 놈! 내가 쾌검마가 아니라는 걸 뻔히 알면서도 공격하다니!'

현악의 눈에서 독한 안광이 일렁거렸다.

문득 그는 한 가지 생각이 뇌를 스쳤다.

'혹시 저자는 혈인검을 노리는 것인가?'

쾌검마가 갖고 있는 묵영검과 자신의 혈인검이 합쳐지면 천하제일인이 될 수 있다는 말을 흑궁녀에게 들은 바 있는 그였으므로 그런 추측이 가능했다.

현악은 결코 아둔한 사람이 아니었다.

다만 백정 짓을 하면서 머리를 쓸 일이 없었고, 쓴다고 해도 잔꾀를 부리지 못하는 것뿐이었다.

"핫핫! 누구에게도 뺏기지 말고 혈인검을 잘 지니고 있거라! 조만간 내 것이 될 테니까 말이다!"

화의청년은 특이한 사내였다.

야비한 행동을 하고 사악한 뜻의 말을 하면서도 표정과 음정은 더없이 정의로웠다.

그래서 그에 대해서 잘 모르거나 그의 말뜻을 새겨듣지 않은 사람이라면 무조건 그가 선하며 정의로운 사람이라고 판단할 것이 분명했다.

획!

"이 자식!"

암암리에 공력을 두 발에 모으고 있던 현악은 한순간 벼락같이 그에게 쏘아가며 오른손으로 검을 잡았다.

일 장이란 두어 걸음만 다가들면 몸이 닿을 정도로 지척이다.

하물며 검까지 뽑으면 팔과 검의 길이만큼 그 거리는 더욱 좁혀지기 마련이다.

번쩍!

현악의 검이 발검하며 검기를 뿜어냈다.

슛―

화의청년은 태연하게 슬쩍 어깨를 흔들어 뒤로 빠르게 물러났는데, 현악으로서는 한 번도 보지 못한 신법이었다.

하긴 강호 경험이 일천한 현악으로서는 마주치는 모든 것들이 처음 접하는 것일 수밖에 없었다.

현악이 순식간에 화의청년이 서 있던 자리에 당도했을 때 화의청년은 다시금 일 장가량 물러난 곳에 표홀히 서 있었다. 마치 약을 올리는 듯한 행동이었다.

현악의 팔 길이가 석 자에 조금 못 미치고 혈인검이 석 자를 약간 웃도니까 합쳐 봐야 여섯 자 반이다.

그리고 현악이 발출할 수 있는 검기의 최대 사정거리가 두 자 안팎이므로 모두 합하면 여덟 자 반이다.

일 장에서 한 자 반 정도 모자라는 거리였다.

그는 현악의 검기가 두 자를 넘지 못한다는 사실을 꿰뚫고 있는 게 분명했다.

이른바 현악을 가지고 노는 중이었다.

"하하하! 어서 여길 떠나라! 냄새를 맡은 승냥이들이 몰려들면 너는 더 이상 혈인검을 지킬 수 없을 테고 나 역시 닭 쫓던 개 꼴이 되고 마니까!"

그는 예의 협의인 같은 표정과 목소리로 현악을 염려해 주었다. 하나 결국 제 욕심을 차리자는 뜻이다.

화의청년이 처음 현악을 본 것은 두어 달 전 운몽산에서의 추격전 때였다.

혈인검을 노리는 수십 명의 무림 고수들이 현악을 추격할 때 그도 그 속에 끼어 있었다.

그때 그는 줄곧 기회를 엿봤었다.

확실한 기회라는 판단이 서지 않으면 절대 나서지 않는 것이 그의 철칙이었다.

현악이 중상을 입었을 때에도 나서지 않았다. 그러다가 그가 결국 쓰러졌을 때 비로소 나서려고 했다.

화의청년은 경신술에 일가견이 있다.

만약 그 당시에 그가 혈인검을 탈취해서 전력으로 도주했다면 아무도 뒤쫓지 못했을 것이다.

그러나 바로 그 직전에 단우옥이 현악을 구해서 사라져 버렸기 때문에 그는 헛물만 켜고 말았다.

그리고 두어 달이 훨씬 지난 조금 전, 절호의 기회를 잡고 급습을 가했는데 보기 좋게 실패하고 만 것이다.

현악은 경신술로는 그를 따라잡지 못한다고 판단했다. 그리고 그의 말에서 뭔가 느껴지는 게 있었다.

“넌 누구냐?”

“다들 나를 옥룡야풍(玉龍夜風)이라고 부르지.”

화의청년은 절친한 벗에게 안부를 묻는 듯한 친근한 표정으로 대답했다.

그에게 딱 어울리는 별호였다. 반반하게 생긴 것은 옥룡이고 하는 짓은 야풍이니까.

"모두들 너처럼 내 혈인검을 노리고 안택현에서 날 기다리고 있었던 것이냐?"

"그렇다고 볼 수 있지. 다만 소림 장로 혜각 선사 정도의 거물이라면 쾌검마와 혈인검 둘 다 노리지 않겠느냐? 그 늙은 중놈 속을 제대로 알 순 없겠지만 말이지."

그 말은 모두들 현악이 쾌검마든 쾌검왕이든 상관하지 않고 오직 혈인검만을 노리고 있는 데 반해서 혜각 선사만이 쾌검마를 제거하려고 한다는 뜻으로 들렸다.

"유성추혼이라는 자도 안택현에 있느냐?"

"유성추혼뿐 아니라 봉황일미도 있다. 그러니까 너는 안택현에 들어가지 말고 이 길로 멀리 달아나는 게 신상에 좋을 것이다."

옥룡야풍은 어떻게든 현악이 추적대나 무림 고수들 눈에 띄게 하지 않으려고 잔머리를 굴렸다.

'옥이가……'

그러나 현악은 방금 옥룡야풍의 말 중에서 오직 봉황일미라는 호칭만이 머리에 벼락처럼 꽂혔다.

설마 단우옥이 아직까지도 안택현에 남아 있을 줄은 전혀 예상하지 못했다.

현악은 갑자기 단우옥이 몹시 보고 싶어졌다. 그가 누군가를 그리워하는 것은 난생처음이었다.

그녀를 생각하자 가슴이 저릿저릿하며 갈증이 났다. 그것은 물로 해결될 수 있는 목마름이 아니었다. 이상한 일이었다.

옥룡야풍은 현악이 허공을 응시하며 단우옥을 그리워하는 것을 보고 그가 추적대와 무림 고수들을 두려워하는 것으로 착각하고 점잖게

껄껄 웃었다.

"핫핫핫! 지금이라도 네가 혈인검을 순순히 내놓는다면 내가 너를 안전하게 산서에서 벗어나게 해주마!"

현악은 대꾸하지 않았다.

그러자 옥룡야풍은 잠시 눈동자를 굴리더니 두어 달 전에 단우옥이 운몽산에서 현악을 안고 사라졌던 것과 그로부터 엿새 후 그녀가 안택현의 주루에 나타나서 추적대에게 현악을 옹호했던 사실을 기억해 냈다.

처음에 단우옥이 현악을 안고 사라졌을 때에는 그녀가 쾌검마를 죽이려는 것이라고 단순하게 생각했었다.

그런데 엿새 후에는 오히려 현악이 쾌검마가 아니며 그가 있는 곳을 절대 밝힐 수 없다고 선언한 그녀였다.

그랬기 때문에 그녀의 속셈이 뭔지에 대해서 옥룡야풍은 그 당시 꽤나 골머리를 썩었었다.

그런데 이젠 어렴풋이나마 알 수 있을 것 같았다.

봉황일미라는 말을 듣고 갑자기 몽롱하게 변한 현악의 표정이 해답이었다.

'훗! 저놈이 봉황일미를 연모하고 있다는 것인가?'

봉황일미의 이상한 행동과 현악의 저 어줍잖은 표정이 그걸 증명하고 있었다.

추측은 곧 명백해졌다.

옥룡야풍은 스스로 내린 판단을 철석같이 믿는 부류의 사람이었다.

그는 속이 스멀거리며 고소를 금치 못했다. 그리고 그는 결국 웃음을 터뜨리고 말았다.

“푸핫핫핫! 너는 봉황일미를 연모하고 있는 것이냐? 아서라! 그녀가 유성추혼의 여자라는 것은 알 만한 사람들은 다 알고 있는 사실이다! 너는 유성추혼에게 죽임을 당하기 전에 생각을 고쳐 먹는 게 좋을 거다!”

‘옥아가 유성추혼의 여자라구?’

현악의 눈썹이 확 꺾였고, 속에서 천불이 치솟았다.

휘익!

“이 새끼야! 그전에 네 목이나 내뇌라!”

순간 현악은 느닷없이 옥룡야풍을 덮쳐 가면서 발검할 것 같은 자세를 취하며 쩌렁한 호통을 터뜨렸다.

옥룡야풍은 어마 뜨거워라 하고 놀라서 후닥닥 한꺼번에 오륙 장이나 물러났다가 자세를 잡은 후에야 엄포라는 것을 깨달았지만 역시 그답게 조금도 부끄러워하지 않았다.

오히려 어깨를 흔들면서 신형을 날려 강둑으로 쏘아가며 호탕하게 웃었다.

“핫핫핫! 잊지 말아라! 네 곁에는 언제나 나 옥룡야풍이 있다는 사실을 말이다!”

‘더럽게 기분 나쁜 놈이로군.’

현악은 옥룡야풍이 시야에서 완전히 사라지는 것을 물끄러미 지켜보았다.

아니, 시선은 그곳에 두고 있지만 눈은 초점을 잃고 머리는 다른 생각을 하고 있었다.

봉황일미가 유성추혼의 여자다.

운몽산에서 유성추혼은 현악을 죽이려고 추격했었다. 그러나 현악은 그의 얼굴을 제대로 보지 못했다.

현악은 한동안 허공을 묵묵히 응시했다.

자신도 모르게 일그러졌던 얼굴 표정이 점차 변하더니 입가에 씨익 미소가 피어올랐다.

이어서 가슴을 활짝 펴며 낭랑한 웃음을 터뜨렸다.

"핫핫핫핫! 어디 한번 해보자, 유성추혼! 누가 옥아의 남자인지 말이다!"

바로 이런 것이 차츰 하나씩 정립되어 가는 현악의 진정한 대장부다운 좋은 성격 중에 하나였다.

말하자면 '불굴의 의지'인 것이다.

이런 성격은 그가 장차 중원에 진출했을 때 무수한 난관을 헤쳐 나가는 든든한 버팀목이 되어줄 것이다.

한바탕 시원하게 웃어준 현악은 방금 전까지의 생각을 웃음과 함께 훌훌 털어버리고 몸을 돌려 시체들 쪽으로 걸어갔다.

죽어 있는 시체의 품속에서 절반쯤 삐져 나와 있는 가죽 주머니 덕분에 그는 옥룡야풍의 암습으로부터 목숨을 구했다.

쩔렁!

가죽 주머니에는 다섯 개의 금화와 은자 삼십 냥이 들어 있었다.

"……!"

현악으로서는 은자 삼십 냥이란 거금을 한꺼번에 갖고 있어보기도 처음이지만 금화라는 것은 구경하는 것조차 처음이었다.

문득 현악의 귓전을 울리는 말이 있었다.

"천은당에는 가족들조차도 포기하고 내다 버린 대풍라(大風癩:문둥병) 병자들을 비롯하여 천여 명의 불치병 환자들이 기거하면서 치료를 받고 있다.”

단우옥이 했던 말이다.

그녀의 부친 남해신검 단우헌은 많은 불치병자들을 해남도 천은당에 모아놓고 치료하고 돌보았다. 그래서 그는 남해불존이라는 호칭까지 얻었다고 한다.

‘불쌍한 사람은 불치병자들만 있는 게 아냐.’

천민으로 태어나고 자란 현악은 세상으로부터 버림받고 학대받는 더 많은 종류의 벌레 같은 인간들을 보아왔다.

‘좋아! 훌륭한 장인 밑에는 좋은 사위가 있는 법이니까!’

그는 시체들 품속을 일일이 뒤져 꽤 많은 돈을 찾아냈다.

그가 백정으로 산다면 일평생 동안 모을 수 없는 거액이었다.

사람을 죽이고 재물을 취하는 행위는 사파인들도 하지 않는 파렴치한 짓이지만 현악은 개의치 않았다.

목표를 정하면 묵묵히 행할 뿐이다.

그는 쾌검왕이니까.

*　　　*　　　*

강가의 넓은 백사장에는 일곱 구의 무림 고수 시체가 목에 구멍이 뚫린 채 어지럽게 널려 있었다.

흑궁녀는 우뚝 서 있고 두 명의 수하가 시체들을 살폈다.

세 사람의 표정은 각기 달랐다. 흑궁녀는 몹시 굳은 표정이고 시체를 살피는 두 명의 수하는 몹시 놀라는 모습이었다.

살피기를 마친 두 명의 수하가 흑궁녀에게 다가오면서 혀를 내두르며 보고했다.

"일곱 구의 시체 중에서 다섯 구가 목에 손톱만한 구멍이 뚫려 있습니다. 그들은 반항조차 제대로 못한 것 같군요."

"죽은 자들은 무림에서 제법 이름깨나 날리는 자들입니다. 정말 쾌검왕은 무시무시합니다!"

흑궁녀는 눈을 부릅뜨고 입을 크게 벌린 채 죽은 한 구의 시체 목 부위를 자세히 살펴보았다.

목 한복판에는 수하들 말처럼 정말 손톱만한 구멍이 뚫려 있었다. 족히 대여섯 치의 깊이는 될 것 같았다.

문득, 구멍을 살피던 흑궁녀의 얼굴이 흠칫 굳어졌다.

'검기(劍氣)!'

검기나 도기를 전개하는 것은 최소한 일 갑자 이상의 공력이 있어야 가능하다. 그러나 무조건 공력만 있다고 전개할 수 있는 것이 아니었다.

대부분의 무림 고수들이 시전하는 일반적인 검술이나 검법들은 직접 검의 끝, 즉 검봉(劍鋒)이나 검날로 상대의 몸을 베고 찌르는 수법이다.

하지만 상승의 검법은 검에서 예리한 바람을 일으키는 검풍이나 공력을 뿜어내는 검기를 발출할 수 있으며 더 나아가서는 검강(劍罡), 혹은 검경(劍勁)을 만들어내서 검이 닿지 않는 먼 곳의 적을 더욱 강력한 위력으로 죽인다.

그러나 그런 경지에 이르려면 보통의 흔한 검법으로는 백 년을 연마해도 절대 불가능하다. 근본적으로 검법 자체가 달라야 한다는 뜻이다.

다시 말해서 검풍이나 검기, 검강 등을 일으키게 하는 검법이 따로 있다는 것이다.

또한 그런 검법을 연마하는 것이 일반적인 검법을 연마하는 것보다 몇 배, 혹은 몇십 배나 더 어렵고 혹독한 것은 당연한 일이었다.

위력이 강할수록 연마하는 과정이 더 혹독하며 그래서 중도에 포기하는 사람들이 허다하다.

이렇듯 검기를 발출하는 경지에 이르려면 일 갑자 이상의 공력과 상승검법이 조화를 이루어야만 하고, 피나는 수련 과정을 거쳐야 하는 것이다.

흑궁녀는 속으로 신음을 흘렸다.

'음, 쾌검왕은 생각했던 것보다 훨씬 더 고강하군.'

그때 수하 한 명이 강을 따라 상류로 이어진 백사장 쪽 바닥을 가리키며 급히 외쳤다.

"흑궁녀님! 여기 핏자국이 이어져 있습니다!"

핏자국을 쏘아보는 흑궁녀의 동공이 가벼이 흔들렸다.

'음, 쾌검왕이다! 원래 완쾌되지 않은 몸이었는데 이자들과 싸우다가 부상을 당한 것 같군.'

＊　　　＊　　　＊

현악은 곧게 뻗은 관도를 경공술로 쏘아가고 있다.

초곤이 가르쳐 준 경공술 흑붕약운은 주로 싸울 때 몸을 띄우고 날리며 사용하는 것이었다.

하지만 현악은 흑붕약운의 구결을 달리는 데에 절반 정도 차용해서 사용했다. 그리고 나머지 절반은 자령신공을 운기했다.

어쩌다 보니까 흑붕약운의 구결로는 몸을 최대한 가볍게 하고 자령신공으로는 쏘아 나가는 추진력을 발휘하는 현악 자신만의 독특한 경신술을 만들어내게 된 것이다.

그 방법은 경신술을 전개하는 동시에 운기를 할 수 있으니 일거양득인 셈이었다.

그는 이제 각각의 구결을 어느 정도는 시기 적절하게 응용할 수 있는 수준이 되었고, 싸움의 방식과 요령에 대해서도 하나씩 차근차근 깨우치는 중이었다.

또한 무공에 대해서도 나날이 조금씩 깨우치면서 이것에 저것을 대입해 보기도 하고 미비한 점을 발견하면 보완하는 과정에 들어서 있었다.

원래 무공이란 뿌리가 하나니까 가능한 일이다.

'음, 꽤나 아프군. 어디 적당한 장소를 찾아서 상처를 대충이라도 치료해야겠다.'

그는 얼마 전 강변에서의 싸움에서 어깨와 허벅지, 옆구리에 각각 상처를 입었다.

깊지는 않았지만 그렇다고 무심히 넘어갈 정도로 가벼운 상처도 아니었다.

임시방편으로 속히 지혈을 했지만 시간이 지나자 혈도가 풀려서 다시 피가 흘렀다.

의술에 대해서는 문외한인 그가 지혈이라고 제대로 했을 리 만무했다.

게다가 그는 두어 달 전 운몽산에서 셀 수도 없을 만큼 많은 상처를 입었었다.

가벼운 상처들은 거의 나았지만 깊은 상처는 아직도 아물지 않은 상태였다.

그런데 좀 전의 싸움에서 무리하게 공력을 끌어올리고 몸을 움직이는 바람에 그것들 중에 몇 개가 터지고 말았다.

운몽산 혈전 때에 비한다면 지금의 상처들은 가소로울 정도였다. 하지만 그대로 내버려 둔다면 위험한 상황을 초래할 수도 있었다.

원래 소나기보다는 가랑비에 옷이 젖는 법이니까.

“……!”

그때 현악은 자신이 달려가는 방향의 전면에 다섯 명의 무림 고수가 관도를 가로막은 채 서 있는 광경을 발견하고는 가볍게 인상을 쓰면서 즉시 멈췄다.

그리고는 그가 멈추자마자 관도 양쪽 숲에서 다섯 명의 무림 고수가 일제히 튀어나와 현악의 뒤를 막는 것 같더니 전면의 다섯 명과 함께 즉시 현악을 둥글게 포위해 버렸다.

‘음, 정말 똥파리 같은 놈들이로군.’

무림이 상상했던 것처럼 그렇게 멋있는 곳만은 아니라는 사실을 현악은 이미 여러 차례 체험했다.

“호호호… 쾌검왕, 혈인검을 내놔라.”

전면을 막아선 무림 고수 중 한 명이 득의한 웃음을 흘렸다.

그자뿐 아니라 열 명의 무림 고수 모두의 시선은 현악이 어깨에 메고 있는 혈인검에 집중되었다. 그 열 쌍의 눈에는 탐욕이 번들거렸다.

현악은 묵묵히 그들을 둘러보았다.

비검문의 뇌옥에서 처음 나왔을 때와 운몽산에서의 싸움 때와는 사뭇 다른 여유있는 자세이며 행동이었고 또한 기도였다.

무림 고수들 각자는 현악의 날카로운 눈빛이 자신들의 얼굴을 스칠 때마다 마치 갓난아기가 경기를 하는 것처럼 움찔 몸을 떨었다.

그러다가 눈이라도 마주치면 크게 당황해서 급히 눈을 내리깔았는데 동공이 크게 흔들리는 것으로 미루어 현악을 두려워하는 것이 분명했다.

그래도 무림 고수들 표정의 밑바탕에 깔려 있는 탐욕은 사라지지 않았다.

현악은 전면을 보며 입술 끝을 비틀었다.

"후후, 반 시진 전에도 너희 같은 어리석은 놈들 일곱 명을 저승으로 보냈다."

그는 전면에 서 있는 무림 고수들 얼굴에 적잖이 놀라는 기색이 떠오르는 것을 놓치지 않았다.

그는 싸움이 실력만으로 하는 게 아니라 심리적인 점도 꽤 작용한다는 사실을 언제부턴가 조금씩 깨달아가고 있는 중이었다.

현악의 미소가 조금 더 짙어졌다.

강자의 미소였고 여유였다.

"후후후, 죽는 게 두렵지 않다면 누구든 덤벼라."

상대는 오합지졸이다.

오합지졸일수록 귀가 얇고 심약하기 마련이다.

잘만 하면 말 몇 마디에 모조리 쫓아버릴 수도 있을 것 같다고 현악은 생각했다.

현악은 두 발을 어깨 넓이로 벌리고 어깨를 활짝 폈다.

몇 군데 상처에서 피가 흘러 땅에 뚝뚝 떨어졌지만 조금도 개의치 않았다.

오히려 그런 점이 섬뜩함을 풍겨서 무림 고수들에게 위압감을 줄 수도 있었다.

우선 지금 필요한 것은 기선 제압이었다. 그런 게 필요하다는 것도 방금 깨달았다.

현악의 예상대로 아무도 쉽사리 덤벼들지 못했다. 무림 고수들은 서로의 눈치를 살피면서 주춤거렸다.

"쾌검마와 쾌검왕은 하늘과 땅의 차이다! 게다가 저자는 부상을 당하지 않았는가!"

그때 현악 뒤에서 누군가 외쳤다.

두려움을 간신히 억누른 쥐어짜내는 듯한 목소리였으나 그 말이 내포하고 있는 뜻은 겁에 질려 있는 모두를 두려움에서 건져 내기에 충분했다.

스릉!

창!

누가 먼저랄 것도 없이 무림 고수들이 우르르 무기를 뽑으며 포위망을 좁혀들었다.

현악은 이마를 좁혔다.

'또 쓸데없이 기력을 허비하게 되는군.'

그때 현악 뒤쪽에서 방금 전에 외쳤던 자가 막 쏘아 나가면서 무리를 선동하는 외침을 터뜨렸다.

"모두 한꺼번에 공격해서 죽이… 끅!"

아니, 그는 외침 대신에 목이 졸리는 듯한 답답한 신음을 터뜨리고 말았다.

현악이 즉시 뒤돌아보자 얼굴이 말처럼 긴 인물이 자신의 목 앞쪽으로 두어 뼘쯤 튀어나온 피 묻은 화살을 부여잡은 채 쓰러질 듯이 비틀거리고 있었다.

화살이 목 뒤에 꽂혔다가 목 앞으로 튀어나온 것이었다.

검은 화살촉에 화살대마저 시커먼 화살.

흑전(黑箭)이다.

검은 화살촉을 타고 주르르 새빨간 핏물이 흘러내리는 광경이 여간 섬뜩하지 않았다.

'흑궁녀!'

현악은 즉시 한 사람을 떠올렸다. 그녀가 흑궁과 흑전을 어깨에 메고 다니는 것을 유심히 봤었다.

"끄으……."

쿵!

검은 화살이 목에 꽂힌 말상의 무림 고수는 두 손으로 목을 부여잡고 눈을 까뒤집으며 나뒹굴었다.

쐐애액!

그때 고막을 찢는 듯한 날카로운 파공음 세 개가 연이어 허공을 울렸다.

픽! 픽! 픽!

"흐악!"

"크악!"

"끄윽!"

그리고 세 마디 처절한 비명이 파공음에 화답이라도 하듯이 뒤를 이었다.

방금 화살에 적중된 인물 좌우에 있던 무림 고수 세 명이 목에 하나씩의 흑전이 꽂힌 채 비틀거리다가 차례로 쓰러졌다.

무림 고수들은 화살이 쏘아온 방향을 일제히 쳐다보면서 극도로 긴장했다.

그 긴장된 얼굴 위에 떨칠 수 없는 공포가 덧씌워진 것은 그 직후였다.

그들은 현악에 대해서는 아예 신경조차 쓸 엄두를 내지 못했다. 이 순간 현악이 연달아 발검을 한다면 서너 명은 순식간에 죽일 수 있을 텐데도 말이다. 과연 오합지졸만이 가능한 행동이다.

그러나 현악은 그들을 죽이지 않았다. 이깟 오합지졸을 상대로 암습을 하거나 방심하고 있는 기회를 노리는 것 따윈 어쩐지 개운하지 않은 기분이 들었기 때문이다.

그는 서서히 자신만의 싸움 방식을 만들어가고 있었다.

순간 어디선가 호통 소리가 터져 나왔다.

“이놈들! 당장 사라지지 않으면 모조리 목에 바람구멍을 내주겠다!”

목소리에 공력이 실려 있었는데 남자인지 여자인지는 알 수 없었고, 단지 호통성이 쩌렁쩌렁하게 허공과 무림 고수들의 두려운 마음속을 울렸다.

한꺼번에 네 명이나 죽어 자빠진 직후에 들려온 호통성이라 과연 그 효과는 대단했다.

무림 고수들은 더 이상 서로의 눈치도 살피지 않았으며 고민도 하지 않았다.

공포심 때문에 우왕좌왕하느라 그럴 겨를이 없었다.

한순간 그들은 누가 먼저랄 것도 없이 양쪽 숲 속으로 신형을 날려 순식간에 사라져 버렸다.

역시 오합지졸들이란 나타날 때도 우르르 하더니 사라질 때도 우르르였다.

"허허."

현악은 어이없는 웃음을 흘렸다.

그가 생각하기엔 무림이라는 곳에도 신분의 격차라는 것이 엄연히 존재하는 것 같았다.

어느 방의 방주며 총관이라는 따위의 겉으로 드러난 신분이 아니라 제각각 지니고 있는 무공 실력과 대담성, 현명함, 옹졸함 따위로 매겨지는 신분을 말함이다.

방금 전에 나타났다가 연기처럼 사라진 자들은 아마도 무림계의 천민급에 속할 것이라고 생각했다.

슥—

현악은 관도변의 나지막한 바위에 걸터앉았다.

휘익!

휙!

그러자 숲 속에서 세 개의 인영이 솟구쳐 나오더니 현악 앞에 가볍게 내려섰다.

역시 흑궁녀와 두 명의 수하였다.

그녀의 왼손에는 방금 전에 네 명을 쏘아서 죽인 흑궁이 단단하게 쥐어져 있었다.

"당신은 어딜 가려는 건가요?"

흑궁녀의 냉정한 표정만으로는 그녀가 무슨 생각을 하고 있는지 짐작도 할 수 없었다.

"말하면 찾아주겠느냐?"

여전히 거침없는 반말.

"그러죠. 총단주의 지시 속에는 당신이 내게 명령할 수 있다는 것까지 포함되어 있으니까요."

"혜각 선사와 유성추혼을 찾아다오."

"소림 장로와 유성보 소보주 말인가요?"

적잖이 놀란 흑궁녀는 뻔한 것을 되물어야만 했다.

두어 달 전까지만 해도 별로 놀랄 일이 없던 두 사람 흑사신 초곤과 흑궁녀는 현악의 등장으로 인해 여태 충분히 놀랐다.

그리고 그녀는 방금 또 놀랐다.

현악이 무엇 때문에 혜각 선사와 유성추혼을 찾으려는지 짐작할 수 있었기 때문이다.

"그래."

"왜 그들을 찾는 거죠? 설마 죽이려는 건가요?"

현악은 이마에 가볍게 내천 자를 그렸다.

"너는 왜 당연할 걸 묻느냐? 그렇게 할 일이 없느냐?"

흑궁녀는 수하들 앞에서 무차별 면박을 당하는 것까지 신경 쓸 게재가 아니었다.

면박을 주고 있는 현악도 그런 것은 조금도 개의치 않았다.

하지만 두 명의 수하는 사갈, 혹은 독사라고 불리는 공포의 흑궁녀가 현악에게 찍소리도 못하고 형편없이 깨지는 모습을 보며 정신을 차리지 못했다.

그들은 그런 광경 때문에 흑궁녀를 얕보게 되기보다는 오히려 현악을 두려워하게 되었다.

흑궁녀는 무공 실력은 차치하고라도 언행과 기도에서부터 현악에게 꿀리고 들어갔다.

그녀가 무조건 양보를 해야만 하는 두 사람은 당연히 흑사신과 현악 뿐이다.

흑궁녀는 정색을 했다.

"그만두세요. 혜각 선사와 유성추혼은 당신이 죽인 청송자보다 더 강한 고수예요. 게다가 당신은 현재 몸이 온전치 못한 상태예요."

초곤은 흑궁녀에게 현악의 호위를 명령했다. 현악에게 무슨 일이 생긴다면 전적으로 그녀의 책임이었다.

"초 형이 날 간섭하라고 시키더냐?"

"……."

흑궁녀는 입술을 잘근 깨물었다.

"사실 솔직히 말하자면 여러 상황을 종합해 본 결과 당신이 운몽산에서 청송자를 죽인 것은 실력이 아니었던 것 같아요."

그녀는 벼르던 얘기를 비로소 끄집어냈다.

"그럼 뭐지?"

그건 현악도 알고 있는 사실이지만 시치미를 뚝 뗐다.

"잘 모르겠지만, 그때 당신은 제정신이 아니었어요."

"훗, 제정신이 아니면 청송자를 죽일 수 있는 거로군."

"당신 스스로 혜각 선사나 유성추혼을 찾아가는 것은 짚을 지고 불로 뛰어드는 것이나 다를 바 없어요. 헛되이 목숨을 버릴 필요는 없잖아요?"

두 명의 수하는 조금 전부터 이상하다는 표정으로 흑궁녀를 힐끔거렸다.

그녀가 지금처럼 많은 말을 하는 것이나 자신의 감정을 드러내는 것을 처음 보기 때문이었다.

숫―

"그만둬라. 나 혼자 찾으마."

흑궁녀는 팔을 저으면서 관도를 따라 휘적휘적 걸어가고 있는 현악의 뒷모습을 보며 눈살을 찌푸렸다. 생각대로 하자면 뒤따라가서 저 얄미운 뒤통수를 힘껏 갈겨주고 싶었다.

'고집불통!'

흑궁녀는 호로록 한숨을 내쉬었다.

"휴우! 알았어요. 그들은 내가 찾을 테니 당신은 그동안 좀 쉬도록 하세요."

문득 그녀는 두 명의 수하가 자신을 보며 이상하다는 표정을 짓는 걸 발견했다.

그녀는 순식간에 원래의 모습을 되찾았다.

"너희들! 죽고 싶으냐?"

◈제21장◈
자령신공(紫靈神功)

안택현 근교의 숲 속에 위치한 낡은 폐찰.

흑궁녀의 수하 두 명이 입구의 양쪽에 서서 지키고 있었고, 폐찰 안의 수북하게 먼지가 쌓인 바닥에 현악이 가부좌로 앉아서 운공을 하는 중이었다.

현악은 반 시진에 걸친 운공을 끝내고 천천히 눈을 떴다.

그는 체내에 공력이 충만하고 정신이 얼음처럼 차고 맑으며 마음이 이른 새벽의 호수처럼 고요한 것을 느꼈다.

그의 눈빛은 아주 깊고도 맑았다.

쾌검마에게 섬쾌검식과 자령신공을 전수받은 이후 그의 운명은 완전히 뒤바뀌었지만 바뀐 것은 운명만이 아니었다.

예전의 그는 마음속에서 들끓던 ‘원한’이나 ‘분노’ 따위에 대해서는 그야말로 속수무책이었다.

분노가 활화산처럼 끓어오를 때에는 인적없는 강가나 깊은 산속으로 한달음에 달려가서 미친 듯이 악을 쓰며 고함을 질러댔고, 강물에 뛰어들어 허파가 터지기 직전까지 자신을 학대했으며, 온몸에서 피가 나도록 나무를 두들겨 패고 머리로 들이받았었다.

그런다고 해서 들끓는 원한과 분노가 가실 리는 없겠지만 그렇게라도 하지 않으면 분노의 불길 때문에 오장육부가 터져서 당장 죽어버리거나 미쳐 버릴 것만 같았었다.

그러므로 그런 식의 분풀이가 그로서는 분노를 해소하는 유일한 방법일 수밖에 없었다.

대다수의 천민들은 학대와 짓밟힘을 당하며 사는 것이 대대로 이어지는 자신들의 운명이겠거니 여기고 자포자기한 채 허위허위 죽지 못해서 지치고 고된 삶을 이어갔다.

그런 천민들의 수명은 짧을 수밖에 없었다. 병에 걸려서 죽는 것이야 어쩔 도리가 없다지만 천민들이 천수를 다 누리지 못하고 죽어가는 이유를 배부르고 걱정없는 자들은 결코 이해하지 못했다.

천민들이 일찍 죽는 원인에는 여러 가지가 있었지만 가장 큰 원인은 울화병이었다.

울화병, 혹은 가슴앓이는 천민이기 때문에 천민만이 앓아야 하는 천형이었다.

통상적인 멸시와 모욕, 학대는 평민들이나 향반(鄕班:양반)들 자신들끼리는 잘 이루어지지 않는 법이다.

그것들은 향반이 천민에게, 평민도 천민에게라는 식으로만 이루어지기 마련이다.

크고 작음의 차이는 있겠지만 천민이라면 누구나 울화병을 앓는다.

울화병은 천민을 시름시름 앓게 만들다가 끝내는 몸을 꼬챙이처럼 말라비틀어지게 하고, 오장육부를 시커멓게 태워서 죽이는 무서운 병이었다.

당연히 현악도 울화병이 있었다. 다른 천민들보다 더 클 수밖에 없는 원한과 분노라는 이름의 울화병이었다. 그것은 나날이 커지면서 갈수록 병세가 점점 깊어지는 불치병이었다.

그러나 지금의 그는 울화병이 거짓말처럼 깨끗하게 완치된 상태였다.

현악은 울화병이 사라진 시기가 자령신공을 운공하면서부터라는 사실을 근래에 들어서야 비로소 깨닫게 되었다.

무도(武道)란 몸만 강건하게 해주는 게 아니라 마음도 깨끗하게 수양시키는 효능이 있다는 사실도 더불어 깨달았다.

지금의 그는 비단 울화병을 깨끗이 없앴을 뿐만 아니라 스스로의 마음을 어느 정도는 다스릴 수 있는 상태가 되었다. 예전 백정 시절 같았으면 꿈도 못 꿀 일이었다.

그러므로 결국 섬쾌검식과 자령신공은 현악의 운명만 바꿔놓은 것이 아니라 그의 성격까지 바꿔놓은 것이었다.

문득 현악은 흐릿한 미소를 떠올렸다.

가슴속에서 부글부글 끓어오르는 것 때문이었다.

그러나 그것은 울화병이 아니었다. 부글부글 끓는다는 점에서는 울화병과 비슷했는데 기분이 좋고 하늘을 날 것 같다는 점에서는 울화병과 전혀 판이했다.

그것을 굳이 표현하자면 '희망', 혹은 '야심'이라고 할 수 있었다.

뭐든지 하면 이룰 수 있을 것 같은 자신감이 그의 온몸에서 끓어 넘치는 중이었다.

꽈악!

"나는 이제 뭐든지 할 수 있다!"

현악은 빛나는 얼굴로 주먹을 힘껏 움켜쥐었다.

그러나 그는 곧 스르르 주먹을 펴면서 시무룩한 표정을 지었다.

"자운아……."

희망과 야심이 들끓고 무엇이든 할 수 있다는 자신감이 넘치면 무엇 하겠는가!

하나뿐인 누이동생 자운의 생사조차도 모르고 있는 그였다.

게다가 쾌검마 형이 무사히 탈출했는지, 아직도 안택현 어딘가에 숨어 있는지도 알지 못하는 처지였다.

문득 그는 비검문 뇌옥 안에서 쾌검마가 핏구덩이 속에 비스듬히 눕듯이 앉아 있던 모습을 떠올리고는 방금 전보다 더 걱정스러운 표정을 지었다.

'혹시 형은 상처가 심해져서 죽은 게 아닐까?'

혹사신 초곤은 쾌검마가 현악을 이용한 것이며 그가 이미 안택현을 탈출했을 것이라고 단정적으로 말했었다.

그러나 지금 안택현에서 우글거리고 있는 추적대와 무림 고수들은 뭐란 말인가?

현악이 얼마 전에 강변과 관도에서 만났던 무림 고수들은 하나같이 그의 혈인검을 노리고 있었다.

그렇다고 해서 소림사의 혜각 선사와 유성추혼도 혈인검을 노리고 있다고는 단정할 수는 없는 일이었다.

슥—

그때 미약한 음향과 함께 흑궁녀가 폐찰 안으로 미끄러지듯이 쏘아 들어왔다.

"어떻게 됐지?"

현악은 그녀가 멈추기도 전에 조급히 물었다.

"잠입하긴 했는데 뇌옥에는 들어가지 못했어요."

흑궁녀는 약간 씁쓸한 얼굴로 대답했다.

가쁜 숨을 몰아쉬는 것으로 미루어 그녀가 쉬지 않고 전력으로 달려 왔음을 알 수 있었다.

두 시진 전 현악은 예전에 자신과 쾌검마가 있던 비검문 뇌옥에 직접 가서 그가 있는지 자신의 눈으로 확인하려고 했었다.

그러는 것을 흑궁녀가 결사적으로 말리면서 현악보다 경신술이나 잠행술이 뛰어난 자신이 다녀오겠다며 말릴 사이도 없이 비검문으로 달려갔던 것이다.

"비검문 자체의 경비도 삼엄했지만 뇌옥은 입구와 출구가 하나뿐이라서 들어가면 반드시 수옥 무사들과의 싸움이 불가피할 것 같았어요."

뇌옥 안에서 싸움이 벌어진다면 흑궁녀는 결코 살아서 비검문을 나오지 못할 것이다.

벌건 대낮에, 그것도 산서 무림의 패자인 비검문에 잠입한다는 자체가 사실 무리였다.

만약 흑궁녀가 아닌 현악이 갔었더라면 그가 아무리 비검문 내부 지리를 손금 보듯이 잘 알고 있다 해도 잠입하자마자 들켜서 지금쯤 큰 싸움으로 번졌을 것이 분명했다.

그것을 알면서도 그는 부득부득 가려고 했었다. 그만큼 절실하게 쾌검마의 현재 상황이 궁금했던 것이다.

"분위기는 어땠지?"

흑궁녀는 현악이 막무가내로 펄펄 뛸 것이라고 예상했다가 그가 차분하게 묻자 잠시 의아한 표정을 지었다가 입을 열었다.

"비검문 고수들의 대화를 얼핏 엿들었는데 비검문은 쾌검마가 아직도 안택현 어딘가에 숨어 있다고 생각하는 것 같았어요."

이런 말을 들으면 현악이 어떤 행동을 할 것인지 뻔히 알면서도 흑궁녀는 어쩔 도리 없이 말했다. 그녀는 일단 입을 열면 결코 거짓말을 하지 못하는 성격이었다.

현악은 마음이 무거워졌다.

'역시 형은 탈출하지 못한 것인가?'

그는 이미 쾌검마로부터 무공을 전수받았고 혈인검까지 받았다. 그런데도 쾌검마가 아직 탈출하지 못했다면 현악이 약속을 지키지 못한 것이 된다.

아니, 약속은 소림사와 무당파, 유성보 고수들을 만나는 족족 죽인다는 것이었다.

우직하고도 단순하게 생각한다면 현악은 안택현에 있는 소림사와 무당파, 유성보 고수들을 모조리 죽여야만 했다.

그걸 시도한다면 백이면 백 현악은 결단코 살아남지 못할 것이다. 그것을 그 자신도 잘 알고 있었다.

그러나 갈등은 없다.

"좋아! 다시 해본다!"

현악은 모종의 계획을 세우고서 주먹을 움켜쥐며 낮게 외쳤다.

"뭘… 해본다는 거죠?"

흑궁녀는 움찔 놀라면서 물었다.

"알 것 없다."

약속은 반드시 지켜야만 한다.

사내끼리의 약속도 지키지 못한 놈이 어찌 천하를 발 아래 두겠다고 큰소리를 치겠는가.

'형에게 다시 한 번 탈출할 수 있는 기회를 만들어주는 것이다. 만약 그때까지 내가 살아 있다면 그때부터 내가 하고 싶은 일을 마음껏 할 테다.'

그 기회를 만들어주다가 현악 자신이 죽을 수도 있다. 아니, 죽을 가능성이 농후했다.

또한 지금 현재 쾌검마는 탈출했을 수도, 탈출하지 못했을 수도 있었다.

또한 그가 이쯤에서 슬그머니 손을 뗀다고 해도 뭐라고 할 사람은 아무도 없었다.

그러나 그것은 사내가 할 짓이 아니었다.

일단 결심을 하고 나자 현악은 마음이 편안해졌다.

"이봐요, 대체 뭘 해보겠다는 건가요?"

"이제부터 운공을 할 테니 조용히 해라."

현악은 눈을 감으면서 조용히 중얼거렸다. 일을 벌이자면 지금보다 공력이 더 충만해야만 했다.

흑궁녀는 이미 운공에 들어간 현악을 착잡한 표정으로 물끄러미 응시했다.

현악을 보호하라는 흑사신의 지상 명령이 있었다. 만약 그가 죽는다면 흑궁녀 자신도 당연히 목숨을 내놔야 할 것이다.

운공에 깊이 함몰해 있는 현악은 무아지경에 빠진 고승처럼 고아한 모습이었다.

그런데 기이한 것은 그의 정수리에서 반 자 높이에 엄지와 검지를 모아서 만든 크기의 작은 고리 모양의 환(環) 하나가 떠 있다는 사실이었다.

고리는 은은한 자색(紫色)을 띠고 있었으며 아직은 흐릿한 모양이었다.

바로 자령신공 다섯 단계 중 최초의 일 단계 입구에 진입하게 되면 나타나는 현상이었다.

자령신공 일 단계를 완성하게 되면 공력이 오십 년에 달하며 접시 정도 크기인 하나의 뚜렷한 자색 환이 정수리 위에 형성된다.

현악 머리 위에 흐릿한 자색 환 하나가 떠 있으며 아직 뚜렷하지 않다는 것은 그의 삼십 년 공력이 어느덧 사십 년으로 진행되고 있다는 사실을 의미했다.

그가 혼절해 있는 지난 두어 달 동안 복용했던 온갖 희귀한 영물과 영약들, 그리고 그의 체내에서 자령신공이 스스로 꾸준히 운공한 결과가 현실로 나타나고 있었다.

그때 밖에서 경계를 하던 흑궁녀가 폐찰 안으로 들어오는데 그녀의 손에 조그만 상자 하나가 들려 있었다.

"……!"

문득 흑궁녀는 현악을 보면서 가볍게 표정이 변했다. 그녀의 시선은 현악의 머리 위 자색 환에 고정됐고, 적잖이 놀라는 표정을 짓고 있었다.

‘저것은 내공의 조예가 깊은 고수들에게만 나타나는 현상인데……!’

그녀는 현악의 공력이 자신이 생각하던 것보다 깊고 정심하거나 혹은 그가 연공하는 심법이 절륜하다는 사실을 깨달았다.

슥—

그때 현악이 천천히 눈을 떴다.

그의 두 눈에서는 맑은 정광이 일렁였고, 반 시진 전보다 안색이 훨씬 좋아져 있었다.

흑궁녀는 방금 떠올렸던 표정을 즉시 얼굴에서 지우고 물었다.

“상처는 어떤가요?”

현악은 내상을 입지 않았다. 그녀는 외상을 물은 것이다.

“몰라도 된다.”

“……”

흑궁녀는 입을 다물었다.

현악이 말을 아낀다는 점에서는 흑사신과 비슷했다.

하지만 흑사신이 어쩌다가 입을 열 때에는 한마디에 만 마디의 의미가 담겨 있는 것에 반해서 이 인간은 한마디로 사람 속을 만 번이나 뒤집어놓는 놀라운 재주를 지니고 있었다.

무시할 수밖에 없다.

아니면 감내하든가.

‘못 배워서 그런 거야, 못 배워서.’

흑궁녀는 현악이 백정이었던 것을 잘 알고 있었다. 백정인 그가 무슨 학문과 예절 따위를 배웠겠는가. 겨우 책이나 읽고 글이나 몇 줄 쓸 수 있으면 그나마 다행일 것이라고 생각했다.

그러면서도 현악이 이럴 때마다 속에서 천불이 치솟는 것은 어쩌란 말인가.

'음, 참자.'

이 인간의 이런 언행을 무시하는 재주를 기르지 못한다면 흑궁녀든 누구든 제명에 죽지 못할 것이다.

흑궁녀는 현악 앞에 단정하게 무릎을 꿇고 앉아서 상자를 내려놓으며 눈을 내리깔고 차분하게 말했다.

"옷을 벗어요. 상처를 치료해야겠어요."

본래 인내심이 강한 그녀의 목소리에선 냉기가 풀풀 풍겼다.

"상관 마라."

"……."

생각 같아선 머리통을 호되게 쥐어박고 싶은 것을 흑궁녀는 꾹꾹 눌러 참았다.

동생뻘밖에 안 되는 놈의 말버릇은 참으로 고약했다.

흑궁녀는 아예 대꾸조차 하지 않았다. 대신 시선을 현악이 앉아 있는 바닥으로 던졌다.

현악은 흑궁녀의 시선을 좇아 자신의 엉덩이 아래를 굽어보다가 바닥에 핏물이 흥건한 것을 발견하고 눈살을 찌푸렸다.

"훗, 선지가 따로 없군!"

그는 남의 일처럼 가볍게 코웃음 쳤다.

소나 돼지를 잡으면 어마어마한 피, 즉 선지가 나온다. 그는 자신의 몸에서 나온 피가 선지처럼 보였다.

운공을 하고 있는 동안 강변에서 입은 상처와 운몽산에서 입었던 미처 아물지 않은 상처들이 서로 아우성치면서 피를 쏟아낸 모양이었다.

"어서 옷을 다 벗도록 해요. 지체하다가 상처가 덧나면 낭패를 당할 거예요."

흑궁녀의 말은 옳았다.

무림인들은 싸움에서 죽기보다는 그 싸움에서 당한 상처가 잘못돼서 죽는 경우가 더 많았다.

아물어가다가 터진 상처들이 심상치 않다는 것은 현악 자신도 아까부터 느끼고 있던 터였다.

"그… 냥 치료하면 안 될까?"

현악은 흑궁녀를 보며 어눌하게 말했다.

"약을 몸에 발라야지 옷에 바르는 멍청이도 있나요?"

흑궁녀는 냉정하게 꾸짖으며 묘한 쾌감을 느꼈다. 이런 기회는 결코 흔치 않을 것이다.

현악은 반 시진 전에 결심한 것이 있었다. 그 일을 실행에 옮기려면 상처를 치료할 수밖에 없었다.

"꼭 옷을 벗… 어야 해?"

약간 얼굴을 붉히기까지 하면서 말하는 현악의 모습은 흑궁녀가 알고 있는 평소의 그답지 않았다.

'설마… 수줍어한다는 말인가? 이 후안무치한 작자가?'

현악의 언행으로 미루어 그렇게도 생각할 수 있는 상황이었다.

"물론."

그럴수록 흑궁녀의 표정과 말은 더 냉정했다.

"……."

현악은 엉거주춤 일어서긴 했지만 여전히 옷을 벗지 않고 뭉그적거렸다.

"시간없어요! 어서 벗지 않고 뭐 해요? 온몸의 피를 모두 쏟아낸 후에 벗을 건가요?"

"벗… 는다니까!"

그때 흑궁녀는 현악의 얼굴이 홍시처럼 빨개진데다가 땀까지 뻘뻘 흘리고 있는 것을 발견하곤 어이없는 표정을 지었다.

그런 모습은 필경 부끄러워하는 사람의 그것이었다.

흑궁녀의 짐작은 맞았다. 현악은 몹시 부끄러워하고 있는 것이다.

'뭐… 야, 이 사람?'

그 사실을 확인하고 나서도 흑궁녀는 좀처럼 믿어지지 않는다는 표정으로 현악을 바라보았다.

여태까지 겪어온 현악의 언행과 지금의 행동이 극도의 불일치를 이루고 있기 때문이었다.

'이 사람, 의외로 순진한 구석이 있었잖아?'

사실 분노나 한이 배제된 현악은 그저 수줍음 많은 열일곱 살 소년에 지나지 않았다.

그가 언제 타인들 앞에서, 그것도 여자 앞에서 옷을 벗어본 적이 있었겠는가.

집에서조차도 누이동생 자운이 볼까 봐 방문을 꼭꼭 잠그고 옷을 갈아입곤 하던 그였었다.

흑궁녀는 하마터면 웃음이 나오려는 것을 간신히 참았다.

그러나 현악의 그런 모습을 보면서 한편으로는 그를 어느 정도는 이해할 수도 있을 것 같다는 생각이 들었다.

현악의 뒷조사를 하면서 그에 대해서 낱낱이 알게 된 그녀였다. 그러므로 지난 몇 달간 현악에게 벌어졌던 일들을 되짚어보면 그를 전혀 이해하지 못할 것도 없었다.

한마디로 현악은 겉만 무림 고수의 반열에 들었을 뿐 속은 여전히 십칠 세 소년인 것이었다.

흑궁녀는 위로하듯 점잖게 타일렀다.

"무림인들은 서로 격의가 없고 남녀를 크게 따지지 않으니까 어려워 할 거 없어요. 어서 벗어요."

그것은 마치 큰누나가 막내동생을 대하는 듯한 말투였다.

그 말에 용기를 얻었는지 현악은 주섬주섬 옷을 벗기 시작했다.

그러나 그 순간 흑궁녀는 눈을 커다랗게 뜨고 말았다.

현악이 상의를 다 벗고 나서는 바지를 무릎까지 내리고 있는 것을 발견했기 때문이다.

흑궁녀는 현악의 하체를 보지 않으려고 애쓰면서 급히 물었다.

"당신, 하체에 입은 상처도 터졌나요?"

"아니."

현악은 멀뚱하게 대답했다.

흑궁녀는 눈을 내리깔았다.

"그런데 어째서 하의까지 벗는 거죠?"

"네가 다 벗으라고 했잖아."

현악은 오히려 누구 놀리냐는 듯 흑궁녀를 쳐다보았다.

경황 중에 그녀는 분명히 현악더러 다 벗으라고 말했다.

현악은 의아한 표정으로 물었다.

"보다시피 하체는 괜찮은데… 혹시 상체를 치료하자면 아랫도리까 지도 다 벗어야 하는 건가?"

정말 몰라서 묻는 듯한 순진무구한 표정의 현악이었다.

“……”

흑궁녀의 얼굴이 화끈거렸다.

“킥킥킥.”

“크크큭.”

폐찰 밖을 지키고 있는 두 명의 수하가 숨죽이며 웃는 소리가 그녀의 고막을 찢었다.

그녀는 입술을 깨물며 조용히 말했다.

“그냥 상체만 벗고 바닥에 누워요.”

현악은 상체를 벌거벗고 눈을 꾹 감은 채 얌전하게 바닥에 누워 있고 흑궁녀는 치료에 열중하고 있었다.

현악의 상체에는 징그러울 정도로 무수한 흉터와 상처들이 빼곡하게 들어차 있었다.

비검문에서의 고문과 운몽산 혈전에서 새겨진 것들이었다.

강호 경험이 제법 풍부하고 냉혹한 성격의 흑궁녀마저도 현악의 흉터와 상처들을 대하고는 한동안 입을 벌린 채 놀라움을 감추지 못했다.

아마도 현악이 급성장하고 있는 속도는 그의 몸에 상처가 새겨져 가는 속도와 비례하는 것 같았다.

그것들을 보면서 흑궁녀는 눈을 꾹 감고 있는 현악을 착잡하게 굽어보았다.

그녀의 뇌리로 어떤 뼈아픈 기억들이 아슴아슴 떠올랐다.

흑궁녀의 모친은 기녀였다.

그래서 그녀도 자연스럽게 열세 살 철모르는 어린 나이에 머리를 얹고 기녀가 되었다.

그녀의 마지막 손님이 된 풍사단의 어느 향주 손에 이끌려서 그의 제자이자 애첩이 되려고 풍사단 총단에 들어섰을 때까지 그녀의 몸을 탐닉하고 몇 푼의 돈을 던져 주었던 사내들은 줄잡아 백여 명이 넘었었다.

그 후 그녀가 흑사신에게 발탁되어 그에게서 직접 무공을 사사하고 승승장구 승급을 하던 시기에 그녀는 벼르고 별렀던 일을 처리했었다.

그것은 자신의 사부이자 어린 몸뚱이의 주인이었던 향주의 목을 베는 일이었다.

그런 찰나지간이라도 결코 기억하고 싶지 않은 과거의 아픈 기억이 그녀에게도 있었다.

백정과 기녀.

동병상련이라고 했던가.

그 둘은 참으로 어울리는 신분이고, 또한 너무도 잘 서로를 이해할 수 있는 신분이기도 했다.

흑궁녀는 아픈 기억을 털어버리려는 듯 고개를 세차게 흔들었다.

이어서 손을 뻗어 우선 현악의 상처들의 혈도를 일일이 짚어 지혈을 한 다음 깨끗한 물에 적신 헝겊으로 상처 부위를 말끔히 닦아낸 후 금창약을 고루 발랐다.

그녀는 처음에는 대충대충 치료를 하려던 마음이었는데 하다 보니까 어느새 자신도 모르게 그 행위에 몰두해 있었다.

현악의 상처가 마치 흑궁녀 자신의 상처라도 되는 것처럼 정성을 다해서 닦아내고 치료했다.

그때 폐찰 밖에서 경계를 서고 있는 수하 두 명의 속삭이는 소리가 그녀의 귀에 들려왔다.

"본 단에서 가장 잔혹하고 무정하기로 소문난 흑궁녀님의 저런 모습은 정말 경악 그 자체로군. 그렇지 않나?"

"그러게 말이야. 흑궁녀님에게 저런 여성스러움이 있다는 것은 상상 밖인데?"

흑궁녀의 두 손은 현악을 치료하고 있지만 귀는 열려 있다는 사실을 수하들은 잠시 망각한 것 같았다.

슈슉!

흑궁녀가 쳐다보지도 않은 채 폐찰 입구를 향해 슬쩍 손을 떨치자 가느다란 두 개의 빛살이 쏘아 나갔다.

파팍!

두 개의 빛살은 폐찰의 낡은 벽을 뚫고 두 명의 수하 귀 뒷부분에 가볍게 적중됐다.

두 수하의 귀 뒤에는 은빛으로 빛나는 가느다란 암기가 각각 하나씩 깊숙이 꽂혀졌다.

이후 두 수하는 멀뚱한 얼굴로 서로의 얼굴을 쳐다보았다.

다음 순간 두 수하는 서로를 손가락으로 가리키면서 미친 듯이 웃음을 터뜨렸다.

"푸핫핫핫핫!! 우리 흑궁녀님의 소소비엽술(笑笑飛葉術)에 당한 거 맞지?"

"우헤헤헤헷! 거기에 당하면 반나절 동안 미친 듯이 웃기만 하다가 탈진한다는데, 이제 우리 어떻게 하지? 킬킬킬킬!"

사파 고수인 흑궁녀가 사술을 전개한다는 것은 크게 이상한 일이 아니었다.

◆제22장◆
정인(情人)

밤.

비검문 내의 작고 아담한 숲 안에 위치한 청라의 거처.

청라는 사흘째 한 끼도 먹지 않고 이불을 뒤집어쓴 채 누워 있는 중이었다.

무공을 수련하기 시작한 다섯 살 이후 감기조차 걸리지 않던 그녀가 두문불출 이불을 뒤집어쓴 채 누워 있다는 사실은 분명히 이상한 일이었다.

사실 그녀는 매우 아팠다.

하지만 그것은 운기조식이나 약으로도 치료될 수 없는 이상한 병이었다.

어디가 어떻게 아픈지는 청라 본인조차 모르기 때문이었다.

그저 아팠다.

다만 원인이 무엇인지는 알았다.

두 가지 원인 때문이었다.

첫째는 쾌검마를 죽이지 못한 원통함이었고, 둘째는 비천한 백정 놈 때문이었다.

그러나 첫째 이유는 분명했지만 둘째 이유라는 것은 정말 석연치 않았다.

백정 놈에게 겁탈을 당했기 때문인지 그놈을 한 번 만났는데에도 자신의 손으로 죽여서 복수하지 않고 그냥 눈 속에서 죽도록 내버려 두었다가 봉황일미에게 뺏겼기 때문인지, 이것도 저것도 아닌 복잡하고도 미묘한 심사 때문인지는 그녀 자신도 헤아리지 못했다.

여하튼 그녀는 요즘 들어서 매사에 의욕을 잃었다.

카랑카랑하던 목소리는 힘을 잃었고, 절도있던 행동은 누가 봐도 무기력해 보였다.

그런 그녀를 두고 비검문 내에서 사람들이 수군거렸고, 그 소리가 그녀 귀에도 들려왔지만 개의치 않았다.

예전 같으면 수군거리는 자들을 붙잡아서 혼쭐을 내주었을 일이나 지금은 그마저도 귀찮았다.

그저 하루 종일 누워 있고 싶을 뿐이었다.

척!

그때 청대화가 방 안으로 들어서더니 곧장 휘장을 걷고 침상으로 다가왔다.

"라야, 어디 아픈 게냐?"

청라는 급히 이불을 걷고 일어나 앉았다.

청대화는 며칠 사이에 얼굴이 해쓱하고 까칠해진 딸을 보고 적이 놀라는 표정을 지었다.

"아니에요, 아버님."

청대화는 태연하려고 애써 미소를 짓는 딸의 모습이 더 이상하게 보였다.

하지만 잠시 시간을 두고 살펴보니 청라는 아픈 것 같지 않았다. 게다가 강한 딸에게 무슨 일이 있을 리 없었다.

"무슨 일이 있으면 언제든 아비에게 말해라. 딸의 일을 아비가 몰라서야 되겠느냐?"

그래도 청대화는 노파심에서 그렇게 말해 두는 것을 잊지 않았다.

"네, 아버님."

이윽고 청대화는 본론을 꺼냈다.

"쾌검왕이라는 자가 안택현 동쪽 혜수(蹊水) 강변에서 일곱 명의 무림 고수들을 죽였다는구나."

"……!"

그 순간 차가운 찬물을 온몸에 뒤집어쓴 듯한 전율이 청라를 엄습했다.

쾌검왕.

두어 달 전,

비검문을 비롯하여 안택현에 있던 모든 무림인들이 쾌검마로 오인하여 추적했었고 사생 혈투를 벌였던 이름이다.

그러나 청라와 청대화는 운몽산을 떠날 때까지도 쾌검마의 코빼기조차 보지 못했다.

그저 운몽산 숲 밖에서 쾌검마가 나오기만을 줄기차게 기다리다가 돌아온 게 전부였다.

그리고는 봉황일미가 혼절한 쾌검마를 안고 사라졌다는 사실과 쾌검마가 무당파의 청송자와 여러 명의 무당 검수들을 죽여 사실상 추적대의 무당파를 지리멸렬시켰으며, 유성보 고수 둘과 무림 고수들 십여 명을 죽였다는 소문만 들었을 뿐이다.

그리고 사흘 후,

안택현 주루에 나타난 봉황일미에게서 소위 '운몽산 혈전'의 쾌검마는 쾌검마가 아니라는 어이없는 말을 들었다.

또한 그녀의 말을 뒷받침하듯 유성추혼이 한마디 거들었다.

"아무래도 우리가 쫓던 인물은 쾌검마의 동생인 쾌검왕인 것 같습니다."

그것으로 쾌검마를 쫓던 대부분의 사람들은 쾌검마를 쾌검왕으로 인식하게 됐었다.

물론 소림의 혜각 선사는 쾌검마든 쾌검왕이든 자신의 눈으로 직접 봐야 인정하겠다는 쪽으로 방향을 정했다.

그 즈음 청라와 청대화는 미처 생각하지 못했던 한 가지 사실을 깨닫게 됐다.

바로 묵혈쌍검에 대한 전설이었다.

이들 부녀도 묵혈쌍검의 전설은 예전부터 알고 있었다.

그러나 그들은 쾌검마를 죽여서 가문을 빛낼 궁리만 했지 쾌검마가 지니고 있는 묵혈쌍검에 대해서는 꿈도 꾸지 않았었다.

그리고 혈인검은 쾌검왕이, 묵영검은 쾌검마가 지니고 있다는 사실도 그제야 알게 되었다.

그 후 이들 부녀는 쾌검마와 쾌검왕을 죽이고 묵혈쌍검을 차지하자는 쪽으로 자연스럽게 말을 바꿔 탔다.

하지만 지난 두어 달 동안 이들 부녀를 비롯하여 그 누구도 쾌검마와 쾌검왕에 대한 소식을 들은 사람이 없었다.

그래서 이들 부녀가 바꿔 탄 말은 달리지 못하고 내내 주저앉아 있어야만 했었다.

운몽산 혈전 이후 이들 부녀를 비롯한 안택현의 모든 무림인들은 그저 속만 끓이고 있었다.

쾌검마와 쾌검왕이 안택현을 탈출했다는 뚜렷한 정보도 확신도 없는 상황이었기 때문에 어느 누구도 섣불리 안택현을 떠나지 못했다.

그러다가 이윽고 쾌검마와 쾌검왕이 어쩌면 아직도 안택현 경내에 있을지도 모른다는 분위기가 새벽녘 안개가 자욱하게 깔리듯이 조성되었다.

그런데 오늘 갑자기 쾌검왕이 나타나 무림 고수들을 일곱 명이나 죽였다는 것이다.

척!

청라는 즉시 자리를 털고 침상에서 내려왔다. 쾌검왕이 그녀의 병을 순식간에 낫게 했다.

그리고 쾌검마든 쾌검왕이든 일단 부딪쳐 보면 알게 될 것이다.

쾌검마라면 죽여서 명예와 묵영검을 얻을 것이고 쾌검왕이라면 혈인검을 취할 테다.

청라는 지난 사흘 동안 자신을 괴롭혔던 병 아닌 병마를 이 순간 씻은 듯이 털어냈다.

그런 그녀는 어쩔 수 없는 여전사(女戰士)였다.

“쾌검왕을 찾으러 가겠어요.”

청대화는 옷매무새를 고치고 어깨에 검을 멘 후 당당하게 걸어나가는 청라를 보며 흐뭇한 미소를 머금었다.

아버지는 사흘 동안 잃어버렸던 딸을 되찾았다.

＊　　　　＊　　　　＊

흑궁녀는 자신들이 혜각 선사와 유성추혼을 찾는 동안 현악은 풍사단 홍동지단으로 돌아가 쉬고 있으라고 당부했었다.

하지만 그녀는 현악이 그럴 것이라고는 기대하지 않았다.

다만 그가 안택현 현 내를 어슬렁거리고 돌아다니다가 일을 벌이지 않기만을 빌었다.

어제 낮 현악이 혜수 강가에서 무림 고수 일곱 명을 죽인 사건은 당연히 안택현을 발칵 뒤집어놓았다.

소림사와 무당파, 유성보, 그리고 수십 명의 무림 고수들이 눈에 불을 켜고 만에 하나 쾌검마일지도 모르는 쾌검왕을 찾으러 돌아다녔다.

바야흐로 두어 달 전의 상황이 재현된 것이다.

풍사단이 조사한 바로는 혜각 선사를 비롯한 소림 고수가 열일곱 명, 유성추혼과 유성보 고수가 열아홉 명, 무당 검수가 아홉 명, 그리고 정확하게 집계되지는 않았지만 오십여 명의 무림 고수가 안택현 일대에 머물고 있었다.

게다가 지금 이 순간에도 소문을 듣고 무림 고수들이 꾸역꾸역 모여들고 있었다.

결국 흑궁녀의 불길한 우려는 맞아떨어졌다.

현악은 풍사단 홍동지단으로 돌아가지 않았다.

그렇다고 해서 현악이 여봐라는 듯 버젓이 안택현 거리를 활보할 바보는 아니었다.

안택현 인근에는 비검문 말고도 한 곳의 작은 무도관과 두 개의 소방파, 귀향한 학자나 벼슬아치들이 거주하는 세 곳의 아담한 장원들이 여기저기에 산재해 있었다.

소림이나 유성보가 장기간 머물기에는 현 내의 객잔보다는 그런 곳이 더 적당할 것이라고 현악은 판단했다.

한곳의 무도관과 두 개의 소방파를 확인한 결과 그곳에는 소림 고수도, 유성보 고수도 없었다.

안택현 일대의 지리에 대해서 현악만큼 훤한 사람은 없었다.

그는 아무에게도 들키지 않고 안택현 곳곳을 누빌 자신이 있었다.

그가 세운 계획은 대충 이랬다.

소림사든 유성보든 한 군데를 찾아내서 불시에 급습을 감행한다.

그 일차적인 급습으로 될 수 있는 한 많은 고수들을 죽여야만 한다. 이왕이면 우두머리인 혜각 선사나 유성추혼을 죽이면 금상첨화일 것이다.

아니, 유성추혼을 죽여야만 한다. 옥룡야풍이란 인물의 말에 의하면 유성추혼이 단우옥의 남자라고 했다. 그 사실을 천하가 다 알고 있다고도 했다.

혜각 선사나 유성추혼을 죽일 수 있는 기회가 오면 정면 대결은 곤란하다고 판단했다.

비겁한 방법이고 썩 내키지는 않지만 혜각 선사나 유성추혼에겐 불시에 암습을 시도해 볼 생각이었다.

그 이후 쾌검마, 혹은 쾌검왕이 출현해서 싸우고 있다는 소문이 삽시간에 안택현 일대에 퍼질 것이고, 추적대와 무림 고수들이 앞 다투어 몰려올 것은 당연한 일.

그렇게 되면 예전 운몽산 혈전 때처럼 다시 한 번 안택현은 텅 빈 공백 상태가 된다.

그리고 그것은 현악이 쾌검마에게 해줄 수 있는 마지막 배려가 될 것이다.

그러나 문제는 그들이 당도하기 전에 현악이 도주해야 한다는 사실이었다.

도주하지 못한다면 그곳이 현악의 무덤이 되고 말 것이다.

그가 세운 이러한 계획은 현재 그가 처한 상황에서 그가 취할 수 있는 최선의 선택이었다.

요는 쾌검마도 살고 현악도 살아야 한다는 사실이다.

현악은 울창한 숲 속을 빠르게 쏘아갔다. 이 숲이 끝나면 개울 하나가 나오고, 개울 아래쪽에 장원이 한 채 있다. 그곳에 소림사나 유성보 중 하나가 머물고 있을 것이다.

"……!"

문득 현악은 이상한 느낌을 받았다.

그 느낌이 무엇이라고는 정확하게 설명할 수 없지만 누군가 자신의 주변에 있다는 막연한 느낌이 들었다.

그리고 다음 순간 그 느낌은 그의 머리 위에서 느껴졌다.

획!

현악은 달리면서 재빨리 머리 위를 쳐다보았다.

그러나 머리 위에는 아무것도 없었다.

아니, 방금 전까지 뭔가 허공에 떠 있다가 그가 쳐다보는 순간 흐릿한 잔영만을 남긴 채 흔적도 없이 사라져 버렸다.

'뭐지?'

현악은 자신이 순간적으로 유령을 본 것은 아닐까 하고 생각하며 주위를 두리번거렸다.

"우왓!"

다음 순간 그는 옆을 보다가 혼비백산해서 비명을 터뜨렸다. 간담이 크기로 안택현에서 둘째가라면 서러워할 그였지만 비명까지 지른 걸 보면 어지간히 놀란 모양이었다.

그도 그럴 것이, 현악 왼쪽 한 자쯤 떨어진 바로 옆에 한 사람이 바짝 붙어서 나란히 달리고 있는 것을 발견했기 때문이다.

게다가 그 사람이 다름 아닌 단우옥인 다음에야 현악이 혼비백산하는 것은 당연했다.

"옥아!"

현악은 신형을 멈추고 마치 어릴 때 헤어졌던 혈육을 상봉한 것처럼 반가운 탄성을 터뜨렸다.

와락!

"옥아!"

아니, 현악은 다시 반갑게 외치면서 두 팔로 단우옥을 덥석 안아버렸다.

단우옥은 화들짝 놀라서 눈을 동그랗게 떴다. 현악이 느닷없이 자신을 안았기 때문이기도 했지만 더 큰 이유는 다른 사람들이 그의 외침을 들었을까 봐서였다.

"이 근처에는 추적대와 무림 고수들이 깔려 있어요. 어쩌자고 이렇게 돌아다니는 건가요?"

단우옥은 얼굴을 붉히면서 현악의 품에서 빠져나온 후 가볍게 그를 책망했다.

"우선 이곳을 벗어나야겠어요."

그녀는 즉시 현악의 손을 잡고 신형을 날렸다.

쉬이익!

"어어, 옥아!"

현악은 손이 단우옥에게 붙잡힌 채 엄청난 속도로 허공을 날아갔다.

단우옥의 손은 몹시 부드럽고 따스했다.

그리고 그녀에게서는 아주 그윽한 향기가 풍겼다. 자운에게서도 숙모에게서도 나지 않던 고귀한 향기였다.

그러나 현악은 단우옥의 경신술이 지독하게 빠르다는 사실 때문에 크게 놀라서 한가하게 그녀의 손의 감촉이나 향기를 즐길 여유가 없었다.

그가 놀란 마음을 추스르면서 살펴보니 단우옥의 두 발은 거의 땅에 닿지도 않은 채 상체가 약간 앞으로 기울어진 자세로 쏘아가는데, 일체의 파공음도 일지 않을뿐더러 속도는 가장 빠른 준마보다 더 빨랐다.

그 정도 속도라면 한 시진에 무려 백오십여 리 이상은 주파할 수 있을 듯했다.

현악은 내심 기발한 계책이 떠올라 단우옥을 한 번 시험해 보기로 마음먹었다.

그래서 아쉽기는 했지만 슬쩍 그녀의 손을 놓았다.

이건 모험이었다. 지독하게 빠른 속도로 달리는 중에 손을 놓으면

현악은 보나마나 한순간 균형을 잃고 나뒹굴게 될 것이다. 그로서는
이토록 빠른 속도를 제어할 방법이 없기 때문이었다.

휘청!

역시 손을 놓자마자 현악은 크게 균형을 잃으면서 고꾸라질 듯이 뒤
뚱거렸고, 단우옥은 쏘아가던 속도에 의해서 순식간에 오륙 장이나 앞
서 나갔다.

현악은 자신의 균형 잃은 몸이 한 그루 아름드리 나무를 향해 부딪
쳐 가는 도중에 본능적으로 단우옥을 쳐다보았다.

그녀가 칠팔 장 전면에서 현악을 뒤돌아보면서 가볍게 놀라는 표정
을 짓고 있는 게 그의 시야로 쏘아져 들어왔다.

'애구! 괜한 짓을 했어!'

후회했지만 이미 늦었다. 현악은 자신의 얼굴이 아름드리 나무의 한
자 가까이 쇄도하고 있는 것을 보며 두 눈을 질끈 감았다.

곧 그의 얼굴이 짓뭉개져서 피떡이 되고 말 것이다.

그런데 다음 순간 현악은 두 가지 느낌을 동시에 받았다.

하나의 여린 팔이 자신의 허리를 부드럽게 감는 것과 쏘아가던 몸이
뚝 정지한 것이었다.

"……."

급히 눈을 뜬 현악은 자신이 다시 울창한 숲 사이를 요리조리 기쾌
하게 쏘아가고 있는 것을 발견했다.

단우옥은 아무 일도 없었다는 듯 현악을 안고 얼마 전처럼 경신술을
발휘하고 있었다.

그녀는 칠팔 장이나 앞서 갔으면서도 어느새 되돌아와 현악을 위기
에서 구한 것이다.

　그녀의 경신술은 비단 몹시 빠를 뿐만 아니라 순간적으로 방향 전환이 용이하다는 사실이 입증되었다.

　지금 그녀가 전개하고 있는 경신술이 무림에서 일절로 통한다는 사실을 현악이 알 리가 없었다.

　현악은 자신이 직접 경험했으면서도 방금 전의 그 놀라운 일이 쉽사리 믿어지지 않았다.

　그의 심중에서 한 가지 꼼수가 싹텄다. 이 정도의 놀라운 경신술이라면 섬쾌식에는 가장 어울리는 경신술이 될 것이다.

　문득 현악은 단우옥의 왼팔이 자신의 허리를 안고 있는 것을 굽어보았다.

　기분이 아주 묘했다.

　단우옥의 풍만한 젖가슴이 뒤쪽 어깨에 뭉실하면서도 포근하게 느껴졌고, 그녀의 체온과 고른 숨소리, 콩콩 작게 뛰는 심장 소리도 생생하게 전해져 왔다.

　현악은 얼굴이 뜨거운 솥에 넣었다가 금방 뺀 것처럼 화끈거렸고, 심장이 미친 듯이 쿵쾅거렸으며 호흡이 가빠졌다.

　그것은 음욕이 아니라 수줍음이었다.

　정말로 사랑하는 사람과 몸이 이처럼 딱 붙어 있다는 사실 때문에 그의 순수한 소년의 마음이 화들짝 놀라서 어쩔 줄을 몰라 하는 것이었다.

　"당신, 어디 아파요?"

　현악에게서 거친 숨소리와 쿵쾅거리는 심장 박동을 감지한 단우옥이 그를 돌아보며 가벼이 놀라는 표정으로 물었다.

　현악은 황급히 고개를 가로저었다.

"아, 아냐!"

천둥벌거숭이 쾌검왕이 수줍어하다니…….

그러나 현악은 기분이 아주 좋았다.

이각여의 시간이 흐른 뒤 두 사람은 최초에 만났던 곳에서 사십여 리나 떨어진 어느 강변 갈대숲 속에 나란히 앉아 있었다.

그곳은 안택현 경내를 완전히 벗어난 곳이어서 추적대와 무림 고수들의 수색이 미치지 않겠지만 그래도 완전히 마음을 놓을 수는 없어서 무성한 갈대숲 속으로 찾아든 것이었다.

아무리 그런 이유가 있더라도 혈기방장한 소년과 수줍음 많은 소녀가 갈대숲 속에 나란히 앉아 있다는 것은 두 사람을 어색하게 만들기에 부족함이 없었다.

현악은 무성한 갈대 때문에 강물도 보이지 않는 전면을 멀뚱하게 쳐다보면서 눈을 끔뻑거렸고, 단우옥은 옷자락을 만지작거리느라 두 사람은 누구도 먼저 쉽사리 말문을 열지 못했다.

"왜 다시 나타난 거죠?"

한참 만에야 단우옥이 발그레한 얼굴로 현악을 돌아보며 어렵사리 입을 열었다.

"알 필요 없다."

현악의 말은 그의 속마음과는 전혀 딴판으로 무뚝뚝하게 튀어나왔다.

단우옥은 예상하지 못했던 현악의 반응에 가볍게 놀라는 표정을 짓더니 입을 다물고 앞을 바라보았다. 다시는 말하지 않겠다는 듯한 태도였다.

현악은 말해 놓고 보니까 자기가 좀 심했다는 생각이 들어서 슬며시 단우옥을 쳐다보다가 눈을 크게 뜨며 적잖이 놀라는 표정을 지었다.

"……."

정말이지, 단우옥은 너무나 아름다웠다. 그 아름다움을 뭐라고 설명할 수 없을 정도로 지독하게 예뻤다.

너무 희어서 투명하게 보이는 얼굴에는 잡티 한 점 없었고, 검고 가늘며 긴 속눈썹은 우아하게 뻗어 있었으며, 그 아래로는 보고 있노라면 그저 빨려 들어가 죽어도 좋을 만큼 깊고 그윽한 눈, 오뚝하면서 약간 위로 향해 있는 콧매, 꼭 다물고 있는 붉은 장미 잎사귀 두 개를 붙여 놓은 듯한 매혹적인 입술,

그리고 당장에라도 손을 뻗어 부드럽게 쓰다듬고 싶은 충동을 일게 하는 우아한 턱 선과 희고 가녀린 목, 솜털이 보송보송한 귀와 몇 가닥의 머리카락이 흘러내린 목덜미.

'으음, 정말 예쁘군.'

현악은 속으로 한차례 신음을 흘린 후 곧 헤벌쭉한 얼굴이 되어 조금 전과는 판이하게 다른 풀어진 음성으로 입을 열었다.

"할 일이 있어서 왔어."

"……."

단우옥은 대답하지 않고 앞만 보았다. 입술 앞을 오므리고 있는 것이 약간은 앵토라진 모습이었는데, 현악은 그 모습을 보면서 오금이 저릴 정도로 그녀가 귀여워 죽을 맛이었다.

쿡!

"남편이 얘기하면 쳐다봐야지."

현악은 손가락으로 단우옥의 옆구리를 살짝 찔렀다.

"당신……."

"당신이 뭐야? 오빠라고 해봐."

현악은 눈을 내리깔고 턱을 쳐들면서 능청을 떨었다.

단우옥은 불현듯 자신이 현악의 집을 찾아갔다가 만난 곽정과의 대화가 생각났다.

"걔는 원래 여자하고는 친구 안 하는데요?"

"저는… 동생이에요. 악 가가는 제 오라버님이죠. 하하!"

곽정의 느닷없는 말에 당황한 그녀는 땀을 흘리면서 그렇게 둘러댔었다.

"풋!"

단우옥은 손으로 입을 가리며 가볍게 웃음을 터뜨렸다.

"왜? 싫어?"

"안택현에 무슨 할 일이 남았죠?"

단우옥은 슬쩍 피해갔다.

"넌 나보다 어리잖아. 어서 오빠라고 불러봐."

현악은 집요했다.

마음에 꼭 드는 여자는 꼭 붙잡아야 하고 웬만큼 집요해도 상관없다는 것이 그의 생각이었다.

"어서 여길 떠나도록 하세요."

단우옥은 앞을 보며 차분하게 종용했다.

"오빠라고 부르기 싫어?"

"당신이 이곳에 왜 나타났는지 알아요."

"싫은 이유가 뭐야?"

둘 사이에 작은 전쟁이 벌어지고 있었다. 죽고 죽이는 전쟁이 아니라 상대의 마음, 혹은 기선을 빼앗거나 빼앗기지 않으려는 사랑의 심리전이었다.

"당신이 이곳에 다시 나타난 이유는 아마도 쾌검마 때문일 거예요. 당신은 쾌검마가 아직도 이곳에 있다고 생각하는 건가요?"

현악은 속으로 뜨끔했지만 그냥 밀고 나갔다.

"난 옥이 너한테 오빠라는 소리가 듣고 싶다."

그건 진심이었다. 단우옥에게 '오빠' 라는 소리를 듣게 되면 만사가 다 술술 잘 풀릴 것만 같았다.

단우옥은 나긋나긋한 옥음으로 계속 말을 이었다.

"그래서 당신은 운몽산에서처럼 또다시 한바탕 소란을 일으켜서 쾌검마가 탈출할 수 있도록 하려는 거겠죠?"

"……!"

단우옥이 현악의 속셈을 너무도 정확하게 짚었기 때문에 그는 하마터면 입 밖으로 비명을 지를 뻔했다.

그래도 사내에게서 오기를 빼면 쓰러지는 법이다. 사내는 용기, 오기, 끈기의 삼기다.

"아아, 오빠 소리 한 번 듣고 죽었으면 소원이 없겠다."

그는 속으로 놀라고 있지만 입으로는 사뭇 딴청을 부렸다.

단우옥은 현악이 그렇게 말하면서도 들을 것은 다 듣고 생각할 건 다 생각한다고 여겼기 때문에 조용히 자신의 할 말을 이어갔다.

"당신이 운몽산에서 죽어가고 있을 때 쾌검마는 이미 안택현을 탈출했어요. 제가 이미 안택현 곳곳을 확인해 봤어요. 당신이 쾌검마를 처음 만났던 비검문 뇌옥까지 말이에요.”

현악은 이번만큼은 딴청을 부릴 수가 없어서 얼굴에 극도의 놀라움을 떠올며 단우옥을 쳐다보았다.

물론 현악의 사촌인 곽정은 단우옥에게 현악에 대해서 아무런 말도 하지 않았다.

그러나 단우옥은 현악에 대한 것들을 굳이 곽정의 입을 통해서만 들어야 할 필요가 없었다.

저잣거리 사람이라면 누구든 현악이 비검문에 고기를 배달하러 갔다가 비검십당의 수련 광경을 훔쳐봤다는 죄목으로 감금됐다는 사실을 잘 알고 있었다.

그리고 남들보다 몇 배나 머리가 영특한 단우옥은 여러 상황들을 조합해 보다가 한 가지 결론을 이끌어낼 수 있었다.

그것은 비검문 뇌옥을 은신처로 삼은 쾌검마와 현악이 그곳에서 만났을 것이라는 사실이었다.

현악은 그곳에서 고문을 당하며 거의 죽어가다가 쾌검마를 만나 무공을 전수받고 혈인검을 얻었으며 그와 의형제를 맺었을 것이고, 더불어 모종의 거래, 혹은 부탁이 오갔을 것이라는 게 단우옥의 명철한 추측이고 결론이었다.

단우옥은 이 순간만큼은 현악의 시선을 피하지 않고 그를 똑바로 응시하며 말을 이었다.

“장담할 수 있어요. 쾌검마는 이곳에 없어요. 그러니까 당신은 더 이상 그와의 거래나 약속에 연연할 필요가 없는 거예요. 당신은 쾌검마를 위해서 이미 넘치도록 많은 일을 행했으니까요.”

“…….”

“그러니까 당신은 즉시 이곳을 떠나도록 하세요. 당신 사촌인 곽정도 쾌도법을 수련하려고 집을 떠났어요.”

“곽정이……?”

“제 소견이지만 그는 머지않아서 훌륭한 도객(刀客)이 되어 강호에 나타날 거예요. 그때쯤 당신도 강호에서 무명을 떨치고 있어야 하지 않겠어요?”

단우옥의 예쁜 입에서 흘러나오는 말들은 하나하나가 모두 경악할 만한 사실들뿐이었다.

현악의 입이 열리며 착 가라앉은 음성이 흘러나왔다.

“너는 쾌검마를 죽여서 장인어른의 복수를 해야 하는데… 왜 아직도 이곳에 남아 있는 거지?”

“…….”

단우옥은 깜짝 놀라는 표정을 짓더니 대답하지 못했다.

현악은 그녀의 그런 표정을 보며 가슴속에서 뭔가 뭉클한 것이 치솟는 것을 느꼈다.

그녀의 그런 표정과 행동이 이미 대답을 하고 있었다. 현악은 한 가지 사실이 자신의 심장을 관통하는 것을 느꼈다.

“나… 때문이야? 내가 죽을까 봐 걱정한 거야?”

“…….”

단우옥은 대답 대신 가볍게 고개를 숙이는데 뺨이 노을처럼 붉어졌다.

“너, 너는…….”

현악은 숨이 콱 막혔고 눈앞이 뿌옇게 흐려졌다.

치밀어 오르는 격동을 어찌할 바를 몰라서 몸이 진동을 일으킬 지경이었다.

"저, 저도 모르겠어요. 제가 왜 아직도 이곳에 남아 있는 것인
지……."

단우옥은 고개를 더 숙이면서 얼굴을 조금 더 붉히며 겨우 말하는데
그녀는 말을 끝까지 잇지 못했다.

"옥아!"

"아!"

감격한 현악이 그녀를 부르면서 와락 달려들었기 때문이다. 그녀의
말은 더 이상 듣지 않아도 족했다. 그것으로 충분했다.

현악은 두 손으로 놀라는 단우옥의 얼굴을 움켜잡고 힘차게 입술을
덮었다.

단우옥의 두 눈이 화등잔만해졌다.

그러나 상관하지 않았다.

현악은 갓난아기가 어미의 젖꼭지를 찾듯이 단우옥의 혀를 찾아내
어 미친 듯이 빨아댔다.

단우옥의 눈이 더 커졌다. 그녀는 도리질을 치면서 두 손으로 현악
의 가슴을 떠밀며 두드렸다.

그러나 잠시 후 그녀의 눈이 스르르 감기더니 전신에서 힘이 쭉 빠
졌다.

그녀의 몸이 비에 젖은 참새처럼 가늘게 바들바들 떨리고 있었다.

적어도 일각 이상은 입맞춤을 했을 것이다.

그리고 일각 이상 단우옥의 혀를 빨아댔을 것이다.

어쩌면 입맞춤을 하는 동안 현악의 두 손이 가만히 있지 않았는지도
모른다. 그러나 무슨 행동을 했는지 기억이 나지 않았다.

“옥아, 네가 어리석은 날 깨우쳐 줬어. 네 말이 다 옳다.”

한참 만에야 현악은 단우옥의 입술에서 자신의 입을 떼며 거친 숨소리와 함께 말했다.

단우옥은 고개를 푹 숙이고 있는데 뺨이 아까보다 두 배는 더 붉어져 있었다.

“날 봐.”

현악의 말에 단우옥은 살며시 고개를 들고 겁먹은 듯 맑은 눈빛으로 현악을 바라보았다.

“내 부탁을 두 가지만 들어줘. 그럼 무조건 네 말에 따르겠어.”

“말… 씀하세요.”

“아까 네가 전개했던 경신술이 뭐지?”

단우옥은 의아한 표정을 지었다.

“가문의 신법인 표허무종이에요.”

“그걸 내게 가르쳐 줘.”

“…….”

“그리고 앞으로 날 오빠라고 불러.”

단우옥은 눈을 동그랗게 뜨고 현악을 바라보았다. 그녀의 눈빛과 표정에는 말도 안 된다는 기색이 역력했다.

가문의 비기를 타인에게 함부로 전수할 순 없다. 게다가 오빠라니? 그녀가 오빠라고 부르는 남자는 단 한 명 혁련무룡뿐이었다.

슥—

현악은 단우옥의 이마로 흘러내린 머리카락을 부드럽게 쓸어 올리며 미소 지었다.

“난 약간은 쓸 만한 쾌검식이 있는데도 불구하고 경신술이 형편없어서 여러 차례 죽을 뻔했어. 말해 봐. 넌 내가 죽는 걸 원치 않겠지?"

단우옥은 말없이 고개를 끄덕였다.

아마도 현악에겐 여자를 다루는 천부적인 재능이 있는 것 같았다.

"네가 나한테 표허… 그 경신술을 가르쳐 주면 난 죽지 않고 삼 년 후에 멋진 남자가 돼서 네 앞에 나타날 수 있을 거야. 가르쳐 줄 거지? 응?"

단우옥은 또 대답 대신 말없이 고개를 끄덕였다.

"좋아, 이제 오빠라고 불러봐."

현악은 고삐를 늦추지 않았다.

단우옥은 옷자락만 만지작거렸다.

"얼른!"

"……."

현악은 단우옥의 가녀린 어깨를 잡고 슬며시 자신의 가슴에 안으며 그녀의 귀에 대고 속삭였다.

"안 하면 또 뽀뽀할 거다?"

순간 품에 안긴 단우옥의 몸이 파르르 떨리는 게 현악에게 고스란히 전해졌다.

"아, 악 가가……."

"잘 안 들린다."

"악 가가."

"더 크게."

"악 가가!"

"푸후후, 기분 좋다! 왜 그러느냐, 옥아?"

현악의 입에서 징그러운 웃음이 흘러나왔다.

단우옥은 허언을 하는 소녀가 아니었다. 여자가 한입으로 여러 말을 한다는 옛말은 단우옥에게만은 적용되지 않았다.

그녀가 무슨 마음으로 가문의 절기인 표허무종을 현악에게 전수하기로 결심했는지는 그녀 자신만 알 일이지만 그런 파격적인 결정의 밑바탕에는 그녀가 현악을 결코 남처럼 여기고 있지 않다는 심정이 깔려 있는 것이 분명했다.

단우옥은 한 시진에 걸쳐서 표허무종의 구결을 전수했고, 일어서서 이리저리 시범을 보이기도 했다.

현악은 몹시 진지한 표정으로 그녀가 두 번 불러주는 구결을 한 자도 놓치지 않고 모두 외웠으며, 그녀의 시범을 유심히 본 후 그대로 재연해 보이기도 했다.

단우옥은 현악이 지금처럼 진지한 것을 처음 접하고는 그가 무공에 대단한 열정을 품고 있다는 사실을 새삼스럽게 깨달았다.

또한 단 두 번 표허무종의 길고 난해한 구결을 말해 주었을 뿐인데도 그는 모조리 완벽하게 외워 버렸다. 그의 탁월한 암기력에 단우옥은 다시 한 번 놀라야만 했다.

그녀가 보기에 현악은 배우지 못해서 무식했다. 하지만 무지하지는 않았다. 무식과 무지의 차이는 컸고 또한 엄연히 달랐다.

그녀는 만약 현악이 학문까지 병행한다면 훗날 문무를 겸비한 훌륭한 사람이 될 것이라고 확신했다.

"당신이 다시 안택현에……."

"어허, 오빠라니까!"

“악 가가께서 안택현에 다시 나타났다는 소문이 파다하게 퍼져서 추적대와 무림 고수들이 혈안이 돼서 찾고 있어요.”

현악은 단우옥을 품에 꼭 안고 짐짓 콧소리를 냈다.

“흠, 그래서?”

“저는… 소매는 악 가가께서 다시 혼란을 조성하려 한다는 것과 그 대상을 소림사 아니면 유성보로 정했을 것이라고 추측했어요. 그래서 소림사 고수들이 묵고 있는 영화원(榮華院)으로 가는 길목을 지키고 있던 중에 악 가가를 만나게 된 거예요.”

“우리 옥아는 정말 똑똑하군.”

단우옥은 예쁘게 현악을 흘기더니 슬며시 그를 밀어내면서 그의 품에서 빠져나왔다.

“악 가가는 지금 즉시 이곳을 떠나도록 하세요. 시간이 없어요. 두 가지 부탁을 들어주면 소매의 말에 따르겠다고 했죠?”

현악은 고개를 끄덕였다.

“알았다. 그런데 너는 어떻게 할 거지?”

“소매는 용 가가와 함께 행동할 거예요.”

순간 현악의 두 눈에서 불꽃이 일었다.

“혁련무룡 그 자식 말이냐?”

“네.”

현악은 노골적으로 적의를 드러냈다.

“네가 그런 쳐죽일 놈과 어울린다는 말이냐? 그리고 네가 그를 가가라고 부르는 것도 듣기 싫다!”

단우옥은 정색했다.

“용 가가를 모욕하지 마세요.”

“너…….”

현악은 어이없다는 표정을 얼굴 가득 지었다.

“유성보와 해남파는 둘 다 명문 대파예요. 두 문파의 우정은 전대에서부터 이어졌기 때문에 장장 백 년이 넘어요. 그리고 용 가가는 걸음마도 못하는 어린 소매를 업고 다녔던 오랜 오라버님이에요. 악 가가 같으면 새로 생긴 사람 때문에 오랜 친구를 한순간에 버릴 수 있겠어요?”

“음, 네 말이 옳다.”

옳은 것은 곧바로 인정한다. 그게 사내고 또한 현악의 좋은 성격이었다.

“아마 특별한 일이 없는 한 장차 소매와 용 가가는 혼인하게 될 거예요. 이것은 소매와 용 가가의 일이 아니라 양쪽 가문끼리의 중대사예요.”

“…….”

현악의 가슴속엔 갑자기 수만 근짜리 납덩이가 꽉 들어앉은 것 같았다.

“특별한 일이 없는 한이라고?”

“네.”

현악의 가슴속에서 뜨거운 웅지가 무섭게 타올랐다.

“그렇다면 내가 그 특별한 일을 만들어야겠군.”

단우옥은 눈을 크게 뜨고 놀랐다가 곧 고개를 끄덕였다.

“그러세요.”

단우옥은 분명히 ‘그러세요’라고 말했다. 그 말이 현악에겐 무한한 힘이 되었다.

그는 깊이를 알 수 없는 구덩이에 빠졌다가 겨우 빠져나오는 기분이
들었다.

"물어볼 게 있어."

현악이 심각한 표정을 지었다.

"말씀하세요."

현악의 심각한 표정과는 달리 단우옥은 차분했다.

"혁련무룡 그 녀석하고 뽀뽀한 적 있어?"

말은 쉽지만 사실 현악으로서는 무지하게 고심하다가 한 질문이었
다. 잘못 들으면 질투로도 들릴 수 있는 말이었다. 아니, 그 말은 명백
한 질투였다.

현악은 스스로를 사내대장부라고 믿고 있는데 자신의 속에 그런 치
졸한 감정이 숨어 있다는 사실에 적잖이 놀라면서도 어쩔 수 없이 물
을 수밖에 없었다.

단우옥은 놀란 얼굴로 현악을 바라보다가 가볍게 한숨을 호로록 내
쉬었다.

"없어요. 용 가가는 악 가가처럼 거친 사람이 아니에요."

비난인지 칭찬인지는 알 수 없지만 현악은 일단 마음이 놓였다. 뽀
뽀를 하지 않았다면 둘 사이에 그보다 더한 일(?)은 결코 벌어지지 않
았을 것이다.

슥―

단우옥이 일어서며 차분하게 말했다.

"소매가 전수한 표허무종은 쉽게 연마되는 경신술이 아니에요. 부단
히 노력하세요."

"알았다."

현악도 따라 일어섰다.

"그리고 악 가가는 틈나는 대로 학문을 배우도록 하세요."

"학문?"

"네. 어쩌면 학문은 쾌검식이나 경신술보다 악 가가에게 더 필요한 것일지도 몰라요."

"기억해 두마."

현악은 선선히 고개를 끄덕였다.

"이 길로 곧장 여길 떠나세요."

"알았어."

단우옥은 머리카락을 흩날리며 허공을 응시했다.

"한 가지만 약속해 주세요."

"무엇이든."

"죽지 말아요. 꼭 살아 계세요."

또다시 현악의 가슴속에서 뜨거운 용암이 걷잡을 수 없이 솟구치더니 온몸을 뜨겁게 달구었다.

"알았다. 반드시 그러겠다."

그는 하고 싶은 말들을 꾹꾹 눌러 참았다. 다시 한 번 입맞춤을 할까 하고 생각하다가 그마저도 떨쳐 버렸다.

이어서 그는 단우옥을 주시했다. 그는 잠시 그렇게 단우옥을 주시하다가 먼저 몸을 돌렸다.

슥―

사내는 언제든 먼저 떠나는 법이니까.

◆제23장◆
전사(戰士)

　　단우옥과 헤어진 현악은 풍사단 홍동지단
으로 향했다.

　그는 단우옥의 말을 듣고 깨달은 것이 많았다.

　자신이 너무 무식하다는 사실과 멧돼지처럼 저돌적이기만 하고 머
리를 전혀 쓸 줄 모른다는 사실.

　자신의 과거와 현재 처해 있는 입장, 그리고 앞날 등을 둘러보지 못
하는 무계획적인 처신술 따위가 그랬다.

　무조건 '천하를 발 아래 두겠다' 라는 어줍지 않은 포부와 쥐뿔 같은
만용만 품고 있을 뿐 구체적으로 무얼 어떻게 해야겠다는 계획조차도
없었다.

　현악은 단우옥과의 길지 않은 대화에서 자신이 한 단계 성숙한 듯한
기분이 들었다.

뿐만 아니라 그는 자신이 더 강해져야 하고 훌륭한 인물이 돼야만 하는 당위성을 얻었다.

단우옥은 '특별한 일'이 없다면 자신은 혁련무룡과 혼인을 하게 될 것이라고 말했다.

그러므로 현악은 기필코 그 '특별한 일'을 만들어야만 했다.

그가 할 수 있는 특별한 일이란 그가 유성추혼 혁련무룡보다 더 유명해지고 유성보 같은 대방파를 이룩하는 일이었다.

어쩌면 불가능한 목표일는지도 모른다.

아니, 불가능할 것이다.

꽉!

현악은 울창한 숲 속을 쏘아가면서 어금니를 악물고 주먹을 힘껏 움켜쥐었다.

'두고 봐라! 해내고야 말겠다!'

그의 가슴속에서는 어느 때보다도 거대한 웅지가 걷잡을 수 없이 꿈틀거리고 있었다.

휘익!

그는 지금 그가 달릴 수 있는 가장 빠른 속도로 경신술을 전개하고 있었다.

그렇다고 단우옥이 전수한 표허무종을 벌써 자신의 것으로 만들어 발휘하고 있는 것은 아니었다.

초곤이 가르쳐 준 흑붕약운과 자령신공을 자기 나름대로 대충 얼버무려서 우선 급한 대로 경신술로 사용하는 것인데, 아쉽지만 쓸 만했다.

휘익―

그는 보통 이류고수들이 전력으로 질주하는 정도의 속도로 울창한 숲 사이를 쏘아갔다.

나무들이 현악의 좌우로 빠르게 휙휙 스쳐 지나갔고, 발에 밟히고 스치는 풀들이 작은 소리를 흘려냈다.

그의 경신술이라는 것은 이제 겨우 초보적인 단계였으므로 소리가 나는 것은 당연했다.

풀끝을 밟고 달린다는 초상비나 수면 위를 스치듯이 달려 강을 건너는 일위도강 같은 상승의 경신공부를 터득해야 일체의 소리가 나지 않을 것이다.

그때였다.

위이잉!

난데없이 허공 중에서 묵직한 파공음이 들려오자 현악은 흠칫하며 반사적으로 공력을 끌어올렸다.

쉬이잉!

날카로운 쇠붙이 같은 것이 허공을 가르는 음향인데, 도대체 어디에서 들리는지 종잡을 수가 없었다.

쉬이잉!

현악은 급히 신형을 멈추고 주위를 둘러보려다가 화들짝 놀라고 말았다.

"헛!"

자신의 두세 걸음 앞, 목 정도의 높이로 하나의 납작하게 빛나는 물체가 오른쪽에서 왼쪽으로 빠르게 스쳐 지나갔기 때문이다.

현악의 시선이 멀어져 가는 물체를 재빨리 좇았다.

그것은 조그만 탁자 정도 크기의 풍차가 납작하게 날아가는 모습이었으며 금빛을 번쩍였다.

‘저건 뭔가?’

현악으로선 난생처음 보는 물체였고, 경험이었다.

만약 그가 급히 멈추지 않았다면 정체 모를 물체에 목이 뎅겅 잘라졌을 것이다.

그것은 암습자가 현악이 계속 달려갈 것을 계산하고 공격했다는 것을 의미했다.

현악이 갑자기 들려온 파공음에 즉시 멈춘 것은 거의 본능적인 반응이었다.

그것이 그의 목숨을 살린 것이다.

파파아아—

현악은 풍차 같은 물체가 아름드리 나무들을 쏜살같이 스치면서 포물선을 그리며 허공으로 떠오르는 광경을 눈으로 좇으며 일순 어리둥절한 표정을 지었다.

풍차 같은 물체가 굵은 나무들을 아무런 저항도 없이 부딪치듯이 스쳐 지나갔기 때문에 혹시 그것이 그림자나 환영 같은 것이 아닌가 하는 생각이 든 것이다.

우드등!

그러나 그의 생각이 착각이라는 것은 곧 드러났다.

풍차 같은 물체가 스치고 지나간 나무들이 차례로 베어져서 쓰러지고 있었다.

현악은 거목들이 쓰러지는 광경을 보면서 적이 놀라다가 움찔 정신을 차렸다.

‘어디로 갔지?’

현악은 왼쪽 멀찌감치 나무 위로 떠오른 풍차 같은 물체를 찾으려고 눈을 끔뻑거리다가 힐끗 옆 눈으로 무엇인가를 발견하고 깜짝 놀랐다.

현악의 정면 삼 장 거리에 어느새 한 명의 금포인이 우뚝 서 있는 것이 아닌가?

그때 사라졌다고 여긴 풍차 같은 물체가 금포인의 오른편 뒤쪽 허공 높은 곳에 나타났다.

위이잉!

아니, 그 물체는 묵직한 파공음을 내면서 금포인을 향해 곧장 벼락같이 내리 꽂히고 있었다.

그런데도 금포인은 돌아보지 않고 묵묵히 현악을 주시했다.

척!

풍차 같은 물체가 자신의 뒷머리에 부딪치기 직전 금포인은 여유있게 오른손을 들어올려 가볍게 물체를 잡았다.

그저 스치기만 해도 아름드리 나무들을 통째로 베는 물체를 쳐다보지도 않고 가볍게 잡는 재주는 신기에 가까웠다.

그의 손에 쥐어져 있는 것은 하나의 도였다.

아니, 도처럼 생긴 기형 무기였다.

그믐달처럼 거의 반원형으로 구부러진 형태인데 도의 모양만 따랐을 뿐 차라리 륜(輪)에 가까운 무기였다.

게다가 금으로 만들었는지 도금을 했는지 도 전체가 금광으로 번쩍였다.

이른바 금도(金刀)였다.

이 특이한 금도는 근접해서 싸울 때는 도로 사용하다가 적과의 거리가 멀어지면 즉시 륜처럼 던져 내어 살상하는 장점이 있었다.

현악은 비로소 금포인을 제대로 살필 수 있었다.

그는 사십여 세 정도의 나이에 중키인데 다부진 체구였다.

둥글넓적한 얼굴에 날카로운 눈과 두툼한 입술, 키에 비해서 다소 긴 팔, 짧고 검은 수염이 코밑과 입 주위에 거칠게 돋아 있는 용맹한 모습이었다.

현악은 비록 강호 경험이 풍부하진 않지만 금포인이 강적임을 한눈에 직감했다.

금포인은 어떤 면으로든 만만한 상대가 아닌 것 같았다. 즉, 일류고수인 것이다.

오합지졸들은 언제나 무리를 지어 행동하지만 진짜 고수는 단독으로 활동하는 법이다.

무리를 짓기 좋아하는 들개 떼와 늘 혼자 행동하는 호랑이가 좋은 예다.

여하튼 현악은 금포인 역시 혈인검을 노리는 무림 고수 중 한 명일 것이라고 판단했다.

현악은 가볍게 눈살을 찌푸렸다.

"넌 누구냐?"

인정하지 않는 자에겐 예의를 차릴 필요가 없다는 것이 그의 견해이므로 금포인에게 반말이 튀어나가는 것은 당연했다.

그것은 현악 자신이 검객이 되었다 자각하고 난 후에 새로 생긴 버릇이었다.

"어린 놈이 입이 거칠구나. 나는 금도객(金刀客)이라고 한다."

입은 옷차림이나 생김새, 풍기는 기도, 무기 등과 적절하게 어울리는 별호였다.

현악은 처음 듣는 별호였지만, 사실 금도객은 호북 일대에서 쟁쟁한 무명을 날리는 인물이었다.

군이 비교한다면 비검문주인 비검협웅 청대화 정도의 일류급 고수였다.

현악은 건방지게 턱을 치켜들었다.

"너도 혈인검을 탐내느냐?"

"그렇다. 내놔라."

금도객은 마치 빌려준 물건을 돌려받는다는 듯한 태도로 거만을 떨었다.

"어디 재주껏 가져가 봐라."

현악은 약간 비위가 뒤틀려 빈정거렸다.

"그러마."

그런데 금도객의 마지막 말인 '마' 자는 현악의 바로 일 장 앞에서 들려왔다.

'빠르다!'

쉬이익!

현악이 속으로 움찔 놀라고 있을 때 금도는 어느새 전면에서 비스듬히 현악의 목을 베어오고 있었다.

빠른 정도가 아니었다.

금도객의 뭉툭한 체구가 발휘하는 빠르기라고는 믿어지지 않을 정도였고 현악으로선 최초로 상대해 보는 빠르기였다.

현악이 발검을 위해 혈인검을 잡았을 때 금도는 이미 그의 목 왼쪽 한 자 거리에 도달한 상태였다.

피하기에는 늦어도 너무 늦었다.

현악이 할 수 있는 방법이란 발검뿐이었다.

번쩍!

흐릿한 혈광을 뿌리며 혈인검이 발검됐다.

그리고 금도는 현악의 목을 베지 못했다.

금도객이 계속 금도를 진행시킨다면 현악의 목을 베지 못할 것도 없겠지만, 거의 같은 순간에 금도객의 목줄기에도 구멍이 뚫릴 것이기 때문이다.

바로 양패구상이다.

다음 순간 금도객의 모습이 현악의 목전에서 거짓말처럼 씻은 듯이 사라졌다.

찰나 현악의 뇌리를 번개처럼 스치는 것이 있었다.

현악이 이 숲을 가로질러 쏘아가다가 최초에 파공음이 들렸을 때 즉시 신형을 멈추자 금도가 바로 코앞을 스쳐 간 것이다.

스스슷─

현악은 금도객을 찾기에 앞서서 본능적으로 재빨리 뒤로 두 걸음 물러섰다.

쐐액!

아니, 물러서는 도중에 다시금 금광이 세로로 그의 코끝을 아슬아슬하게 스치며 지나갔다.

'우웃!'

예리한 도풍 때문에 코끝이 베어지는 것처럼 아렸다.

딱 반 걸음 차이였다.

현악이 물러서지 않았거나 물러서는 것이 조금만 늦었더라도 옆 머리가 세로 절반으로 쪼개졌을 것이다.

슈슈슉!

순간 현악의 머리 위에서 날카로운 파공음이 터졌다.

방금 전의 공격도 머리 위에서 가해졌다.

금도객이 허공에 떠 있는 상태로 금도를 노를 젓듯이 아래로 그어댔던 것이다.

현악으로서는 쳐다볼 겨를이 없었다.

금도가 어딜 어떻게 공격해 오는지조차도 확인할 수 없었다. 그러므로 어떻게 피해야 하는지 가늠하지 못하는 것은 당연했다.

'이것은 진짜 싸움이다.'

현악은 이런 싸움이 처음이다.

최초에 무당 검수 세 명은 엉겁결에 죽였고, 단우옥하고는 싸움이라고 할 수도 없었다.

그리고 운몽산혈전은 오직 살기 위한 도주였기 때문에 정식 싸움이라고 볼 수 없었다.

그러므로 바로 이런 것이 진짜 싸움인 것이다, 한순간의 실수가 곧바로 죽음으로 직결되는.

현악은 온몸의 피가 용광로처럼 뜨거워졌고, 긴장감이 온몸의 모공을 통해서 한꺼번에 뿜어져 나왔다.

결코 두려움 따위가 아니었다.

두려움 대신 투지가 현악의 온몸을 지배했다.

역시 그는 타고난 전사(戰士)였다.

스파아―

현악은 제대로 겨냥도 하지 않은 채 머리 위를 향해 본능적으로 검기를 뿜어냈다.

운이 좋았다.

그래, 운이라고 할 수밖에 없었다.

금도객은 실력만큼 눈이 맵고 예리한 인물이었다.

현악이 무작정 위를 향해 발출한 검기가 정확하게 금도객의 몸 어느 부위를 향하지 않았더라면 금도객은 위기감을 느끼고 찰나지간에 초식을 거두어들이지 않았을 것이다.

현악은 그 순간 또다시 두 가지 사실을 깨달았다.

금도객이 머리 위에서 사라졌다는 것과 다음 순간 어느 방향에선가 재공격을 해올 것이라는 사실이었다.

'움직여야 한다!'

멍청이 서 있다가는 어디에서 어떻게 가해지는지도 모르는 금도의 공격에 당하고 만다.

휘익!

왜 그랬는지는 현악 자신도 모른다.

그는 순간적으로 흑붕약운을 전개하여 두 발로 땅을 박차고 허공으로 솟구쳤다.

다음 순간 똑똑히 목격했다.

쐐애액!

어느새 지상으로 내려선 금도객이 방금까지 현악 자신이 서 있던 곳으로 쏜살같이 쇄도하면서 금도를 뿜어대고 있는 광경을.

만약 현악이 그 자리에 그냥 있었다면 몸이 일도양단되는 것은 시간문제였다.

지독하게도 빠른 인물이었다, 금도객은.

쉬이잉!

그러나 현악이 허공으로 솟구쳤기 때문에 금도객의 공격은 무위로 이어질 수밖에 없었다.

그리고 마침내 가뭄의 단비 같은 공격의 기회가 현악에게도 주어졌다.

현악은 금도객이 허공에 떠 있는 자신을 올려다보면서 흠칫 놀라는 모습을 발견했다.

'지금이다!'

번쩍!

순식간에 혈인검이 검집에서 빠져나오며 지독하게 빠른 흐릿한 혈광을 뿜어냈다.

현악은 흑붕약운의 착지법이 아직 서툴다.

허공에 떠 있는 잠깐 동안은 괜찮겠지만, 일단 땅에 착지하게 되면 몸의 균형을 잃거나 땅에 나뒹굴 게 뻔했다.

노련한 금도객이 그 기회를 놓칠 리는 없을 터.

그러므로 기회는 바로 지금, 허공에 떠 있는 이 순간뿐이었다.

다변 초식을 수련하는 사람의 눈은 날카로워지기 마련이고 쾌검식을 수련하는 사람의 눈은 빨라지는 법이다.

섬쾌검식을 수련하며 수만 번 발검했던 현악의 눈은 혈인검에서 뿜어진 섬전과도 같은 검기의 궤적을 육안으로 좇을 수 있을 정도가 되었다.

방금 발출된 흐릿한 핏빛의 검기는 정확하게 금도객을 향해 쏘아갔고, 그 끝에는 적잖이 놀라는 금도객의 얼굴이 있었다.

그러나 검기는 금도객의 한 자 앞에서 흔적도 없이 사라져 버리고 말았다.

현악과 금도객의 거리는 일 장 정도.

현악의 팔 길이와 검 길이, 검기의 사정거리를 모두 합쳐 봐야 여덟

자 반, 잘해야 아홉 자다. 그러니 혈인검에서 발출된 검기가 금도객의 몸까지 미치지 못하는 것은 당연했다.

금도객은 꼼짝달싹 못하고 고스란히 죽는 줄로만 알았다.

그런데 검기가 목전에서 씻은 듯이 사라져 버리자 노련한 그는 어떻게 된 영문인지 즉시 알아차렸다.

싸움에서 상대의 단점을 찾아낸다는 것은 곧장 승리로 직결될 수 있다.

현악의 검기가 최대한 아홉 자를 넘기지 못한다는 사실을 깨닫게 된 금도객은 이미 이긴 것이나 다름없다는 듯 득의한 미소를 만면에 떠올렸다.

그렇게 되자 다급해진 건 오히려 현악이었다.

금도객이 다음 행동을 취하기 전에 어떻게든 거리를 일 장 안으로 좁히면서 일검을 더 발출해야만 한다.

지금은 생각보다는 행동이 앞서야만 하는 순간이었다. 그리고 모험을 시도해야 할 때였다.

그것은 적을 죽이지 못하면 내가 죽어야 하는 모험이었다.

현악은 재빨리 안으로 턱을 당기면서 머리를 숙였다.

휙!

그의 상체가 빠르게 아래로 굽혀졌다.

몸이 허공 중에 뻣뻣이 서 있는 것보다는 상체를 숙인 자세가 상체 길이만큼 금도객과 가까워지는 것은 당연지사.

빙글—

그러나 거리가 줄어드는 대신 그 동작은 허공 중에서 한 바퀴 재주를 넘는 것으로 이어졌다.

즉, 그 과정에서 뒤통수를 금도객에게 보이는 자세가 돼버린다는 뜻이다.

게다가 그를 보지 않은 채 발검을 해야 한다는 뜻이며, 만약 그 일검이 빗나가고 나면 무방비 상태에서 속수무책으로 당해야만 한다는 의미이기도 했다.

그러나 선택의 여지가 없었다.

스파앗!

현악은 정수리가 아래로 향했을 때 전력을 다해서 발검했다.

퍽!

직후 그는 금도객이 있던 곳에서 미약한 음향이 터지는 것을 들을 수 있었다.

그러나 비명은 들리지 않았고, 검기가 목 한복판에 적중되는 음향과는 약간 다른 음향이라고 감지했다.

현악의 몸이 완전히 한 바퀴 회전을 하고 제 위치로 돌아왔을 때 그는 눈을 크게 부릅떴다.

우웅!

금도객의 금도가 가로로 맹렬히 풍차처럼 회전하면서 현악 자신의 목전에 도달해 있는 것을 발견했기 때문이다.

현악이 발검하는 것과 동시에 금도객도 현악을 향해 금도를 전력으로 던진 것이었다.

현악은 허공 중에서 막 한 바퀴 공중제비를 돌고 난 직후의 흐트러진 자세여서 당연히 피할 재주가 없었다.

그나마 다행스러운 것은 현악의 손에 혈인검이 쥐어져 있다는 사실이었다.

한 바퀴 재주를 넘으면서 발검한 후에 착검하는 연습은 해본 적이
없는 그였다.

쩌쩡!

앞뒤 잴 것 없이 혈인검으로 금도를 막았다.

파아—

"크윽!"

금도를 막기는 했으나 정면으로 막지 못했다.

현악은 맹렬하게 회전하는 금도를 어설프게 막은 대가로 왼쪽 어깨
가 뭉텅 베어지는 희생을 치러야만 했다.

혈인검과 부딪친 금도가 회전하는 방향으로 꺾이면서 그의 어깨를
뼈까지 깊숙이 베어버린 것이었다.

원래 한 바퀴 회전한 후의 현악은 당연히 균형을 잡을 수 없는 상황
이었는데 일격까지 당하자 더욱 요령부득이었다.

쿵!

"윽!"

그는 등을 아래로 한 채 묵직하게 추락했다.

만약 지금 금도객이 재차 공격을 가해온다면 현악은 꼼짝없이 당할
수밖에 없는 상황이었다.

벌떡!

거기에 생각이 미치자 현악은 어금니를 악물고 튕기듯 튀어 일어났
다.

"……?"

그러나 있어야 할 금도객이 또다시 보이지 않았다.

다만 그가 있던 곳 풀 더미에 그가 흘린 피가 홍건히 묻어 있는 것이

현악의 시야에 들어왔다.

현악은 혈인검을 움켜쥔 채 가슴을 활짝 펴고 천천히 주위를 쓸어보면서 형형한 안광까지 뿜어내며 늠름하게 호통 쳤다.

"숨어 있지 말고 썩 나서라, 금도객!"

그의 호통이 맹호의 포효처럼 숲을 쩌렁하게 떨어 울렸다.

"핫핫핫! 혈인검은 여기에 있으니 겁먹지 말고 어서 가져가 보라는 말이다, 겁쟁이 금도객아!"

그는 수중의 혈인검을 흔들어 보이며 낭랑하게 웃었다. 누굴 비웃어 주는 것은 그의 많은 특기 중에 하나였다.

그러나 잠시가 지나도록 아무런 기척도, 반응도 없었다.

"우핫핫핫! 가소로운 놈! 다음에 내 앞에 나타나면 제대로 멱을 따주마!"

과연 그는 훌륭한 검객이 되어 있었다.

그는 고개를 젖히고 호쾌하게 웃었다.

"우핫하하! 으으, 무지하게 아프구나."

그러나 웃다가 오만상을 찌푸리며 어깨를 감싸 안더니 그 자리에 털썩 주저앉고 말았다.

"크으, 뼈를 다쳤어……."

그는 너무 아파서 눈물까지 찔끔거리며 구시렁거렸다. 그러나 예전처럼 욕설을 내뱉지는 않았다.

그것은 현악이 단우옥을 만난 이후 변한 여러 가지 중 하나였다.

사실 금도객은 오른쪽 가슴과 등이 관통되는 중상을 입고 쏜살같이 도주했다가 금도를 회수한 후 십여 장 밖에서 일체의 기척을 감춘 채 현악을 쏘아보고 있었다.

만약 현악이 약한 모습을 보였다면 금도객이 추호의 망설임도 없이 재공격을 퍼부었을 것은 불문가지.

그랬다면 현악은 다친 데다가 균형을 잃고 땅에 떨어진 상태에서 피하거나 막아내기가 불가능하여 고스란히 목숨과 혈인검을 그에게 바쳐야만 했을 것이다.

우스운 일이지만 조금 전에 현악이 보여주었던 객기처럼 보이는 행동이 결과적으로 그의 목숨을 살린 결과가 되고 말았다. 물론 현악 자신은 그런 사실을 까맣게 모르고 있었지만.

"금도객이라고 했지? 나중에 다시 만나면 제대로 한 번 싸워보자!"

현악은 어금니를 악물며 중얼거렸다.

그는 또 다치고 말았다.

안택현 입구 혜수 강변에서 열다섯 명과 싸웠을 때보다 더 심한 부상이다.

진짜 강적과 싸웠기 때문이다.

비록 부상을 입었지만 현악은 자신이 얼마 전보다 조금쯤은 더 검객에 가까워진 듯한 기분이 들었다.

'으으, 안 되겠군. 어디 숨어서 일단 치료부터 해야겠다.'

그는 힘겹게 일어나 비틀거리면서 걸음을 옮겼다.

하지만 썩 나쁜 기분은 아니었다.

*　　　　*　　　　*

현악이 감쪽같이 사라졌기 때문에 흑궁녀는 극도로 긴장했다.

즉각 풍사단 홍동지단에 비합전서를 띄워 알아보았으나 그곳에도 오지 않았다는 답신이 돌아왔다.

흑궁녀는 자신이 데리고 나온 수하 열 명을 모두 풀어 안택현 일대를 샅샅이 뒤지도록 했다.

그러나 반나절이 지나도록 현악을 찾기는커녕 흔적조차 발견하지 못하자 피가 다 마를 지경이 되었다.

만약 현악에게 무슨 일이 생긴다면?

아니, 이미 생겼다면?

생각만 해도 끔찍했다.

그런데 참 이상한 일이었다.

만약 정말로 현악에게 무슨 일이 생겼을지도 모른다는 생각이 들자 총단주를 무슨 얼굴로 볼 것인가 하는 두려움보다는 현악에 대한 알 수 없는 걱정이 앞서는 까닭은 왜 일까?

땅거미가 지고 어둠이 깔리자 흑궁녀는 앉아 있지를 못하고 줄곧 폐찰 밖을 서성댔다.

"흑궁녀님, 쾌검왕을 찾았습니다."

그때 숲의 어둠을 뚫고 수하 한 명이 나는 듯이 쏘아오며 급하게 보고했다.

"그는 살아 있느냐?"

흑궁녀는 수하의 멱살을 움켜잡으며 다그쳤다.

"끄으, 윽! 부상을… 입긴 했지만… 괜찮아 보였습니다……."

"아아……."

흑궁녀는 맥이 탁 풀리면서 긴 안도의 한숨을 토해냈다.

다음 순간 또 이상한 일이 일어났다.

'이 인간을 만나기만 하면 아예 요절을 내버리고 말겠어!'

방금까지만 해도 현악을 걱정하느라 피가 마르던 그녀가 이젠 입술을 깨물면서 요절을 내겠다고 벼르고 있다.

"뭘 꾸물거리느냐, 당장 앞장서지 않고!"

그녀는 괜한 수하만 닦달했다.

◈제24장◈
섬쾌 대 백보신권

벌컥!

"문주, 쾌검마가 지금 소림사 고수들에게 포위되어 있다는 급보가 도착했습니다!"

총당주 비류검 구인겸이 방문을 거칠게 열고 달려들어 오며 다급히 보고했다.

마주 앉아 심각한 대화를 나누고 있던 청라와 청대화는 안색이 급변해서 동시에 자리를 박차고 일어섰다.

"쾌검마가 확실해?"

"그건… 잘 모르겠습니다."

청라의 날카로운 물음에 구인겸은 어눌하게 대답했다.

"아마 쾌검왕이겠지."

청라는 여러 정황으로 봐서 쾌검마는 더 이상 안택현 인근에 없다고 거의 단정하고 있었다.

"어떻게 하실지 하명하십시오."

청대화는 청라를 쳐다보았다.

청라는 복잡한 표정을 지었다.

"그자가 쾌검왕이라면 무엇 때문에 소림 고수들과 싸우고 있는지 모르겠군요."

그녀의 말에 청대화는 심각하게 고개를 끄덕였다.

"그렇군. 쾌검마가 이미 도주했다고 가정한다면 쾌검왕이 제 발로 혜각 선사를 찾아갔을 리는 없고……."

청라는 아름다운 눈을 총명하게 깜빡였다.

"혹시 쾌검왕은 아직 쾌검마가 탈출하지 못했다고 생각하는 건 아닐까요? 그래서 걸림돌 중에 하나인 혜각 선사와 소림 고수들을 죽이려고 하는 건지도 모르겠군요."

현악이 단우옥을 만나기 전까지 품고 있던 계획을 제대로 짚어낸 청라의 분석은 날카로웠다.

"음, 그럴 수도 있겠군."

"만약 그렇다면 쾌검마와 쾌검왕은 서로 연락할 수 없는 처지인 게 분명해요."

청라는 쾌검왕을 한 번도 본 적이 없었다. 그랬기 때문에 그가 어떤 인물인지 몹시 궁금했다.

쾌검왕은 극심한 중상을 입은 상태에서 무당 장로 청송자를 일검에 죽였다고 했다.

그렇다면 그는 쾌검마 정도는 아니라고 해도 그에 버금가는 절정고수가 분명했다.

청라는 조용히 입을 열었다.

"쾌검왕이 소림 고수들에게 포위됐다는 사실은 아마 유성보나 무림 고수들에게도 전해졌을 거예요."

"아마 그렇겠지."

"우린 쾌검왕에 대해서 전혀 모르기 때문에 그자가 혜각 선사와 소림 고수들과 싸움을 벌이면 어떤 결과가 나올는지 예측하기 어려워요."

"어떻게 하면 좋겠느냐?"

청라가 비검문의 대소사에 관여하고부터 비검문의 세력이나 영역이 커졌다는 사실을 알 만한 사람들은 다 안다.

사실 청대화는 용감무쌍한 인물이기는 하지만 영리함하고는 거리가 먼 사람이었다.

영리함이라면 단연 청라였다.

그녀는 영리할 뿐 아니라 웬만한 남자를 능가하고도 남을 정도로 배포가 크고 담대했다.

그러므로 청대화가 청라를 믿고 의지하는 정도는 지나칠 정도일 수밖에 없었다.

이윽고 청라가 부친을 똑바로 바라보면서 냉정한 어조로 입을 열었다.

"우선 아버님의 의지를 분명하게 알아야겠어요."

"무슨 의지를 말이냐?"

청라의 음성이 조금 더 냉정해졌다.

"꼭 묵혈쌍검을, 아니, 혈인검을 갖고 싶으세요?"

"……."

청대화는 즉시 대답하지 못했다.

"아버님의 대답 여하에 따라서 우린 모든 것을 잃을 수도, 혈인검을 얻을 수도 있어요."

청대화는 복잡한 표정으로 딸을 쳐다보았다.

그러나 청라의 표정에서 자신의 결정에 도움이 될 만한 아무것도 찾아내지 못했다.

"운이 좋으면 혈인검을 손에 넣을 수도 있겠지."

"그렇겠지요. 하지만 그러자면 많은 희생을 치른 후에야 가능하겠지요."

"네 생각은 어떻느냐?"

"소녀는 전적으로 아버님의 뜻에 따르겠어요."

청대화는 다시 입을 다물었다.

그는 전부를 잃느냐, 아니면 묵혈쌍검 중에 혈인검을 얻느냐를 결정하는 기로에 서 있었다.

"나는……."

청라의 표정은 변함이 없었으나 구인겸은 바짝 긴장한 표정으로 마른침을 삼켰다. 침 삼키는 소리가 모두의 귀에 똑똑하게 들릴 정도였다.

"묵혈쌍검을 갖고 싶구나."

구인겸은 한순간 두 다리에 힘이 쭉 빠지는 것을 느꼈다.

그러나 청라는 끄떡도 하지 않았다.

"아버님의 뜻을 알았으니 소녀와 비검문은 전력으로 쾌검왕을 척살하고 혈인검을 수중에 넣도록 하겠어요."

"음!"

“우린 여러 상황들을 가정해야 해요. 그중에서도 만약 쾌검왕이 부상을 입고 도주하는 상황을 가정할 수 있어요.”

“그렇다면 혈인검을 쉽사리 손에 넣을 수 있겠지.”

딸 앞이지만 청대화는 탐욕을 감추지 않았다.

딸이 아직 어리다고 여겼을 때에는 그녀에게 보여서는 안 되는 것이 많았지만, 지금의 그는 딸이 다 컸다고 판단했다. 그러니 감출 것도 없었다.

“또 한 가지, 쾌검왕이 혜각 선사와 소림 고수들을 모두 죽이고서도 중상을 입지 않았을 때를 가정할 수도 있어요.”

“그렇다면 문파 고수들을 총동원해야겠군. 생사결전을 벌여야지.”

청대화는 딸과 총당주가 무슨 생각을 하는지도 모르고 묵혈쌍검에만 눈이 멀어 있었다.

청라의 입가에 고졸한 미소가 찰나지간에 떠올랐다가 사라지는 것을 구인겸은 보았지만 내색하지 못했다.

그녀는 고개를 가로저었다.

“아니에요. 우리 셋과 비검십당이면 돼요.”

“그 정도로…….”

“만약 우리가 쾌검왕과 맞부딪치는 상황이 닥친다면 그가 부상을 당했든 아니든 사생결전이 될 거예요. 그러므로 그 싸움에서 당주급 이하 고수들은 아무런 도움이 되지 못해요.”

“음, 그렇겠군!”

청대화는 비로소 턱을 주억거렸다.

“숫자만 많다고 그를 제압할 순 없어요.”

“네 말이 맞다.”

청라는 예나 지금이나 여전히 총명했지만 예전과 같은 냉정함은 없
었다.

또한 삶에 대한 애착도 별로 없었다.

그녀가 그렇게 된 것은 오로지 백정 놈 때문이었다.

그러지 않았다면 부친의 터무니없는 야욕에 결코 지금처럼 쉽사리
동조하지는 않았을 것이다.

*　　　　*　　　　*

뿌악!

"흐악!"

하나의 백색으로 빛나는 주먹, 아니, 권영(拳影)이 현악의 가슴에 정
통으로 적중됐다.

소림사의 상승절기 중 하나인 백보신권(百步神拳)이었다.

우지직!

현악은 입에서 피화살을 뿜으면서 곧장 튕겨져 날아가 한 그루 거목
을 부러뜨리고는 숲 바닥에 나동그라졌다.

그는 풀 더미에 얼굴을 묻은 채 꼼짝도 하지 않았다. 그의 오른손에
는 혈인검이 굳게 쥐어져 있었다.

현악은 정말 운이 없었다.

그는 뜻하지 않은 금도객과의 싸움에서 상처를 입은 후 가까운 산속
은밀한 곳에서 대충 상처를 치료하고 반 시진가량 운공을 한 후 웬만
큼 기력을 되찾았었다.

이후 다시 풍사단 홍동지단으로 가려고 이 숲을 지나다가 쾌검마를

찾고 있던 소림 고수들과 정면으로 마주치고 만 것이다.

한 명의 소림 고승은 방금 현악에게 백보신권을 적중시킨 뒤 재차 공격하지 않고 우뚝 서서 묵묵히 현악을 주시했다.

그는 육십여 세를 훨씬 넘긴 나이에 흰 수염을 기른 자비로워 보이는 노승이었는데, 그가 바로 혜각 선사였다.

혜각 선사는 현악이 지금껏 싸웠던 고수들과는 판이하게 다른 불가 고승이었다.

그는 상대가 쓰러져 있거나 등을 보이고 있으면 절대 공격하지 않으며, 암습 따위는 생각해 본 적도 없는 진짜 정파 고수였다.

그리 넓지 않은 숲 속의 공터 가장자리에는 소림 고수 다섯 명이 둘러서 있었다.

조금 전까지는 세 명이었는데 쾌검왕을 수색하러 갔던 소림 고수들이 속속 돌아와 합류하는 중이었다.

부스럭—

"으으……."

이윽고 현악이 두 팔로 바닥을 짚고 힘겹게 일어섰다.

"우왁!"

순간 그는 입에서 핏덩이를 왈칵 뿜어냈다.

비틀비틀—

그는 방금의 일권으로 갈빗대 몇 개가 부러지고 내장이 끊어지며 자리를 이탈하는 가볍지 않은 중상을 입었다.

하지만 그는 어금니를 으스러지게 악물고 쓰러질 듯이 혜각 선사를 향해 걸어갔다.

혜각 선사도 성한 모습은 아니었다.

그는 여기저기 베어진 옷에 수염이 절반쯤 뭉텅 베어졌고 어깨와 가슴, 옆구리의 옷이 베어진 모습이었지만 몸에는 한 군데도 상처를 입지 않은 모습이었다.

현악이 다섯 차례 발검한 결과였다.

그는 다섯 차례 모두 혜각 선사의 목줄기를 노렸지만 한 번도 성공시키지 못했다.

혜각 선사는 금도객보다 훨씬 강했고, 청송자보다 반 수 이상 고강했다.

현악은 이글거리는 눈빛으로 혜각 선사를 쏘아보았다.

'나 쾌검왕이 저따위 늙은 중에게 당할 수는 없지 않은가!'

그 늙은 중이 소림사에서 열 손가락 안에 꼽히는 절정고수라는 사실을 현악은 모르고 있었다.

혜각 선사는 처음부터 지금껏 초연함을 잃지 않고 있었다.

그는 잠시 현악을 응시하다가 입을 열었다.

"아미타불! 시주는 쾌검마가 아니로군."

현악은 혈인검을 들어 보이면서 툴툴 웃었다.

"후후, 모두들 이 혈인검만 보고 날더러 쾌검마가 주안술로 변신했다느니 역용술로 변장을 했다느니 떠들어대던데, 당신은 사람을 제대로 보는군."

"운몽산에서 무당파 청송자를 죽인 것은 시주인가?"

"그렇다!"

"시주는 누군가?"

현악을 가슴을 활짝 폈다.

우두둑!

"내가 바로 쾌검왕이다!"

부러지고 어긋난 갈비뼈들이 요란한 소리를 내며 뒤틀렸고, 상체 전체가 조각나는 듯이 고통스러웠지만 상관없었다.

게다가 눈에 보이는 것도 없다.

이젠 나이 지긋한 소림 노승에게까지 다짜고짜 반말에다가 버르장머리도 없었다.

그러나 혜각 선사는 개의치 않았다.

원래 소인은 작은 것에 연연하기 마련이고 대인은 큰 것을 지향하는 법이다.

"아미타불! 하나만 묻겠네. 시주는 쾌검마와 어떤 관계인가?"

"알 것 없어!"

혜각 선사는 가볍게 소매를 저었다.

"시주가 쾌검마인 줄 알고 두 차례 공격을 했지만, 쾌검마가 아니라고 밝혀졌으니 더 이상의 싸움은 무의미한 것 같군. 이제 그만 싸우세."

그의 얼굴에는 싸울 의사가 조금도 없었다. 또한 분노도 탐욕도 없었다.

그리고 그는 현악의 얼굴을 찬찬히 살폈다, 마치 복술가가 관상을 보듯이.

현악의 눈은 투지로 번뜩였다.

이제는 어떤 이유나 목적 때문이 아니라 그의 순수한 승부욕이 가슴속에서 들끓어 올라 이대로 물러설 수가 없었다.

그는 다섯 차례나 발검했는데도 혜각 선사에게 상처조차 한 번 입히지 못했다.

그런데도 자신은 엄중한 중상을 입고 말았다.

그는 자신이 혜각 선사의 적수가 못 된다는 사실을 인정하면서도 자신이 그에게 상처조차 입히지 못했고 이처럼 참담한 꼴이 됐다는 사실을 인정하기 어려웠다.

지금의 그는 승부사였다.

"그래도 내가 공격한다면?"

혜각 선사는 불심이 깊은 노승이다.

대소림사의 장로라면 소림이나 불계(佛界)뿐 아니라 천하인들의 존경을 받는 지고한 위치가 아닌가.

그러니 현악의 어줍잖은 시비에 쉽사리 휘말려들지 않는 것은 당연했다.

"유성추혼 혁련 시주의 말에 의하면 시주가 쾌검마의 동생이라던데, 그 말이 맞는가?"

상대가 뻔히 알고 있는데도 부인하는 것은 우습다.

"그렇다."

"하면 추적대가 시주를 쾌검마로 오인하여 공격하는 동안 쾌검마가 도주한 게 맞겠군."

"……."

현악은 입을 다물고 대답하지 않았다.

단우옥은 쾌검마가 이미 탈출했다고 말했다. 그녀가 장담한다면 그 사실이 맞을 것이다.

혜각 선사는 결론을 내렸다.

'어쨌든 쾌검마와 쾌검왕이 동일 인물이 아니라는 것을 노납의 눈으로 확인한 셈이로군.'

그는 고개를 가로저었다.

"쾌검마는 이미 도주했으니 노납은 시주와 싸우지 않겠네."

혜각 선사 정도의 인물이 싸움이나 죽는 것이 두려워서 그러는 것은 아니다.

불필요한 싸움을 하지 않겠다는 뜻이고, 자칫 불가의 금기인 살인이라도 하게 될 것을 우려하는 것이다.

현악은 혜각 선사를 쏘아보면서 검을 검집에 꽂고 공력을 끌어올렸다.

사십 년이 채 못 되는 공력 중에서 칠 할가량이 모였다.

그는 그것을 오른팔에 깡그리 주입시키고 나서 조용히 물었다.

"조금 전에 날 격퇴시켰던 수법이 뭐였지?"

"소림절학 중에 하나인 백보신권일세."

현악의 두 눈에서 결연한 눈빛이 뿜어졌다.

"나는 이번 일 초식에 전력을 쏟을 생각이다. 당신도 전력으로 백보신권이라는 것을 펼치는 게 좋을 거야."

"……!"

혜각 선사는 어이없는 표정을 지었다가 가볍게 한숨을 토해냈다.

그는 방금 전에 현악의 관상을 보았었다. 그 결과 그의 사람됨이 강직하고 자존심이 강하며, 그의 앞날에 살(殺)과 혈(血)이 가득한 것을 알아냈다.

혜각 선사는 일전이 불가피하다 여기고 입가에 씁쓸한 미소를 떠올렸다.

문득 현악은 그저 담담히 서 있는 혜각 선사가 점점 커지더니 급기야 집채만큼 크게 보이는 착각에 빠졌다.

“…….”

그게 무엇에 기인하는지는 알 수 없었지만 벗어나기 힘든 위압감인 것만은 분명했다.

반면에 현악은 자신이 자꾸만 작아지고 초라해지는 기분을 느껴야만 했다.

그러더니 급기야는 혜각 선사에게 검을 휘두르는 행위가 거대한 산에 대고 검을 휘두르는 것이나 다를 바 없는 어리석은 행동이라는 느낌마저 들었다.

현악은 와락 인상을 쓰며 동공을 좁혔다.

'사람 몸뚱이라는 것이 칼로 베면 베어질 텐데 이게 무슨 요망한 생각이라는 말인가?'

슈욱!

순간 현악은 혜각 선사를 향해 벼락같이 쏘아가며 오른손으로 검을 잡았다.

혜각 선사는 방심하지 못하고 즉시 주먹 쥔 왼손을 왼쪽 옆구리에 붙이고 오른 주먹을 약간 앞으로 뻗은 자세를 취했다.

덮쳐 가는 현악의 두 눈에서 살광이 섬뜩하게 뿜어졌다. 그것은 먹잇감을 덮쳐 가는 맹수의 두 눈을 닮아 있었다.

'쪼개 버리겠다!'

후우우—

혜각 선사가 앞으로 약간 뻗어내고 있는 오른 주먹에서 뿌연 백색 기류가 안개처럼 뿜어졌다.

번—쩍!

혈인검이 허공을 세로로 갈랐다.

거의 동시에 혜각 선사의 오른 주먹이 묵직하게 앞으로 쭉 뻗어나갔
다.

후우웅!

육중한 음향과 함께 그의 주먹에서 흐릿한 권영이 폭발하는 듯이 뿜
어졌다.

세 번째 백보신권이 뿜어졌다.

혜각 선사는 전면 반 장쯤에서 하나의 흐릿한 혈광의 빛살이 자신을
향해 쏘아오는 것을 발견했다.

백보신권을 발출하지 않았더라면 피할 수 있었겠지만 지금은 사정
이 달랐다.

픽!

"흑!"

빛살이 혜각 선사의 오른쪽 어깨에 쑤셔 박혔다가 등 뒤로 핏물과
함께 푹 뿜어졌다.

쩍!

"흐악!"

은은하게 빛나는 주먹 하나가 현악의 가슴 한복판에 반 뼘 정도의
깊이로 찍혔다.

덮쳐 가던 현악의 몸이 한순간 뚝 정지되면서 몸이 새우처럼 구부러
졌고, 그의 쩍 벌어진 입에서 핏덩이가 뿜어졌다.

우지끈!

다음 순간 현악은 아래에서 위로 비스듬히 튕겨져 날아가다가 아름
드리 나무를 부러뜨리며 더 높게 떠올라 허공으로 포물선을 그으면서
까마득히 날아갔다.

백 걸음 밖의 바위에 뚜렷한 장인(掌印)을 찍을 수 있는 위력의 백보신권이었다.

게다가 내공 백 년의 혜각 선사가 펼쳤으니 그 위력은 짐작하고도 남지 않겠는가.

현악은 아예 시야에서 사라져 수십 장 밖 숲 속에 떨어졌다.

쿵쿵쿵―

혜각 선사는 관통된 오른쪽 어깨를 움켜쥔 채 비틀거리면서 뒤로 묵직하게 서너 걸음 물러섰다.

털썩!

아니, 물러섰다가 그 자리에 주저앉아 버렸다.

그의 오른쪽 어깨에 손톱만한 구멍이 뻥 뚫려서 앞뒤로 피가 콸콸 쏟아져 나왔다.

양패구상(兩敗俱傷)이었다.

절정고수이며 백 년 공력의 혜각 선사가 사십 년 공력도 채 못 되는 데다가 그나마 칠 성밖에 남지 않은 현악과 양패구상이 됐다는 것은 누가 보더라도 쉽게 이해하기 힘든 결과였다.

그러나 그 어떤 싸움이라고 해도 초식의 쾌속함이 승패를 좌우한다는 '불변의 진리' 같은 사실을 감안한다면 이 양패구상을 이해하는 데에 별 무리가 없을 것이다.

제아무리 위력적인 초식이라고 해도 상대보다 빠르지 못하다면 소용이 없다.

그렇다고 소림의 백보신권이 결코 느린 초식이라는 것이 아니다. 오히려 백보신권은 무림의 그 어느 초식보다 빠르기로 정평이 나 있다.

다만 현악의 섬쾌가 너무 빨랐다.

상대가 현악이 아니었다면 혜각 선사는 백보신권을 출수하고 충분히 상대의 초식을 피할 수 있었을 것이다.

그런 이치로 볼 때 만약 현악의 공력이 십 년만 더 높았더라면 아마 두 사람의 싸움은 또 다른 결과를 낳았을 것이다.

섬쾌검식은 그 정도로 막강한 쾌검식이었다.

섬쾌검식 윗 단계인 쾌검마류는 공력이 일 갑자 이상이어야 수련할 수 있다.

만약 현악이 일 갑자 공력으로 쾌검마류를 전개한다면 혜각 선사는 아예 상대조차 되지 못했을 것이다.

쾌검마의 공력은 이 갑자, 즉 백이십 년이다.

그런 그가 쾌검마류를 펼친다면 무림에서 과연 누가 제대로 피하거나 반격할 수 있을지 짐작이 갈 일이다.

그렇다고 섬쾌검식을 아무나 펼칠 수 있는 것이 아니다. 오직 자령신공을 운기하면서 전개해야 제 위력을 발휘할 수 있다.

“사부님!”

“괜찮으십니까, 사부님?”

멀찌감치 둘러서 있던 소림 고수들이 놀라서 우르르 혜각 선사에게 몰려들었다.

“괜찮으니 물러서라.”

혜각 선사는 제자들을 물리치며 끄떡없이 일어섰다.

그는 선 채로 운공을 하여 진기를 일으켜서 상처 부위를 지혈시켰다. 그러자 피가 즉시 멎었다.

휘익!

휙!

“선사님!”

그때 혁련무룡과 단우옥이 나란히 이쪽으로 쏘아오고 있었다.

단우옥의 얼굴에는 초조함이 가득 떠올라 있었다.

“그가 왔었습니까?”

혁련무룡은 혜각 선사 앞에 내려서자마자 빠르게 주위를 둘러보며 급한 어조로 물었다.

“누구를 말하는 것인가?”

혜각 선사는 혁련무룡의 말이 누굴 가리키는지 알면서도 짐짓 시치미를 뗐다.

혜각 선사는 조금 전에 발출한 백보신권에 칠성의 공력을 실었다.

원래 발출했을 때에는 오성의 공력이었는데, 자신의 머리를 번갯불처럼 쪼개오는 현악의 검기를 발견하는 순간 자신도 모르게 본능적으로 이성의 공력을 배가시켰던 것이다.

찰나적으로 죽음의 공포를 느꼈기 때문이다.

아니, 이성 공력을 배가시켜서 백보신권의 속도를 더 빠르게 하여 현악을 적중시키지 못했더라면 혜각 선사는 참담한 낭패를 당했거나 심하면 죽었을 수도 있었다.

혜각 선사처럼 불심 깊은 고승마저도 비록 순간적이지만 공포심을 느껴야 하는 검법이 바로 섬쾌인 것이다.

첫 번째 백보신권의 적중으로 현악은 이미 여러 개의 갈비뼈가 부러졌고 오장육부마저도 자리를 이탈했다.

그리고 두 번째 백보신권은 처음보다 더 위력적이었다.

혜각 선사는 백보신권에 두 차례나 적중당한 현악이 십중팔구 죽었거나 극심한 중상을 입어 쉽사리 회복하기 어려운 상황에 처하게 될 것이라고 판단했다.

그는 전문적인 복술가가 아니라서 정확한 관상을 보진 못하지만, 불가의 수행 공부 중에는 관상학에 대한 것도 있어서 어느 정도 근사치를 맞출 능력은 지니고 있었다.

그것에 근거하여 혜각 선사는 소년 쾌검왕의 얼굴에서 그가 장차 무림의 거목(巨木)으로 대성할 것이라는 사실을 어렴풋하게나마 간파해 냈다.

과연 그의 관상은 정확했다.

그러나 그는 현악이 어떤 방면으로 대성할 것인지에 대해서도 알아 냈어야만 했다.

정도의 거목인지, 대혈살성으로서의 거목인지를…….

어쨌든 그래서 그는 마음이 무거웠다. 장차 거목이 될 어린 소년을 자신의 손으로 죽였거나 중상을 입혔다는 죄책감을 떨쳐 내기 어려웠다.

혁련무룡는 혜각 선사가 쾌검왕을 감싸고 있다는 속마음을 즉시 감지했다. 그러나 그가 왜 그러는지에 대해서는 알지 못했다.

"쾌검왕이었군요?"

쾌검마였다면 혜각 선사가 살아 있지 못했을 것이라는 의미가 내포된 말이었다.

"그렇네."

다 짐작하고 묻는데 모른다고 할 수는 없었다.

"역시 쾌검마는 안택현에 없군요."

"그렇네."

혜각 선사가 직접 확인한 이상 의심의 여지는 없었다.

혁련무룡은 예전에 쾌검왕이 성동격서의 계책을 써서 쾌검마를 탈출시켰다고 추측했으나 그 역시 혜각 선사처럼 쾌검마가 정말 안택현에 없다는 확신이 필요했다.

그러나 이제 쾌검마가 안택현에 없다는 사실이 명명백백해졌다.

"그자, 쾌검왕은 어떻게 됐습니까? 죽었습니까?"

"두 차례의 백보신권에 적중되어 튕겨져 날아갔으니 아마도 죽었을 것 같네."

혜각 선사는 한 그루 거목이 잘려 나간 그루터기 쪽으로 걸어가며 씁쓸한 표정을 지으면서 중얼거렸다.

'아미타불… 그 어린 시주는 선한 인상이었거늘…….'

혜각 선사는 현악의 관상을 보고 그가 결코 악하다거나 교활한 심성이 아니라는 것까지도 짐작해 냈었다.

그는 현악이 죽었을 것이라고 추측하면서도 그가 지니고 있던 혈인검을 회수하려 하지 않았다.

그것은 소림사와 혜각 선사가 묵혈쌍검에 욕심이 없다는 사실을 증명하고 있었다.

"그가 죽다니……."

그때 단우옥이 신음처럼 중얼거렸다.

혁련무룡은 쳐다보다가 그녀의 안색이 해쓱한 것을 발견하고는 가볍게 흠칫 얼굴이 변했다.

단우옥의 표정은 마치 넋을 잃은 것처럼 보였다.

사람의 마음이란 주머니 속을 뒤집어 보이듯이 간단하지 않아서 그녀가 무슨 생각을 하고 있는지, 어떤 마음인지 혁련무룡으로서는 알 수가 없었다.

혁련무룡은 단우옥을 쳐다보는 짧은 동안 표정이 복잡하게 여러 차례 변했다.

그는 막 나무 그루터기에 앉으려는 혜각 선사에게 다가가면서 급히 물었다.

"쾌검왕은 어느 쪽으로 튕겨져 날아갔습니까?"

혜각 선사는 그루터기에 앉아서 고개를 갸웃거렸다.

"글쎄… 어디로 날아갔던가? 잘 기억나지 않는구먼."

"왜 그러십니까, 선사? 설마 그자를 감싸시는 겁니까?"

혁련무룡은 발끈했다.

그는 혜각 선사의 언행에서 그가 현악에게 나쁜 감정을 갖고 있지 않다는 것을 감지했다.

자신에게 중상을 입힌 상대에게 나쁜 감정을 품지 않는다는 것은 말처럼 쉬운 일이 아니다.

혁련무룡의 방금 전 말투는 평소의 그다운 모습이 전혀 아니었다. 더구나 소림 고승인 혜각 선사에게는 더욱 그랬다.

그는 지금 어느 정도 자제력을 잃은 상태였다.

단우옥 때문이었다.

아니, 더 정확히 말하자면 쾌검왕 때문이었다. 그 역시 왜 자신의 마음속에서 불같은 분노가 치미는지 이해할 수가 없었다.

하지만 지금은 뜨거운 감정이 차가운 이성을 누르고 있는 시간이었다.

혁련무룡은 주위를 두리번거리다가 가볍게 눈을 빛냈다.

한쪽 방향으로 바닥에 피가 뿌려져 있는 것을 발견한 것이다.

휘익!

그는 앞뒤 잴 것 없이 쏜살같이 남쪽 방향 허공으로 쏘아갔다.

그러나 그가 발견한 핏자국은 현악이 첫 번째 백보신권에 적중되어 튕겨지면서 입에서 뿜어낸 핏덩이의 흔적이었다.

현악은 두 번째 백보신권에 적중되어 동쪽 방향으로 튕겨져 날아갔다.

단우옥은 망연한 표정을 짓고 있다가 혁련무룡이 신형을 날리는 것을 보며 퍼뜩 정신이 들었다.

그때 혜각 선사가 혁련무룡이 쏘아간 허공을 물끄러미 응시하며 조용히 불호를 외웠다.

"아미타불… 단 여시주가 본 쾌검왕이라는 소년은 어떤 사람이었는지 말해 주겠는가?"

단우옥이 운몽산에서 쾌검왕을 구해 사라졌다는 사실을 알고 있는 혜각 선사는 그녀가 다른 사람들보다 그를 더 잘 알고 있을 것이라고 생각했다.

"그는 나쁜 사람이 아니에요."

"더 정확하게 설명하자면 어떤……?"

"짓궂기는 하지만 순수한 사람이에요. 그리고…….'

그녀는 무슨 말인가 더 하려고 입술을 예쁘게 오물거리다가 그만두었다.

현악은 분명히 짓궂었다.

단우옥은 여러 차례 그것을 체험했고, 혜각 선사도 그렇게 느꼈다. 그 부분에서 두 사람은 공감했다.

"그렇지. 노납도 그렇게 봤네."

단우옥은 혁련무룡이 쏘아간 허공을 아스라이 바라보는데, 얼굴에 알 수 없는 애잔함과 초조함이 가득 떠올라 있었다.

"가보시게."

그녀의 초조한 표정을 살피던 혜각 선사가 넌지시 말하자 그녀는 깜짝 놀랐다.

그녀는 그제야 혜각 선사의 오른쪽 어깨의 상처를 발견하고 걱정스러운 표정으로 부축했다.

"중상이에요. 소녀가 치료해 드리겠어요."

혜각 선사는 그녀가 자신에게 다가오는 것을 보면서 짐짓 심각한 표정을 지었다.

"음, 그렇다면 늙은 중이 어쩔 수 없이 봉황일미 여시주의 치료를 받는 행운을 누려봐야겠군."

단우옥은 품속에서 작은 약통을 꺼내면서도 눈길은 혁련무룡이 쏘아간 허공을 향해 있었고, 표정은 초조하기 짝이 없었다.

혜각 선사는 이쯤에서 장난을 그만둬야겠다고 생각했다.

"껄껄껄. 그 시주가 걱정되는 모양인데 노납은 괜찮으니까 어서 가보게."

"아, 아니에요, 선사님."

"허헛, 노납의 눈은 속일 수 없지. 노납은 걱정하지 말고 어서 가보게. 그는 저쪽으로 날아갔네."

혜각 선사는 현악이 날아간 방향을 제대로 가리켜 주면서 껄껄 웃었다.

"그럼 실례하겠어요."

휘익!

단우옥은 이미 신형을 날려 쏘아가고 있었다.

혜각 선사는 상처 부위를 손으로 지그시 누르며 중얼거렸다.

"아미타불… 이거, 갑자기 상처가 더 아파지는 것 같군."

◇제25장◇
두 영웅(英雄), 그리고 연적(戀敵)

울창한 숲 속.

몇 그루의 나무들이 뭔가 육중한 물체가 허공에서 비스듬히 낙하할 때 부러진 듯이 계단처럼 차례로 부러져 있다.

가장 아래쪽 나무가 땅에서 석 자 높이에서 부러져 있었고, 그 옆 바닥에 현악이 오른손에 혈인검을 움켜쥔 채 엎드린 자세로 쓰러져 있었다.

두 번째 백보신권에 적중당하여 튕겨져 날아온 현악이 숲으로 비스듬히 추락하면서 나무들을 부러뜨렸는데, 족히 이십여 장 이상 날아온 것 같았다.

하지만 그는 죽지 않았고 혼절하지도 않았다.

다만 그로서는 처음 당해보는 극심한 내상을 입었기 때문에 움직이지 못하고 웅크리고 있을 뿐이었다.

그는 엎드린 자세로 입에서 핏물을 꾸역꾸역 흘렸다. 핏물에는 조각 난 내장이 섞여 있었다.

그는 오만상을 찌푸렸다.

'으으, 제길, 온몸이 성한 데가 없는 것 같구나.'

혜각 선사가 발휘한 백보신권은 내가중수법이다.

즉, 겉은 멀쩡하면서도 속은 완전히 박살 내버리는 무서운 수법인 것이다.

지금은 운몽산에서 중상을 입었던 것과는 또 다른 상황이었다.

그는 엎드린 채 미동도 하지 않으면서 조심스럽게 공력을 모아보았다.

'으으……'

몸속 곳곳을 작은 망치로 잘게 부수는 듯한 엄청난 고통이 엄습했지만 이를 악물고 계속했다.

다행히 약간의 공력이 모아졌다. 아니, 공력이라기보다는 기력이라는 편이 옳았다.

그저 겨우 몸을 움직일 수 있을 정도의 기력이었다.

현악은 부러진 나무를 붙잡고 몸을 부들부들 떨면서 힘겹게 일어섰다.

이어서 얼굴을 찡그리며 조심스럽게 주위를 둘러보았다.

그런데 뜻밖에 아무도 눈에 띄지 않았다.

'뭐야? 그 늙은 중은 혈인검을 노리지 않는 건가?'

혜각 선사와 소림 고수들이 어째서 추격하지 않는 것인지는 알 수 없지만 어쨌든 잘된 일이었다.

현악은 오만상을 찌푸리며 검을 어깨에 꽂고 혜각 선사가 있는 공터

쪽을 등진 채 걸음을 옮기기 시작했다.

비틀비틀—

그는 다리를 질질 끌면서 쓰러질 듯 걸었다. 어쨌든 한시바삐 이곳을 벗어나야만 했다.

"멈춰라, 쾌검왕!"

그때 왼쪽 후방에서 쩌렁한 호통성이 터졌다.

현악은 옆의 나무를 붙잡고 그쪽을 쳐다보았다.

왼쪽 이십여 장 거리에서 혁련무룡이 나는 듯이 쏘아오는 모습이 그의 시야 속으로 쏘아져 들어왔다.

'뭔가, 저놈은?'

현악은 유성추혼이라는 별호는 많이 들었지만 실제 보기는 처음이니 알아보지 못하는 게 당연했다.

문득 현악은 쏘아오는 혁련무룡의 옆쪽 조금 더 먼 곳에서 나는 듯이 이쪽으로 쏘아오고 있는 백영을 발견하고는 반가운 표정을 가득 떠올렸다.

'옥아!'

단우옥이었다.

혁련무룡은 후방 왼쪽에서, 단우옥은 뒤쪽에서 동시에 쏘아오는데 단우옥이 오륙 장가량 뒤처져 있는 상황이었다.

단우옥은 저만치 숲 가운데에서 나무를 붙잡고 간신히 서 있는 현악의 모습을 발견하고는 가슴 깊은 곳에서 알 수 없는 무엇이 왈칵 치밀어 오르는 느낌을 받았다.

'악 가가!'

그가 죽지 않았다.

운몽산에서 죽을 뻔했다가 간신히 살아나더니 지금 또다시 죽은 줄 알았는데 여전히 살아 있다.

끈질기다는 말로는 설명이 부족한 목숨이다.

지금의 단우옥은 '현악'이라는 이름을 가슴속에 뚜렷이 새기고 있었다. 그녀에게 그 이름은 죽어서도 잊지 못할 이름이 되었다.

마치 누군가에 의해서 어릴 때부터 세뇌되어 뚜렷이 각인된 듯한 이름이었다.

어쩌면 '현악'이라는 이름은 어릴 때부터 친오빠처럼 지내온 혁련무룡이라는 이름보다 더 뚜렷하게 단우옥의 뇌리에 새겨져 있는지도 몰랐다.

혁련무룡이 머리에 새겨진 이름이라면 현악은 가슴에 깊이 뿌리를 내린 이름이었다.

"악 가가, 어서 도망쳐요! 그는 유성추혼이에요!"

그때 단우옥의 다급한 외침이 현악의 머리 속과 고막을 웅웅 울리며 현악의 반가운 마음을 순식간에 깡그리 사라지게 만들었다.

무림인들이 흔히 사용하는 전음입밀이라는 수법이었지만 현악으로서는 처음 접하는 것이었다.

'유성추혼!'

단우옥의 전음을 듣고 현악의 얼굴이 얼음처럼 확 굳어졌다. 아니, 얼굴뿐 아니라 온몸이 얼음덩이처럼 차갑게 얼어붙었다.

"푸핫핫핫! 너는 봉황일미를 연모하고 있는 것이냐? 아서라! 그녀가 유성추혼의 여자라는 것은 천하가 알고 있는 사실이다! 너는 유성추혼에게 죽임을 당하기 전에 생각을 고쳐 먹는 게 좋을 거다!"

혜수 강변에서 만났던 교활한 옥룡야풍의 말이 현악의 고막을 북처럼 시끄럽게 두드려 댔다.

혁련무룡은 어느새 칠팔 장까지 좁혀오고 있었다. 그의 두 눈에서 불꽃이 뿜어지고 있는 것이 현악의 눈에도 보일 정도였다.

그래도 현악은 꼼짝하지 않고 그를 쏘아보았다.

혁련무룡은 인정하지 않겠지만 현악에겐 유성추혼이 명백한 연적(戀敵)이었다.

현악의 얼굴 가득 떠오른 것은 적의(敵意)였다.

"뭘 하고 있어요? 어서 도망쳐요! 악 가가는 절대 그의 적수가 되지 못해요!"

단우옥의 다급한 전음이 재차 들려왔다.

'절대 적수가 못 된다구?'

그래도 현악은 꼼짝하지 않고 쏘아오는 혁련무룡을 노려보고 있을 뿐이다.

적수가 되지 못한다는 단우옥의 말이 자존심을 자극한 것인가?

뭘 어쩌자는 것인지는 그 자신도 몰랐다.

다만 가슴속에서 거세게 활활 타오르는 거대한 적개심을 누를 길이 없었다.

'저 사람!'

돌부처처럼 움직이지 않고 혁련무룡을 쏘아보고 있는 현악을 보면서 단우옥의 뇌리를 번개같이 스치는 뭔가가 있었다.

'설마 질투를?'

얼핏 떠오른 그 느낌은 즉시 사실로 자리를 잡았다.

유성추혼은 유성보의 이인자다.

그 말은 혁련무룡이 혜각 선사보다 고강하다는 뜻이고, 정상적인 상태에서의 현악이라고 해도 그의 일초지적이 되지 못한다는 의미이기도 했다.

죽음이 목전에 다가오고 있는데도 저 사람은 움직일 생각조차 하지 않고 있었다.

단우옥의 가슴이 마른 논바닥처럼 갈라졌다.

알 수 없는 공포가 단우옥의 등줄기를 매섭게 훑고 지나갔다.

그 순간, 마치 착각처럼 얼마 전에 있었던 현악과의 뜨거운 입맞춤이 그녀의 뇌리를 스쳤다.

아니, 비단 스쳤을 뿐만 아니라 현악의 그 뜨겁던 입김과 자신의 혀를 뽑을 듯이 빨아대던 격렬한 느낌마저 고스란히 되살아났다.

그 순간 단우옥은 만약 현악이 죽는다면 자신은 더 이상 살 수 없을 것이라는 막연하면서도 절망적인 느낌이 온몸을 엄습함을 느꼈다.

어떻게 하든 현악을 살려야만 했다.

최초에 혁련무룡이 현악을 발견하고 이십여 장의 거리를 쏜살같이 좁혀오는 시간은 극히 짧았으나, 그 짧은 시간 동안 세 사람 모두의 가슴속과 머리에서 벌어진 생각과 감정의 변화는 빠르고도 복잡했다.

단우옥은 잘근 입술을 깨물며 현악에게 전음을 보냈다.

"악 가가께서 지금 죽어버리면 어떻게 삼 년 후에 소매와 혼인하겠다는 건가요? 어서 중원으로 가세요! 그곳에서 훌륭한 인물이 되어 우리 다시 만나요!"

절박하고도 다급한 목소리였다.

"……!"

현악은 쏘아오고 있는 단우옥을 쳐다보았다.

단우옥은 현악의 얼굴 가득 환한 웃음이 떠올라 있는 것을 발견하고는 가슴이 쓰리도록 저렸다.

저 사람은 이런 절박한 상황에서도 자신의 말에 저토록 순수한 웃음을 떠올리고 있지 않은가.

그 직후 현악은 몸을 돌려 도망치기 시작했다.

단우옥의 한마디에 활활 타오르던 적개심을 미련없이 내던져 버린 것이다.

사랑의 힘이었다.

이제 그에게 있어서 단우옥의 한마디는 신앙과도 같은 것이 돼버렸다.

비틀비틀.

그러나 현악의 걸음은 보통 사람이 걷는 것보다 더 느렸고, 금방이라도 앞으로 고꾸라질 듯이 위태로웠다.

"무슨 일이 있어도 절대 멈추지 말아요! 나중에 살아서 소매를 다시 보기를 원한다면!"

현악에게 단우옥의 애뜻한 전음이 다시 전해졌다.

'알았다! 기필코 살아서 옥아 네 앞에 나타나마!'

이처럼 절박한 상황에서도 현악은 가슴이 훈훈해졌다.

돌이켜 보니 그의 천박하고 일그러졌던 짧은 십칠 년 인생 동안에 지금처럼 마음이 푸근했던 적이 한 번도 없는 것 같았다.

"멈춰라, 이놈!"

순간 현악의 바로 등 뒤에서 쩌렁한 외침이 터졌다.

분노에 가득 찬 혁련무룡의 노갈이었다.

그 외침에는 혈인검을 원하는 그의 요구보다도 현악에 대한 알 수 없는 분노가 더 짙게 깔려 있었다.

혁련무룡이 한차례만 더 발을 구르면서 검을 휘두르면 현악의 목을 단번에 자를 수 있는 짧은 거리였다.

그야말로 일촉즉발의 순간,

"악!"

느닷없이 단우옥이 날카로운 비명을 터뜨렸다.

두 남자는 동시에 즉시 신형을 멈추고 반사적으로 그녀를 돌아보았다.

단우옥이 두 손으로 나무를 붙잡고 힘겹게 서 있었다.

그런데 그녀의 안색이 밀랍처럼 창백하며 입에서 피를 뚝뚝 흘리고 있는 모습이 두 남자의 부릅뜬 눈 속으로 꽂혀들었다.

풀썩!

그 순간 단우옥이 그 자리에 힘없이 허물어졌다.

"옥아!"

"옥 매!"

현악과 혁련무룡의 다급한 외침이 동시에 터졌다.

'옥아라고? 이놈이!'

혁련무룡은 급박한 상황 중에도 고개를 돌려 현악을 무섭게 쏘아보았다.

그는 단우옥이 갑자기 쓰러진 것보다 현악이 그녀를 '옥아' 라고 불렀다는 사실에 더 민감한 반응을 보였다.

현악과 혁련무룡의 거리는 이 장여에 불과했다.

서로를 너무도 뚜렷이 보고 확인할 수 있는 거리였다.

그리고 이것이 장차 천하무림을 질타하며 서로 간에 수많은 우여곡절과 은원을 만들게 될 두 영웅의 첫 만남이었다.

두 사람은 눈에서 불길을 뿜으면서 서로를 쏘아보았다. 그 불길의 의미는 같았다.

"아아! 어서… 가요… 악 가가!"

그때 다시 단우옥의 끊어질 것 같은 고통스러운 전음이 현악에게 전해졌다.

현악의 시선이 그녀의 얼굴과 몸에 머물렀다.

단우옥의 가녀린 몸이 바들바들 가늘게 떨리는 모습이, 창백한 얼굴과 입가에서 흐르는 피가 눈알을 후벼 파듯이 현악의 눈 속으로 파고들었다.

'옥아! 죽어도 널 잊지 않으마!'

현악은 단우옥의 지금 모습을 골수에 새겨 넣었다.

그는 그녀가 무엇 때문에 갑자기 저런 지경이 됐는지는 알 수 없었다.

그러나 지금 그녀의 행동이 혁련무룡의 발을 묶어 현악 자신을 살리기 위해서라는 것만은 생생하게 느낄 수 있었다.

그래서 현악의 온몸 땀구멍을 통해서 감당할 수 없는 감동이 스며들었고, 온몸의 피 한 방울 한 방울에 자신의 무력감에 대한 분노가 들끓었다.

획!

현악은 몸을 돌려 비틀비틀 걸어가기 시작했다.

당장에라도 되돌아가서 단우옥을 부둥켜안고 싶은 심정을 어금니를 악물고 참았다.

현악의 뒷모습을 쏘아보는 혁련무룡의 두 눈에 복잡한 갈등이 역력했다.

그는 무슨 수를 써서라도 반드시 묵혈쌍검을 손에 넣으라는 부친의 엄명을 받았다.

그 개인적으로는 묵혈쌍검에 대한 욕심이 눈곱만큼도 없었다. 그러나 부친의 엄명은 목숨을 바쳐서라도 지켜야만 하는 지상 과제였다.

그렇다고 해도,

‘옥 매의 안위보다 우선하는 것은 없다.’

지금 현악을 죽이고 혈인검을 손에 넣은 후 단우옥을 살펴봐도 크게 늦지는 않을 것이다.

하지만 그렇게 하는 것은 혁련무룡의 마음이 절대 용납하지 못했다. 그런 행위는 단우옥에게 향한 그의 순수한 사랑을 훼손하는 것이나 다름없었다.

“옥 매!”

비틀거리며 걸어가는 현악의 등 뒤에서 혁련무룡의 절박한 외침이 터져 나왔다.

혁련무룡은 단우옥을 품에 안고 즉시 맥을 짚었다.

맥이 흐릿하고 불규칙했으며 몸이 차가웠다.

혁련무룡은 그런 증상이 무엇을 뜻하는지 알고 있었다.

‘주화입마!’

그는 단우옥을 안고 지체없이 몸을 돌려 현악의 반대 방향으로 쏘아 갔다.

단우옥은 그의 전부였다.

그러므로 그녀를 잃는 것은 전부를 잃는 것이나 다름없었다.

혈인검이 아니라 묵혈쌍검을 모두 얻은들 그녀를 잃고 나면 무슨 소용이랴.

그녀가 무엇 때문에 갑자기 피를 토하며 쓰러졌는지를 따지고 드는 것은 우매한 일이었다.

그러므로 그녀가 거꾸로 운공하여 스스로 주화입마에 들었다는 사실을 알아낸다고 해봤자 혁련무룡 자신만 더 비참해질 뿐이었다.

이럴 때에는 아무것도 알려고 들지 말고 그저 눈앞의 상황에만 충실하면 되는 것이다.

그때 혁련무룡은 유성보 고수 열아홉 명이 마주쳐 쏘아오는 것을 발견하고는 표정이 복잡하게 변했다가 급히 명령했다.

"쾌검왕을 척살하고 혈인검을 가져와라!"

그러자 유성보 고수들은 대열을 그물처럼 좍 벌리면서 바람처럼 현악을 향해 쏘아갔다.

처음에 비틀거리던 현악의 걸음은 시간이 지날수록 조금씩 빨라져서 지금은 느리게 달리는 속도였다.

시간이 흐르면서, 그리고 더욱 절박할수록 공력이 아주 조금씩 회복되고 있었다.

그야말로 궁즉통(窮卽通)이었다.

그러나 상승의 경신술을 발휘하고 있는 유성보 고수들의 추격을 따돌리기에는 역부족이었다.

쏴아아―

마침내 열아홉 명의 유성보 고수가 현악의 삼사 장 뒤까지 바짝 따라붙으면서 부챗살처럼 펼쳐졌던 대열을 좁혀왔다.

그것은 어부가 배 위에서 넓게 던졌던 그물을 오므리면서 거두는 듯한 광경이었다.

쏴아아—

현악은 등 뒤에서 거센 바람 소리가 몰아치는 것을 들었다.

바람 소리는 등 뒤를 중심으로 좌우로 확산되는 것 같더니 빠르게 그를 옥죄어왔다.

'이런, 삼 년은커녕 일각도 못 버티겠구나!'

그는 어깨의 혈인검을 잡으면서 절박한 심정으로 일전을 불사할 각오를 다졌다.

아니, 일전불사가 아니라 죽을 각오라고 해야 옳았다. 지금 상황에서 그가 생존할 가능성은 전무했으므로.

그는 신형을 멈추고 끌어올릴 수 있는 전 공력을 검에 주입시킨 후 좁혀오는 유성보 고수들을 쏘아보았다.

그의 얼굴에는 비장함이 가득 떠올라 있었다.

파아아—

순간 사방의 나무 꼭대기에서 난데없이 수십 발의 화살이 소나기처럼 쏟아져 내렸다.

채채채쟁!

"으악!"

"크악!"

유성보 고수들은 검을 휘둘러 화살을 튕겨냈지만 그들 중 네 명이 화살에 꽂힘과 동시에 추락하여 숲 바닥에 뒹굴었다.

막 현악을 공격하려던 유성보 고수들은 불의의 화살 공격을 받고 일순간 주춤했다.

쏴아아—

순간 사방의 높은 나무 위에서 삼십여 명의 고수들이 주춤하고 있는 유성보 고수들 머리 위로 수십 마리의 까마귀 떼처럼 쏜살같이 떨어져 내렸다.

그들 중에 흑궁녀의 모습이 보였고, 그들 모두의 손에는 도나 검이 쥐어져 번뜩였다.

다름 아닌 흑궁녀가 이끄는 풍사단 사파 고수들이었다.

차차차차창!

채채챙챙챙!

흑궁녀를 중심으로 삼십여 명의 사파 고수들이 유성보 고수들을 포위한 채 치열한 싸움이 시작됐다.

싸움이 시작되자마자 사파 고수들의 포위망은 즉시 무너지고 난전의 형태로 돌입했다.

"끄악!"

최초에 목이 잘려서 쓰러진 자는 당연히 풍사단 사파 고수 중 한 명이었다.

처음부터 사파 고수들은 유성보 고수들과 싸움이 되지 못했다.

"크악!"

"와악!"

그 직후에 터진 서너 마디의 처절한 비명성도 사파 고수들의 입에서 나왔다.

사파 고수 두 명이 전력으로 합공을 해야 유성보 고수 한 명과 팽팽하게 대적할 수 있는 상황이었다.

"흐악!"

다만 흑궁녀만이 유성보 고수 한 명보다 반 수 정도 우위였다. 그녀는 수중의 도로 유성보 고수 한 명의 가슴을 베고 나서 주춤거리고 있는 현악에게 다급히 외쳤다.

"뭘 하는 거예요? 어서 가요!"

현악은 퍼뜩 정신을 차리고 흑궁녀를 쳐다보았다.

파우웃!

그녀가 도를 휘두를 때마다 날카로운 도풍이 위력적으로 뿜어져 나갔다.

그녀는 풍사단 총단 일개 향주의 신분이었다가 삼 년 전에 흑사신 초곤의 눈에 띄어 그에게서 흑사도풍류를 전수받고 그것을 완벽하게 연마한 상태였다.

흑사도풍류는 힘을 바탕으로 하는 패도적인 도법이었으므로 여자들이 익히거나 펼치기에는 많은 무리가 따른다.

그 대신 이 도법은 속임수나 현란한 변화가 없는 대신 일직선으로 뻗어나가는 도풍이 사뭇 위력적이라는 점에서 정파의 여느 도법을 압도하는 장점을 지니고 있었다.

현악은 흑궁녀가 이를 악물고 목에 힘줄이 불거진 채 미친 듯이 도를 휘두르고 있는 모습을 착잡하게 쳐다보았다.

그가 판단하기에 흑궁녀와 사파 고수들은 유성보 고수들보다 더 필사적으로 싸우고 있었다.

'필사적'이라는 것은 쉽사리 일으키기 어려운 마음의 무기지만 일단 일으키면 왕왕 배 이상의 능력을 발휘하여 의외의 결과를 낳기도 하는 법이다.

현악은 자신이 이곳에 남아 있어봐야 터럭만큼도 도움이 되지 못할 뿐더러 오히려 짐이 될 것이라고 생각했다.

흑궁녀와 사파 고수들을 돕는 방법은 그가 한시바삐 이곳을 벗어나는 것뿐이었다.

휘익!

현악은 다시 신형을 날려 격전장을 등진 채 사력을 다해 달리기 시작했다.

그의 마음은 경신술을 전개했지만 그의 몸은 다리를 질질 끌면서 걷는 것보다 조금 빠른 정도에 불과했다.

그렇지만 그는 나무뿌리에 걸리고 다리에 힘이 풀려서 나뒹굴었다가도 기를 쓰고 일어나 다시 달렸다.

흑궁녀는 싸우면서 현악이 멀어지는 것을 힐끗 쳐다보았다.

현악이 조금씩 더 멀어질수록 그녀는 마음이 조금씩 홀가분해지는 것을 느꼈다.

문득 두 명의 유성보 고수가 격전장을 빠져나와 현악을 쫓는 것이 그녀의 눈에 띄었다.

휘익!

"네놈들 상대는 나다!"

그녀는 옆쪽에서 쏜살같이 그들에게 쇄도해 가며 날카롭게 외쳤다.

야차(夜叉)가 있다면 지금 그녀의 모습일 것이다.

큐웅!

흑궁녀가 쏘아가면서 어느새 흑전 두 발을 쏘아냈기 때문에 두 명의 유성보 고수는 방심하지 못하고 급히 멈춰야만 했다.

"헉헉헉!"

현악은 비 오듯이 땀을 쏟아내고 거친 숨을 몰아쉬면서도 달리는 것을 멈추지 않았다.

방향을 가늠할 여유도 없었고, 추격자가 있는지 확인할 겨를도 없었
다.
멈추는 순간 그대로 쓰러져서 다시는 일어나지 못할 것 같았다.
'으으… 온몸이 부서질 것 같다…….'
그 와중에서도 그의 몸은 스스로 자령신공을 운기하고 있었다.
그에게 자령신공은 축복이었다.

◆제26장◆
죽일 놈! 죽일 년!

'저 백정 놈이 아직도 살아 있구나!'

청라는 전면을 쏘아보면서 두 눈을 부릅뜨며 경악에 가까운 표정을 떠올렸다.

그녀의 동공 가득 기진맥진한 채 달려오고 있는 현악의 모습이 새겨졌다.

청라와 청대화는 쾌검왕이 혜각 선사와의 싸움에서 이기든 패하든 그가 통과할 만한 길목을 차단하기 위해 숲 가장자리의 덤불을 택해서 은신하고 있는 중이었다.

총당주 구인겸과 네 명의 당주는 숲의 왼편에, 여섯 명의 당주는 오른편에 매복해 있었다.

그런데 운몽산에서 봉황일미에 의해서 구해졌던 현악이 지금 청라의 눈앞에서 달려오고 있는 것이다.

청라는 아주 기묘한 기분에 사로잡혔다. 그 기분이 무엇인지는 구체적으로 알 수 없었으나 한 가지만은 분명했다.

그것은 이율배반적인 안도감이었다.

현악이 살아 있어서 다행이라는 생각이 그녀의 냉철한 이성을 뚫고 솟구쳐 올랐다.

그런데 또다시 그녀의 몸과 정신이 따로 놀기 시작했다. 현악을 보기만 하면 생기는 이상한 현상이었다.

'잘됐어! 이제야 저놈을 내 손으로 죽일 수 있게 된 거야!'

청라는 몸과 정신의 그 이상한 현상을 억누르며 독한 표정을 지으면서 중얼거렸다.

"쾌검왕이다!"

그때 청대화의 억눌린 듯 다급한 전음이 청라의 고막을 두드렸다.

청라는 힐끗 청대화를 쳐다보았다.

청대화는 눈을 한껏 부릅뜨고 전면을 쏘아보고 있는데, 목과 관자놀이에 힘줄이 불끈 솟아 있는 극도의 긴장감이 청라에게까지 고스란히 전해졌다.

"저자는 쾌검왕이 아니에요."

청라는 삼 장 전면까지 도달한 현악을 쏘아보며 청대화에게 전음을 보냈다.

그러나 너무 긴장하고 있는 청대화는 청라의 말을 제대로 듣지 못한 것 같았다.

방금 전과 조금도 다를 바 없는 그의 팽팽한 긴장감이 그것을 입증하고 있었다.

'그런데 저놈이 이곳에는 대체 무슨 일로 나타난 걸까?

쾌검마가 나타났다는 운몽산에서도 현악은 만신창이가 돼서 돌아다니다가 청라에게 발견됐었다.

그런데 쾌검왕이 나타났다는 이곳에도 또 모습을 드러냈으니 이상한 일이었다.

하지만 청라는 현악이 쾌검왕일 것이라고는 꿈에서조차 상상하지 못했다. 아니, 상상한다는 자체가 어불성설이었다.

떠도는 소문과 정보를 종합해 보면 쾌검왕은 혈살성 쾌검마의 동생이었다.

그런데 백정 놈 현악과 쾌검왕. 전혀 연결되지 않는 신분이고 이름이 아닌가.

그 순간 어느덧 덤불 앞에까지 이른 현악이 그대로 덤불을 뚫고 들어왔다.

촤악!

그때까지도 청라는 자신이 이 상황을 어떻게 대처해야 할지 결정을 하지 못하고 있었다.

그녀의 순결을 파괴한, 자존심을 짓뭉갠, 그리고 알 수 없는 고뇌를 안겨준 철천지원수가 바로 눈앞에 있는데도 그녀는 어떻게 해야 할지 갈피를 못 잡는 자기 모순에 빠져 있었다.

그것은 마치 갑자기 세뱃돈이 너무 많이 생긴 어린아이가 장난감 점포 앞에서 무엇을 사야 할지 갈팡질팡하는 마음과 비슷한 상황이었다.

원한이 많고 깊을수록 그걸 최대한 적절하게 되갚는 방법을 생각하는 데에도 오랜 시간을 할애하기 마련이다.

공교로운 것인지, 운명의 장난인지 현악은 청라와 청대화 사이의 반장 남짓한 공간을 빠르게 스쳐 지나갔다.

그러나 약속이라도 한 것처럼 청라도 청대화도 전혀 손을 쓰지 못했다.

두 사람이 그래야만 했던 이유는 각기 달랐다.

청대화는 목전까지 쇄도한 현악의 두 눈을 보았다. 이글거리며 뿜어지는 살광이었다.

그래서 순간적으로 움츠러들었기 때문에 공격할 기회를 놓치고 만 것이었다.

뚝!

현악은 두 사람을 이 장쯤 스쳐 지난 후에야 그들의 존재를 뒤늦게 깨닫고 우뚝 신형을 멈췄다.

"뭐냐?"

그는 청라와 청대화에게 등을 보인 채 자욱한 어둠 같은 음색으로 중얼거렸다.

"기다리고 있었다, 쾌검왕!"

청대화는 현악의 뒷모습을 쏘아보며 웅혼하게 입을 열었다.

그는 공력을 극한으로 끌어올려 오른손에 집중시켰다.

그런데 그가 기대했던 것과는 달리 쾌검왕은 중상을 입지 않은 상태였다.

현악은 심각한 내상을 입었지만 외상이 없기 때문에 겉으로 보기에는 멀쩡하게 보였다. 그랬기에 청대화 정도의 안목으로는 현악의 상태를 꿰뚫어 볼 수 없었다.

"그는 쾌검왕이 아니에요."

청라가 현악을 쏘아보며 싸늘하게 말문을 열었다.

"……!"

청라의 목소리에 현악은 비로소 흠칫했다.

그는 순간적으로 어떻게 해야 할지 판단이 서지 않았다. 지금은 상황이 지나치게 좋지 않았다.

서로 판단을 내리지 못하고 있는 것은 현악이나 청라나 다를 바가 없었다.

슥―

현악은 천천히 돌아서서 청라를 쳐다보았다.

청라 역시 그를 노려보고 있다가 두 사람의 눈빛이 허공에서 강하게 얽혔다.

'죽일 놈!'

'죽일 년!'

두 사람의 눈에서 강렬한 안광이 번갯불처럼 뿜어졌다. 한 사람의 눈빛은 지독한 살의(殺意)를 담고 있었고, 또 한 사람의 눈빛에는 살의 외에도 다른 복잡한 의미가 깔려 있었다.

그러나 두 사람 다 각기 다른 이유 때문에 지금은 서로 아귀다툼을 벌일 때가 아니라는 사실을 너무나 잘 알고 있었다.

청라로서는 언제 쾌검왕이 들이닥칠지 모르는 상황이었고, 현악으로서는 언제 추격당할지 모르므로 한 걸음이라도 더 달아나야 하는 급박한 상황이었다.

"네가 아는 사람이냐?"

"저놈은 쾌검왕이 아니에요."

청라는 현악에게서 시선을 떼지 않은 채 같은 말을 반복했다. 달라진 것이 있다면 처음에 '그는'이라고 했던 호칭이 '저놈'으로 변했을 뿐이다.

청대화는 뒤를 돌아보았다.

덤불 너머 숲은 쥐 죽은 듯이 고요했다.

마치 폭풍 전의 고요처럼 느껴졌다.

청대화는 청라가 현악에게 좋지 않은, 아니, 살심을 품고 있다는 사실을 느꼈다.

그러나 그가 생각하기에도 지금은 딸의 살기를 방관하고 있을 때가 아니었다.

청라도 청대화도 현악이 어깨에 메고 있는 붉은 검이 설마 묵혈쌍검의 혈인검일 것이라고는 상상도 하지 못했다.

"가거라."

청라는 입술을 깨물며 중얼거렸다.

"후후, 그때 찔린 상처는 괜찮느냐?"

"아가리 닥쳐라!"

현악의 이죽거림에 청라는 불길을 토하듯 날카롭게 외쳤다.

바보가 아닌 이상 그가 말하는 '찔린 상처'가 무얼 뜻하는지 청라가 모를 리 없었다.

"후후, 너처럼 독한 계집이 운몽산에서 날 죽이지 않다니, 이상한 일이로군."

지금 이 순간 청라는 그 사실을 머리털이 다 빠지도록 후회하고 있었다.

현악은 원래 후안무치한 사람이 아니다.

그러나 청라의 속을 뒤집어놓을 수만 있다면 방금 전보다 더한 말도 서슴치 않을 준비가 되어 있었다.

현악은 몸을 돌려 걸어가면서 득의한 웃음을 터뜨렸다.

"상처가 아물면 연락해라! 다음에는 제대로 찔러줄 테니까! 푸핫핫핫!"

"……"

생각 같아서는 당장 쫓아가서 목을 베어주고 싶은 것을 청라는 간신히 억눌렀다.

'기다려라, 이놈! 쾌검왕 일을 처리하고 나면 그 다음이 바로 네놈 차례니까!'

그 대신 그녀는 힘껏 입술을 깨물면서 가슴속의 원한을 더 크게 키웠다.

원한이 더 커질수록 설명하기 어려운 감정 또한 커져 갔다.

소위 애증(愛憎)이라는 감정이었다.

청대화는 두 사람의 대화를 추호도 이해하지 못했다. 그러나 청라에게도 현악에게도 물을 수 있는 상황이 아니었다.

청라가 쏘아보고 있는 가운데 현악은 비틀거리면서 점점 멀어져 갔다.

그녀는 세차게 머리를 흔들어 백정 놈에 대한 생각을 애써 떨쳐 버렸다. 지금은 쾌검왕을 상대할 때인 것이다. 그러나 이들 부녀는 끝내 쾌검왕을 만나지 못했다.

*　　　*　　　*

"하아! 하아아!"

흑궁녀는 방금 목욕을 한 것처럼 온몸이 땀으로 흠뻑 젖은 채 어깨를 들썩이며 거친 숨을 몰아쉬었다.

그녀의 도는 혈도처럼 온통 피에 물들어 있었다.

유성보 고수 다섯 명의 피가 그 도를 적셨다.

그녀는 방금 끝난 싸움에서 평소 자신의 능력보다 세 배 이상을 발휘했다.

숲 속에 서 있는 사람은 흑궁녀 혼자뿐이었다.

그녀 주위에는 열아홉 명의 유성보 고수들과 삼십여 명의 풍사단 사파 고수들 시체가 어지럽게 널브러져 있었다.

하나같이 목불인견의 처참한 시체들이었다.

전멸이었다.

풍사단 고수들은 평소 실력 이상으로 잘 싸웠고, 특히 흑궁녀가 가장 발군이었다.

휘스스—

가벼운 바람이 숲과 흑궁녀를 스쳐 가면서 가라앉아 있던 피비린내가 떠올라 숲을 진동시켰다.

언제나 맡아온 피비린내지만 오늘은 더 역겨웠다.

“음…….”

흑궁녀는 그제야 등 한복판이 불에 달군 인두로 지지는 것처럼 화끈거리는 것을 느끼고 나직한 신음을 토해냈다.

그녀의 등 한복판에서 엉덩이까지 사선으로 비스듬히 길게 갈라진 상처에서 피가 샘물처럼 스며 나와 뒤쪽 하체를 타고 흘러 발 아래를 적시고 있었다.

‘그는……?

그러나 그녀는 자신의 상처보다 현악의 안위를 우선했다.

그리고 자신들의 희생이 헛되지 않기를 간절히 기원했다.

그녀는 현악이 사라진 방향을 바라보다가 즉시 신형을 날렸다.

휙!

*   *   *

하나의 크고 흰 손이 또 하나의 희고 섬세한 손목을 잡은 채 맥을 짚어보고 있다.

크고 흰 손은 남자의 것인 듯한데, 장작도 한 번 쪼개보지 않은 것처럼 고왔다.

혁련무룡은 침상에 누워 있는 단우옥의 손목을 이미 오랫동안 붙잡고 있었지만 놓을 줄을 몰랐다.

누워 있는 단우옥의 안색은 여전히 창백했고, 짚고 있는 맥은 처음 잡았을 때와 마찬가지로 여전히 미약했다.

침상 옆의 의자에 앉아서 맥을 짚은 채 잔뜩 걱정 어린 표정으로 단우옥을 응시하는 혁련무룡의 안색은 정작 아픈 단우옥보다 더 창백하게 보였다.

쾌검왕을 쫓던 중에, 그것도 그자를 막 잡으려는 찰나에 단우옥이 갑자기 피를 토하면서 주화입마에 든 원인이 무엇인가?

생각하지 않으려고 해도 혁련무룡도 어쩔 수 없는 인간인 터라 자꾸만 그런 의문이 떠올라 그를 쉴 새 없이 괴롭혔다.

게다가 '옥아' 라고 부르던 쾌검왕이라는 자와 단우옥은 도대체 어떤 관계라는 말인가?

아무리 곱씹어 생각해 봐도 머리 속만 흙탕물처럼 더욱 어지러워질 뿐이었다.

그러나 한 가지는 분명했다.

혁련무룡의 판단으로는 예전의 단우옥은 쾌검왕이라는 자를 결코 몰랐었다.

아는 사이였다면 그녀와 친남매나 다를 바 없는 혁련무룡이 모를 리 없었다.

그러므로 짐작컨대 단우옥이 쾌검왕을 처음 만난 것은 이곳 안택현, 아니, 운몽산에서였을 것이다.

하면 그 둘의 첫 만남에서 대체 무슨 일이 있었던 것일까?

필경 단우옥은 쾌검왕을 쾌검마로 오인하여 부친의 원수를 갚으려고 공격했고, 쾌검왕은 중상을 입은 채 추적대에 쫓겼다.

이후 죽어가는 쾌검왕을 단우옥이 구해 풍사단 홍동지단에 데려다 주었다.

일이 있었다면 아마도 그 과정에서였을 것이다.

그러나 혁련무룡이 해답을 찾아내려고 고심하면 할수록 의혹은 더 깊어만 갔다.

게다가 단우옥은 혁련무룡이 쾌검왕을 잡으려는 순간 주화입마에 들어 쓰러졌다.

주화입마란 운공 중에 외부로부터 충격을 받든가 극심한 심화(心火)가 원인이 되어 발생한다.

그 당시에 단우옥은 당연히 운공하는 중이 아니었다.

그렇다면 후자인 심화를 일으켰다는 것뿐이다.

'내가 쾌검왕을 죽이려는 것이 옥 매가 심화를 일으켜 주화입마에 들 정도로 충격적이었다는 말인가?'

당연한 의문이었고, 그게 사실이라면 가슴이 조각나고 말 듯한 충격이었다.

새로운 사실이 하나씩 깨달아질 때마다 혁련무룡의 가슴속에는 걷어낼 수 없는 바윗덩이가 하나씩 더 얹혀졌다. 그 바윗덩이는 이미 여러 개가 켜켜이 쌓여진 상태였다.

"……!"

순간 혁련무룡은 단우옥의 맥이 더욱 미약해지면서 불규칙하게 흩어지는 것을 느끼고 크게 놀랐다.

'위험하다!'

그는 심장이 멎을 정도로 경악했다.

그리고 여태껏 단우옥에게 손을 쓰지 않고 그녀와 쾌검왕의 관계에 대해서 부질없는 의심과 고심만 거듭하고 있었던 자신을 크게 나무랐다.

'바보 천치 같은 놈! 지금 그런 게 무슨 소용이 있다는 것이냐? 너는 옥 매를 죽일 작정이냐?'

자칫하다가는 천추의 한을 남기게 될는지도 모른다.

'기혈이 역류하고 있다!'

역류한 기혈이 심장과 머리의 백회혈에 당도하면 폐인이 되거나 죽을 수밖에 없다.

더 이상 지체할 여유가 없었다.

그는 즉시 품속에서 백옥병 하나를 꺼내 손바닥에 뒤집어 한 알의 환약을 쏟았다.

호두알만한 크기에 은은히 금빛을 뿌리는 환약으로 얼핏 보기에도 몹시 귀하게 보였다.

그는 엄지와 집게손가락으로 잡은 환약을 단우옥의 입을 벌리고 넣어주었다.

이어서 그녀를 앉힌 다음 뒤에 앉아서 공력을 일으켜 두 손바닥을 그녀의 등 명문혈에 밀착시키고 진기를 주입시켰다.

한 치의 실수도 있을 수 없고, 한 올의 공력을 아껴야 할 이유도 없었다.

혁련무룡은 자신의 백 년 공력을 극한으로 끌어올려 두 손으로 보냈다.

그의 부친이 자신의 뒤를 이을 아들에게 온갖 영험한 영물과 영약들을 구해 복용시켜서 갖게 해준 백 년 내공은 지금 그의 정인을 위해 쓰여지고 있었다.

혁련무룡의 두 손바닥에서 은은한 금광이 뿜어져 단우옥의 명문혈로 파도처럼 주입됐다.

지금 이 순간 그의 머리 속에는 오직 단우옥을 살려야겠다는 일념뿐이었다.

*　　　*　　　*

칠흑 같은 밤.

울창한 숲에 짙은 어둠이 내려앉아 있었다.

무성한 풀 더미 속에 한 사람이 얼굴을 바닥에 묻은 채 쓰러져 있는데, 그는 현악이었다.

그는 청라와 청대화를 만났던 장소에서 이십여 리나 더 달려오다가 이곳 이름 모를 숲에 이르러 쓰러져 혼절하고 말았다.

한 시진 넘게 혼절해 있는 동안 그는 한마디 신음도 흘리지 않았다.

소리를 내면 안 된다는 강박관념은 의식이 있을 때나 무의식 상태에서도 고루 적용했다.

이윽고 현악은 천 근처럼 무거운 눈까풀을 힘겹게 밀어 올리며 눈을 떴다.

어둠 속에 자신을 둘러싼 채 밀생한 풀잎들이 보였고, 짙은 늦봄의 풀 향기가 코끝을 진동했다.

현악은 소리없이 상체를 일으켜 앉았다.

'흑!'

자신이 심한 내상을 입었다는 사실을 잊고 몸을 일으키던 그는 가슴이 조각나는 듯한 고통 때문에 하마터면 입 밖으로 터져 나오려는 신음을 간신히 삼켰다.

그가 있는 풀숲의 풀은 키가 커서 앉아 있는 그의 모습을 완벽하게 은폐시켜 주고 있었다.

그는 어둠과 숲의 일부가 되어 충분한 시간을 갖고 풀 사이로 천천히 주위를 살폈다.

이곳이 어딘지 알 수 없었고, 주위에서는 바람에 나뭇잎이 스삭대는 소리뿐 아무것도 감지되지 않았다.

하지만 일단은 안전한 것 같았다.

'크윽!'

긴장이 약간 풀리는 듯하자 잠시 눌러두었던 고통이 한꺼번에 엄습했다.

부러진 갈비뼈의 날카로운 끝이 살이나 내장을 찌르는 것도 고통스러웠지만 제자리를 이탈하거나 끊어진 내장, 역류하는 기혈이 전가하는 고통은 그보다 더 심했다.

하지만 가장 큰 고통은 그의 몸에서 비롯된 것이 아니었다.

'옥아는 어떻게 됐을까……?

때로는 걱정이 고통이 되기도 한다.

그리고 그런 종류의 고통은 몸이 느끼는 고통과는 비교할 수 없을 만큼 극심하기 마련이다.

이제 현악에겐 자운 말고도 걱정해야 하고 그리워해야 할 사람이 한 명 더 생겼다.

"악 가가께서 지금 죽어버리면 어떻게 삼 년 후에 소매와 혼인하겠다는 건가요? 어서 중원으로 가세요! 그곳에서 훌륭한 인물이 되어 우리 다시 만나요!"

단우옥의 그 말과 입에서 피를 흘리며 쓰러지던 모습이 지금 현악의 고막과 정신과 가슴을 사정없이 뒤흔들었다.

아마도 그녀는 현악을 살리기 위해서 그런 말을 했을지도 모른다.

그리고 그녀가 갑자기 왜 쓰러졌는지는 모르겠지만, 그 이유가 유성추혼으로부터 현악 자신을 구하기 위해서였을 것이라는 사실을 충분히 짐작할 수 있었다.

백정인 현악하고는 완벽하게 다른 세상의 여자다, 그녀는.

현실적으로도 그 무엇으로도 그녀는 유성추혼 같은 명문가의 후예와 더 잘 어울렸다.

그런 그녀에게 생전 처음 보는 현악이 불량스럽게 내던진 말.

'처음 보는 순간 너에게 반했다' 라든지, '삼 년 후에 너와 혼인하겠다' 라는 약속 따위를 곧이들을 리도, 신뢰할 리도 만무했다.

그럼에도 그녀는 이미 여러 번에 걸쳐서 현악의 목숨을 구해주었다. 모두 다 현악에겐 절체절명의 위기의 순간이었다.

그 대가로 그녀는 돌이키기 어려운 희생을 치러야만 할 것이다.

'당신이 지금 죽어버리면 어떻게 삼 년 후에 자신과 혼인하겠느냐?'라고 했던 말 역시 다분히 그녀의 진심이 아닐 수도 있을 것이라고 현악은 짐작했다.

그러나 상관없다.

듣는 순간부터 그 말은 현악이 목숨을 걸고 지켜야 할 지상 과제 중 하나가 되어버렸다.

"……!"

문득 현악은 몹시 흐릿한 기척을 감지했다.

그 기척은 풀잎을 밟는 소리도, 파공음도, 옷자락 스치는 소리도 아니었다.

그저 느낌이었다.

그 알 수 없는 느낌은 현악에게 그것이 위험이니까 대비하라고 가르쳐 주고 있었다.

그는 빠르게 공력을 끌어올려 보았다.

겨우 평소 공력의 삼 할가량이 모아졌다. 그마저도 현악이 혼절해 있는 동안 자령신공이 스스로 운기하여 만들어냈다는 사실을 그는 까맣게 모르고 있었다.

어쨌든 그는 삼 할의 공력을 오른손에 주입시키고 검을 힘껏 움켜잡았다.

입 안에 침이 고였지만 삼키지 않았다. 무언지 모르는 그 뭔가가 침 삼키는 소리에도 반응할지 모르기 때문이었다.

그리고 질식할 것 같은 정적이 흘렀다.

옥룡야풍은 혜수 강변에서 현악을 급습했다가 낭패를 당한 후 홀연히 그의 곁을 떠났었다.

그러나 떠나는 척만 했을 뿐 아주 떠나지 않고 그때부터 줄곧 현악의 주위에 암중 머물면서 그의 일거수일투족을 감시했다.

그래서 현악이 흑궁녀와 만나는 것과 금도객과 싸운 것도 멀지 않은 곳에서 똑똑히 지켜볼 수 있었다.

그는 금도객이 호북 일대에서 얼마나 쟁쟁한 명성을 떨치는 고수인지 잘 알고 있었다.

그런 금도객이 쾌검왕에게 패해서 꼬리를 감추고 도망쳤다.

하긴 무당의 청송자를 죽인 쾌검왕이 그보다 한 수 아래인 금도객을 이긴 것은 당연하다고 생각했다.

현악이 금도객과의 싸움에서 상처를 입었을 때 옥룡야풍은 그를 뒤쫓으면서 압습을 가하려고 호시탐탐 기회를 엿보았다.

그런데 현악이 산속의 어느 동굴로 들어가는 바람에 밖에서 서성거리다가 결국은 암습을 포기하고 말았다.

그때 현악은 동굴 속에서 상처를 치료하며 운공을 하는 중이었고, 옥룡야풍도 현악이 그러고 있을 것이라고 추측은 했었다.

그러나 암습을 가하려고 무작정 동굴 속으로 뛰쳐 들어갔다가 만에 하나 현악이 운공을 하는 게 아니라면 오히려 거센 반격을 받아서 그곳이 옥룡야풍의 무덤이 돼버릴 수도 있는 상황이었다.

현악을 암습했다가 뜨거운 맛을 본 경험이 있는 그였기에 함부로 날뛰지 못하고 결국은 암습을 포기해야만 했었다.

그 후 현악은 서쪽으로 방향을 잡고 숲을 가로질러 가다가 혜각 선사와 소림 고수들을 만나게 되었고, 혜각 선사와 싸움을 벌인 후 다시 중상을 입고 도주했다.

옥룡야풍은 다시 한 번 놀라야만 했다.

쾌검왕이 청송자보다 반 수 정도 강한 혜각 선사와 양패구상을 했기 때문이다.

옥룡야풍은 자신이 최초에 생각했던 것보다 쾌검왕이 더 무시무시한 고수라는 사실을 깨닫게 되었다.

'과연 암습이 성공할 수 있을까' 라는 의문이 점차 먹구름처럼 피어났다.

그래도 옥룡야풍은 포기하지 않고 끈질기게 현악을 미행, 감시하는 일을 계속했다.

그래서 도주하던 현악이 유성추혼과 봉황일미를 만나는 것과 그들 사이에 벌어졌던 일련의 미묘한 사건을 목격했으며, 다시 도주한 현악이 청라와 청대화를 만나 나누었던 흥미로운 대화 장면도 생생하게 목격했다.

그리고 결국 현악은 이곳에 이르러 우거진 풀숲 속에서 쓰러지고 말았다.

하지만 의심과 조심성이 필요 이상으로 많은 옥룡야풍은 이곳에서도 쉽사리 덤버들지 못했다.

쾌검왕이 얼마나 무서운 인물인지 미행하는 동안 똑똑히 봤기 때문이다.

그는 목숨이 얼마나 소중한지 지나칠 정도로 잘 알고 있다. 또한 얼마나 많은 무림 고수들이 혈인검을 노리다가 쾌검왕의 쾌검에 황천으로 떠났는지도 똑똑히 기억하고 있었다.

그러므로 그는 완벽한 기회가 포착되는 순간까지 기다리고 또 기다렸다.

지루한 기다림 뒤에는 반드시 좋은 일이 생긴다는 사실을 그는 경험을 통해서 배웠다.

그리고 마침내 옥룡야풍의 소심함을 완벽하게 충족시켜 주는 그 기회가 찾아온 것이다.

쾌검왕이 한 시진 동안이나 미동조차 하지 않는 것으로 미루어 혜각선사에게 백보신권 이 권을 적중당하여 극심한 중상을 입고 혼절한 것이 분명했다.

스웃─

이윽고 옥룡야풍은 자신이 자랑하는 경신술을 이용하여 흡사 유령처럼 쾌검왕에게 접근했다.

그는 최대한 자세를 낮추어 바닥에 납작하게 붙다시피 했다.

그의 오른손에는 검이 쥐어져 있었다.

느릿하게 전진하면서 공력을 일으키자 무성한 풀들이 몸에 닿기도 전에 좌우로 소리없이 갈라져 길을 터주었다. 일말의 기척도 내지 않았다.

그의 짐작대로라면 반 장 전면에 쾌검왕이 쓰러져 있을 것이다.

그는 조금 더 전진했다.

풀이 좌우로 갈라지며 전방의 시야가 트였다.

거리는 석 자 정도로 좁혀졌다. 이제 일검을 그어대기만 하면 쾌검왕은 끝장이다.

"으헉!"

순간 그는 혼비백산하며 자신도 모르게 경악성을 터뜨리고 말았다.

마지막 풀이 갈라진 그곳에 쾌검왕이 자신을 향해 책상다리를 하고 앉아서 쏘아보고 있었기 때문이다.

제대로 걸려든 것이다.

'제, 제기랄!'

혜수 강변에서 쾌검왕을 암습하다가 베인 왼뺨의 낫지 않은 상처가 갑자기 욱신거렸다.

그리고 그는 똑똑히 보았다.

쾌검왕의 무심하게 가라앉은 두 눈과 그의 오른손이 혈인검을 잡고 있는 광경을.

그리고 또 보았다.

이렇게 가까이에서 보긴 처음이었다.

쾌검왕의 발검을.

번쩍!

거의 동시에 옥룡야풍은 엎드린 자세에서 뒤로 미끄러지며 번개같이 후퇴했다.

팍!

찰나 어깨 어림이 화끈했다.

그러나 살펴볼 겨를이 없었다.

아직 목숨이 붙어 있다는 사실만으로도 감사할 따름이었다.

휘익!

풀숲에서 벗어난 옥룡야풍은 몸을 일으켜 뒤도 돌아보지 않고 젖 먹던 힘까지 다해서 달렸다.

그는 달리는 중에 왼쪽 어깨에서 콸콸 피가 쏟아지는 것을 생생하게 느꼈다.

그러나 피를 지혈시킬 여유가 없었다.

암습이 실패했다.

아니, 그것보다도 쾌검왕의 코앞에서 목숨을 건졌다는 사실이 그야말로 천운이었다.

현악은 일검을 휘두른 후 다시 쓰러졌다.

그는 방금 전 옥룡야풍에게 섬쾌를 전개하지 못했다. 섬쾌를 전개할 수 있는 최소한의 공력조차 남아 있지 않았기 때문에 검기를 일으키지 못하고 그냥 맨 칼로 옥룡야풍의 머리를 쪼개려다가 그가 재빨리 물러나는 바람에 왼쪽 어깨를 베는 것으로 그치고 만 것이다.

그 한 동작을 하느라 그나마 있던 기력마저도 고갈되어 버렸다.

그는 쓰러진 채 꼼짝도 하지 못하고 헐떡였다.

만약 지금 옥룡야풍이 되돌아와서 공격한다면 엎드린 채 죽을 수밖에 없는 상황이었다.

그렇게 그는 반 시진 정도 쓰러져서 바닥을 드러낸 샘에 물이 고이듯 다시 기력이 생겨나기를 기다리는 수밖에 없었다.

◆제27장◆
중원(中原)으로…….

흑사신의 명령이 떨어졌다.

"풍사단을 해체하라!"

풍사단의 오백 사파 고수들은 경악했지만 흑사신의 명령은 결코 번복되지 않았다.

흑사신은 마침내 중원 진출의 결단을 내렸다.

*   *   *

현악은 천천히 일어섰다.

털썩!

안간힘을 쓰면서 겨우 일어섰는데 갑자기 두 다리에 힘이 풀리면서 다시 주저않고 말았다.

'으으… 빌어먹을! 천하를 발 아래 두겠다는 내가 이런 꼴이라니……!'

그는 어금니를 악물고 몸을 덜덜 떨면서 사력을 다했지만 끝내 다시 일어서지 못했다.

천하를 발 아래 두는 것은 고사하고 제 몸뚱이 하나 일으키는 것조차도 쉽지 않았다.

그래서 그는 일어서는 것을 포기하고 가부좌를 틀고 앉아서 대신 운기를 했다.

그런데 그게 쉽지 않았다. 운기를 하는 동안 날이 시퍼렇게 선 작두에 몸을 머리끝부터 천천히 밀어 넣어 발가락 끝까지 사각사각 절단하는 듯한 처절한 고통을 치러야 했다.

가까스로 운기가 끝난 반 시진 후에야 그는 천신만고 끝에 일어설 수 있었다.

그리고 쓰러질 듯 비틀비틀 어둠을 헤치며 걸었다.

지금 이 순간에도 소림사든 유성보든 무림 고수들이 자신을 찾으려고 혈안이 돼 있을 것이다.

한시바삐 이 숲을 벗어나 안전한 은신처를 찾아야만 했다.

비틀비틀—

걸으면서 그는 또 깨달았다.

그동안 싸움에 관한한 자신이 얼마나 우매했는지를.

쾌검마에게 쾌검식을 전수받고 비검문 뇌옥을 나온 이후 현악은 싸움이라면 그 누구하고도 어떤 상황이든 결코 마다하지 않고 부딪쳤다.

상대가 약하든 강하든 가늠하려고도 들지 않고 하루살이처럼 무조건 덤벼들어 사생결단 낼 듯 싸웠다.

무당 검수들, 무림 고수들, 봉황일미 단우옥, 청송자, 유성보 고수들, 옥룡야풍, 금도객, 혜각 선사 등……

그들 중에는 현악보다 약한 사람도 있을 테고 분명히 강한 사람들도 있었다.

그런데도 그는 죽지 않고 아직 살아 있었다.

그것은 천운이 따랐다고밖에는 설명할 수 없는 일이었다.

기적 같은 운이 따르지 않았다면 그는 이미 오래전에 처참한 죽임을 당했을 것이다.

'운이 좋았어.'

하지만 싸움을 운에만 맡길 수는 없다.

그것을 깨달았다.

그리고 또 한 가지.

'상대를 파악해야 한다, 나보다 약한 자인지 강한 자인지를. 그리고 반드시 싸워야 하는지 피해야 할 싸움인지를 구별할 줄 알아야 할 것이다.'

무식하면 용감하다고 했다.

여태까지의 현악은 무식했고, 그래서 용감했었다.

'이제부터는 영악해져야 한다!'

그는 속으로 이를 악물고 외쳤다.

어느덧 그는 숲을 벗어나 있었다.

"……!"

그리고 그는 전면을 쳐다보며 적이 놀라는 표정을 지었다.

이십여 장쯤 전면에 낯익은 한 채의 웅장한 대장원이 괴물처럼 버티고 있었다.

'비검문!'

그가 백정이었을 때 고기를 배달하러 무수히 드나들었던 비검문이었다.

또한 그의 운명을 바꿔놓은 곳이기도 했다.

현악의 입술이 비틀어졌다.

'크큭, 이런 빌어먹을 악연이라니…….'

현악은 어깨를 들썩이면서 거친 숨을 몰아쉬며 비검문을 쏘아보다가 발길을 돌렸다.

아무리 자신이 위기에 직면했다고 하더라도 비검문 따위에 숨어들어 갈 생각은 눈곱만큼도 없었다.

그에게 있어서 비검문은 악몽의 장소였으며, 자운과 헤어지게 만든 이산(離散)의 징표였다.

"허억! 헉헉……!"

이윽고 그는 천근만근 무거운 발걸음을 간신히 떼어놓으며 걸음을 옮겼다.

"……!"

그때 문득 그는 무슨 소린가를 듣고 움찔 놀랐다. 틀림없는 사람들의 음성이었다.

그는 즉시 그 자리에 납작하게 엎드렸다. 그가 있던 곳은 마침 키 큰 풀들이 허리까지 이르는 곳이어서 엎드리자 그의 모습을 감쪽같이 은폐시켜 주었다.

그는 호흡을 멈춘 채 눈을 부릅뜨고 소리가 들려온 쪽을 쏘아보았다.

부스럭!

현악이 숨어 있는 곳에서 오른쪽으로 칠팔 장쯤 떨어진 덤불 뒤에서 두 명의 무림인이 걸어나오는 모습이 보였다.

"그놈이 사기 친 거 아냐? 아무리 찾아봐도 쾌검왕은커녕 쥐새끼 한 마리 안 보이는군!"

"무슨 소리! 옥룡야풍 그 자식의 어깨가 베인 거 자네도 봤잖아! 설마 그놈처럼 약아빠진 놈이 자기 몸을 베고 나서 쾌검왕에게 당했다고 엄한 소리를 할 것 같은가?"

"하긴 그렇군."

"옥룡야풍이 동네방네 온통 떠들고 다녔기 때문에 잠시 후면 이곳에 수많은 인물들이 몰려들 걸세. 그전에 어떡하든 우리가 먼저 쾌검왕을 찾아내야 하네."

"당연하지. 어서 서둘게."

현악을 급습하다가 오히려 죽을 고비를 넘겼던 옥룡야풍이 못 먹는 곶감 찔러나 보는 심사로 무림인들에게 현악이 있던 장소를 떠들고 다니는 것 같았다.

그런데 두 명의 무림인은 현악이 있는 곳으로 곧장 걸어왔다.

현악은 풀잎 사이로 그들을 쏘아보면서 머리털이 곤두서고 온몸의 피가 얼어붙는 느낌을 받았다.

여러 차례 죽음의 고비를 넘겼을 때에도 이런 질식할 것 같은 기분은 느끼지 못한 그였다.

바로 오늘 낮에 혜각 선사와 싸울 때만 해도 천둥벌거숭이처럼 날뛰었건만, 그 무엇인가를 깨닫고 난 지금의 그는 비로소 세포 하나하나에 가득 긴장을 느끼고 있는 것이다.

현악은 자세를 더 낮출 수 있는 처지도 아니었다. 그 작은 동작 하나 때문에 들킬 수도 있었다.

운이 좋았다. 두 명의 무림인이 현악의 다섯 걸음 전면에 이르렀을 때 멀지 않은 곳에서 밤새 몇 마리가 푸드득 날아올랐기 때문에 그들은 즉시 그쪽으로 쏘아갔다.

그러나 밤새들이 날아오른 것은 그곳에 또 다른 무림인들이 나타났기 때문이었다.

곧이어 그쪽에서 시끄럽게 다투는 외침 소리가 들려왔다.

그러더니 여기저기에서 그쪽으로 모여드는 조심성없는 소리들이 마구 들려왔다.

현악은 이미 이 근방에 적지 않은 무림인들이 몰려와 있다는 사실을 깨달았다.

섣불리 숨소리라도 잘못 새어나가는 날엔 얼만지 알 수 없는 무림인들의 집중 표적이 되는 것은 당연한 결과였다.

현악의 심장이 미친 듯이 고동쳤으며 온몸의 피가 다 머리로 몰리는 것만 같았다.

그는 눈을 감고 우선 마음을 진정시키려고 애썼다.

그는 지금 이 시점에서 자신이 어떻게 해야 살아남을 수 있을지를 궁리하기 시작했다.

그러나 궁리는 오래가지 않았다.

그에겐 선택의 여지가 없었다. 결정은 외길이었다.

그는 주위의 소요가 가라앉기를 기다렸다가 한쪽 방향을 향해 최대한 소리를 내지 않으며 기어가기 시작했다.

그가 기어가는 방향의 끝에는 비검문이 버티고 있었다.

쏴아아—

청라는 자신의 늘씬한 나신에 뜨거운 물을 끼얹었다.

오랜 시간 잠복해 있느라 쌓였던 피로는 뜨거운 물에 증발되어 사라졌지만 심중의 답답한 마음은 어떤 것으로도 사라지지 않을 것 같았다.

기다리고 있는 쾌검왕은 오지 않고 난데없이 백정 놈이 나타났다.

그가 왜 그 시간에 그곳에 나타났는지보다도 왜 자신이 그 백정 놈을 보고도 일검에 베어 죽이지 못했는지가 가장 풀리지 않는 수수께끼였다.

운몽산에 이어서 두 번째 불가사의한 수수께끼인 것이다.

문득 청라는 꿈을 기억해 냈다.

어떨 때는 열흘이고 보름이고 잠잠하다가도 또 어떨 때는 하루가 멀다 하고 꾸는 꿈.

악몽이었다.

그 악몽 속에서 청라는 전라의 몸으로 한 마리의 발정난 암캐가 되어 역시 알몸의 현악과 격렬한 정사를 나누곤 했다.

꿈속에서 늘 정사를 나눴지만 한 번도 같은 체위나 형식이 겹쳐지는 경우가 없었다.

꿈이 거듭될수록 청라는 더욱 대범해졌고, 더욱 적극적으로 현악에게 더 강한 정사를, 쾌감을 요구했다.

꿈에서의 현악은 언제나 청라에게 별별 희한한 짓거리와 자세, 행위를 요구했다.

하지만 청라는 한 번도 거역한 적이 없었다. 아니, 오히려 기꺼워하며 순종했다.

‘나는 도대체······.’

청라는 다시 몸에 뜨거운 물을 끼얹으며 입술을 깨물었다.

최초로 순결이 짓밟혔던 그 저주의 밤에, 온 정신과 온몸이 악을 쓰며 거부하는 중에도 그녀의 음부는 처녀막이 찢어지는 잠시의 고통을 제외하곤 그 추악하고 더러운 백정 놈의 음경을 기꺼이 맞아들였었다.

그리하여 그녀의 음부는 그날 밤의 그 음험한 두 성기(性器)끼리의 야합을 생생하게 기억한 채 밤마다 청라를 악몽으로 이끄는 도화선 역할을 하고 있었다.

맛있는 요리를 상상하면 자신도 모르게 입 안에 침이 고이듯, 청라의 음부는 시도 때도 없이 백정 놈의 음경을 상상하면서 거침없이 애액(愛液)을 토해냈다.

‘도려내 버리고 싶어······!’

청라는 힘껏 입술을 깨물었다.

음부뿐만 아니라 음부의 그런 추악한 음욕을 묵인하고 때로는 편승하려고도 하는 뇌의 어느 한 부분마저도 잘 드는 칼로 가차없이 도려내 버리고 싶었다.

그러나 아마도 그녀는 이제 아무것도 할 수 없을 것이다.

자신의 음부와 뇌의 한 부분을 도려내는 것은 물론이고, 백정 놈을 죽이는 것조차 뜻대로 되지 않을 것임을 그녀는 예감하고 있었다.

문득 청라는 고개를 숙이며 자신의 배를 굽어보았다.

뭔가 이상한 일이 벌어지고 있는 자신의 배를 굽어보는 그녀의 눈동자가 크게 흔들렸다.

“하아…….”

청라는 그녀답지 않게 한숨을 호로록 길게 내쉬고는 부드럽고 큰 천으로 알몸을 감싼 채 욕실에서 방으로 나왔다.

사륵—

그녀의 발 아래로 몸을 감았던 천이 흘러내렸다.

늘씬하면서도 풍염하고 탄력있는 여체가 고스란히 드러났다.

사박사박—

그녀는 속이 반쯤 비치는 엷은 나삼으로 만든 잠옷으로 갈아입고 휘장이 드리워진 침상으로 걸어갔다.

“……!”

문득 그녀는 걸어가다가 반쯤 열려 있는 창문을 보며 흠칫 가볍게 표정이 변했다.

그리고 창문에서부터 방 안으로 어떤 흔적이 이어져 있는 것을 발견하고는 온몸이 돌처럼 경직됐다.

방바닥에는 낯선 커다란 발자국 여러 개가 한 줄로 매우 어지럽게 찍혀져 있었다.

그리고 그 발자국은 침상의 휘장 안으로 이어져 있었다.

청라는 바짝 긴장하여 휘장을 쏘아보았다.

엷은 휘장을 통해서 자신의 침상에 한 사람이 누워 있는 흐릿한 모습이 보였다.

스릉—

청라는 탁자에 놓인 검을 천천히 뽑아 오른손에 움켜쥐었다.

이어서 천천히 조심스럽게 휘장을 걷고 미끄러지듯이 안으로 들어갔다.

"⋯⋯!"

그 순간 그녀는 경악하고 말았다.

아니, 사고마저도 정지한 채 침상 위에 누워 있는 사람을 눈알이 빠질 듯이 뚫어지게 쏘아보았다.

눈을 꾹 감고 잠들었는지 혼절한 것인지 엎드린 자세로 누워 있는 것은 분명히 현악이었다.

창백한 현악의 옆 얼굴이 크게 떠진 청라의 눈 속으로 아프게 파고들었다.

'백정 놈!'

청라의 얼굴이 한 겹의 얼음이 뒤덮인 듯 싸늘하게 변했다.

'죽여 버리겠어!'

두 번 다시 찾아오지 않을 절호의 기회였다.

저자의 목을 일검에 베어 자신의 음부에게도, 수십 차례의 추악한 악몽을 은연중에 기다리고 있는 자신의 육체에게도 야합의 종말을 고해줘야만 했다.

무엇을 망설이랴.

쉬이익!

검이 쏜살같이 현악의 목을 향해 그어져 내렸다.

'죽이면 안 돼—!'

그 순간 우레와 같은 처절한 외침이 들려왔다.

뚝!

청라는 급히 검을 멈췄다.

검날은 현악의 뒷목에서 한 뼘 거리에 정지해 있었다.

그녀는 황급히 주위를 두리번거렸다.

아무도 없었다.

그렇다면 방금 전의 그 절박한 외침은 무엇이란 말인가?

"으음!"

그녀는 외침의 실체를 비로소 깨닫고는 무거운 신음을 흘렸다.

그 외침은 그녀의 배에서 들려온 것이었다. 그녀를 한없이 무기력하게 만드는 그 어떤 신비한 존재가 그녀의 배 안에 있었다.

툭!

청라는 배를 굽어보다가 너무 힘껏 입술을 깨물어 입술이 터지면서 피가 턱을 타고 주르륵 흘러내렸다.

그녀는 일부러 자신의 배를 외면했다.

그리고는 저 흉악한 백정 놈을 죽여야만 하는 이유를 생각해 내느라 가슴과 머리가 터지도록 쥐어짰다.

그러나 허사였다.

이미 그녀의 정신과 몸은 그녀 편이 아닌 새로운 존재의 편이 돼버렸다.

"으으……."

그때 현악의 입술 사이로 아주 흐릿하며 진득한 고통이 배어 있는 신음이 흘러나왔다.

'중상을 입은 것인가?'

그녀는 어느새 검을 내려놓고 현악에게 다가가고 있는 자신을 미처 깨닫지 못했다.

그녀는 손을 뻗어 현악의 몸을 조심스럽게 뒤집었다.

현악은 한 올의 핏기조차 없는 창백한 얼굴로 고통스러운 표정을 하고 있었다.

혼절하고 있는 중에도 지독한 고통이 그의 얼굴에 그런 표정을 떠올리게 하는 모양이었다.

청라는 현악의 얼굴을 뚫어지게 쏘아보았다.

만감이 교차했다.

주르륵!

그때 현악의 입에서 시커먼 피가 흘러나왔다. 피에서는 심한 악취가 풍겼다.

'내장이 썩고 있어!'

악취 나는 검은 피는 내장이 썩으면서 만들어내는 것이었다. 속이 썩으면 사람이 죽는 것은 당연한 일이다.

청라는 마음이 조급해졌다.

그녀가 내리는 결정 여하에 따라 현악의 생과 사가 갈리는 순간이었다.

*　　　　*　　　　*

풍사단 홍동지단 깊숙한 곳에서 단아한 음성이 흘러나왔다.

"그의 행적을 놓쳤다는 말이냐?"

실내의 커다란 태사의에는 흑사신 초곤이 묵직하게 앉아 있었다.

단하의 왼쪽에 회의 장삼을 입고 호리호리한 체구에 무기는 지니지 않은 한 명의 중년인이 서 있고, 맞은편에는 채엽이, 그리고 초곤의 전면에는 한 명의 사파 고수가 공손한 자세로 보고를 하는 중이었다.

"현재 흑궁녀님께서 수하들과 함께 전력으로 쾌검왕을 찾고 있습니다.”

회의중년인은 삼십여 세가량의 나이였으며 청수한 풍모에 반 뼘 길이의 수염을 길렀고, 사파와는 어울리지 않는 학자 같은 모습이었다.

적사(笛乍)가 그의 이름이며 신분은 풍사단의 총사(總師), 즉 참모였고 흑사신의 지략가였다.

“혜각 선사는 어찌 되었느냐?”

초곤은 뭔가 깊은 생각에 잠겨 있었고, 총사인 적사가 그를 대신해서 수하에게 물었다.

“혜각 선사는 중상을 입었고 쾌검왕도 심한 내상을 입었습니다.”

그 말을 듣고 채엽은 뒤통수를 한 대 호되게 얻어맞은 것 같은 표정을 지었다.

‘혜각 선사가 중상?!’

구파일방 중에서도 기둥인 소림사의 장로가 어느 정도의 신분이며 실력자라는 것은 새삼 설명할 필요가 없다.

쾌검왕이 그런 혜각 선사에게 중상을 입혔다는 것이니 어찌 놀라지 않겠는가.

“총단주님, 혹시 그가 죽은 게 아닐까요?”

평소의 소심한 채엽이라면 초곤에게 결코 이런 식으로 질문을 할 수 없었다.

하지만 지금의 그는 현악과 꽤나 친하다는 것 때문에 다소 무리를 하고 있는 중이었다.

“그의 행적이 발견되지 않았다면 그럴 수도 있겠지.”

역시 대답은 적사가 대신했다.

채엽의 얼굴 가득 염려가 떠올랐다.

"아직도 발견하지 못했다면… 중상을 입고 아무도 모르는 곳에서 혼자 몸부림치다가 죽었을 수도 있겠군요."

적사는 곧 울 것처럼 징징거리는 채엽의 말에는 관심조차 보이지 않았다.

"물러가라."

적사가 명령하자 보고하던 수하는 즉시 물러갔다.

"홍동지단주 너도."

"속… 하도 말입니까?"

채엽은 설마 하는 표정으로 초곤을 쳐다보았지만 초곤은 생각에만 잠겨 있었다.

'쾌검왕이 없으니까 완전히 끈 떨어진 연 신세로군.'

현악이 있을 때 채엽은 어떤 자리에도 동참했었지만 이제는 어떤 자리에도 고개를 들이밀 수 없는 처지가 돼버렸다.

그는 어깨를 늘어뜨리고 쓸쓸히 내전을 나갔다.

"적사."

"하문하십시오."

"일은 어찌 돼가고 있지?"

초곤의 하문에 적사는 공손히 고개를 숙였다.

"풍사단은 더 이상 존재하지 않습니다. 깨끗이 증발시켰습니다."

그는 증발이라고 말했다. 그만큼 완벽하고도 철저하게 풍사단을 해체시켰다는 의미였다.

"자네, 쭉 지켜봤을 텐데, 쾌검왕에 대한 판단은 처음이나 다름없는 것인가?"

“그렇습니다. 그는 한 마리 길들이지 않은 야생마입니다.”

적사는 미리 준비하고 있었다는 듯 막힘없이 대답했다.

그는 쉽게 입을 열지 않지만 일단 입을 열면 자신의 생각을 거침없이 쏟아냈고, 또한 거의 정확했다.

“야생마?”

“잘 길들이면 좋은 말이지만 그러지 못하면 쓸모없지요.”

“그렇군.”

“그가 적로(的盧)나 사백(四白)이 되도록 방치하지 말아야 하며, 적토마가 되도록 부단히 도와야 하는 것이 우리의 역할이라는 소견입니다만…….”

적로는 이마 한복판에 흰 점이 있는 말이고 사백은 네 개의 발이 모두 흰색인 말을 가리키는데, 그런 말들은 예로부터 불길한 흉마(凶馬)로 쳤다.

반면에 온몸이 잡티 하나 없이 검은 흑마나 백마는 길마(吉馬)로 친다.

사실 초곤은 처음 홍동지단에 올 때 적사와 흑궁녀 두 사람을 데리고 왔었다.

이후 적사는 자신을 드러내지 않은 채 암중에서 현악과 그에 관한 것들을 면밀히 관찰하고 검토해 왔었다.

흑궁녀가 초곤의 그림자라면 적사는 두뇌였다.

“자네가 나서서 쾌검왕을 찾게. 그를 찾는 즉시 중원으로 출발할 걸세.”

적사가 직접 나선다면 좁은 안택현 내에서 현악을 찾아내는 일은 그리 어렵지 않을 것이다.

그가 죽었든 살았든.

적사는 공손히 허리를 굽혔다.

"명을 받듭니다."

[二卷 完]

청 어 람 신 무 협 판 타 지 소 설

최고의 신무협 작가 『설봉』의 최신작!

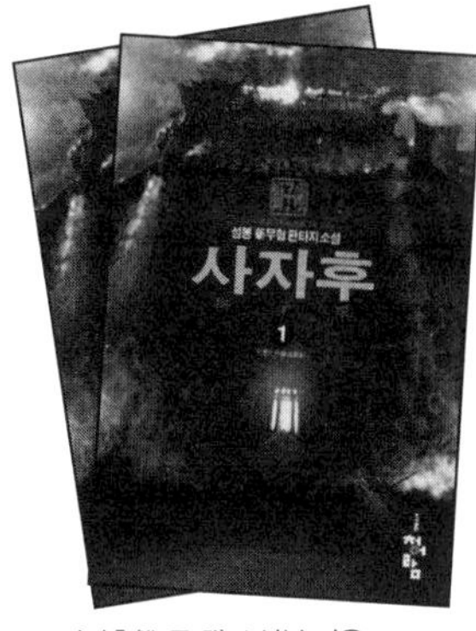

사자후(獅子吼) / 설봉 지음

깊게 깊게 빠져드는 몰입의 세계!
온몸을 전율케 하는 찌를 듯한 강렬함을 느낀다!

그에게서는 묘한 악취가 풍겼다. 그가 창을 겨눴을 때……

화염이 이글거리는 눈동자를 보았을 때……

비로소 악취의 정체를 짐작해 냈다.

피와 땀이 켜켜이 쌓여 자연스럽게 뿜어져 나오는 살인마의 냄새.

그는 허명(虛名)을 좇아 비무를 즐기는 낭인(浪人)이 아니라 야성(野性)이 살아서 꿈틀거리는 진짜 살인마였다.

투지가 끓어올라 활화산처럼 꿈틀거렸다.

그의 눈길을 정면으로 맞받으며 묘공보(妙空步)를 밟기 시작했다.

우리의 첫 만남은 그렇게 시작되었다.

- 환봉개(幻棒丐)의 회고록(回顧錄) 中에서 -

청 어 람 신 무 협 판 타 지 소 설

독특한 소재, 괴팍한 주인공의 활약에 절로 신이 나는 작품!

음공의 대가 / 일성 지음

"연주 한 번으로 대량 살상이라…
멋지지 않소?"

음공의 대가

만월교의 남무림 통일 계획에 의해 납치된 천팔십이 명의 예능(藝能)에 재능을 가진 아이들!
그런 가운데 헌원세가의 어린 음악가 또한 사라졌다!
그리고 나타난 극악한 인물, 악마금(惡魔琴)!!
극악한 행동 패턴! 예측불허의 교활함! 고난이도의 정신 세계를 자랑하는 막가파 탄생!
신비로운 음공의 무한한 위력 앞에 강호가 무릎 꿇고, 누천년을 이어온 검과 도의 역사가 막을 내리니
이제 최고의 무공은 음공(音功)이라 말하리라!

**훗날 '음공의 대가' 로 불리며 무림의 전설이 되어버린
그의 흥미진진한 강호 이야기가 펼쳐진다!**